Lauren Barnholdt vit dans le Massachusetts. Son héros de roman préféré est Holden Caulfield dans *L'Attrape-Cœurs* de J.D. Salinger et elle aurait rêvé d'être une star de Broadway. Ses plus grandes peurs sont l'obscurité, la nourriture qui traîne dans le réfrigérateur depuis un peu trop longtemps et les films avec des *serial killers*. Si elle devait résumer sa vie en huit activités, ce serait : écrire, lire, regarder des vidéos, et recommencer.

Sens unique

Du même auteur, chez Castelmore :

Double sens

Ce livre est également disponible au format numérique

www.castelmore.fr

Lauren Barnholdt

SENS UNIQUE

Traduit de l'anglais (États-Unis)
par Nenad Savic

CASTELMORE

Collection dirigée par Barbara Bessat-Lelarge

Titre original : *Right of Way*

Publié avec l'accord de Simon Pulse, une maison d'édition de Simon & Schuster Children's Publishing Division

Loi nº 49-956 du 16 juillet 1949 sur les publications destinées à la jeunesse

Dépôt légal : juillet 2016

ISBN : 978-2-36231-182-6

Castelmore
60-62, rue d'Hauteville – 75010 Paris
E-mail : info@castelmore.fr
Site Internet : www.castelmore.fr

Remerciements

Un immense merci à :
Jennifer Klonsky, Alyssa Eisner Henkin, et à toute l'équipe de Simon & Schuster pour tout le travail accompli ensemble ;
Krissi, Kelsey, Jodi, Kevin, et ma maman pour leur soutien ;
Mon mari, Aaron, pour tout ;
À tous ceux qui ont lu *Double sens*, qui ont pris le temps de m'écrire et de me dire qu'ils avaient adoré : j'apprécie votre geste à un point que vous n'imaginez pas !

Pour Michelle Nagler, qui a parié sur moi et sur mon écriture,
et grâce à qui mon rêve est devenu réalité.

Peyton

Le voyage

Samedi 26 juin, 10 h 03
Siesta Key, Floride

Je suis une traîtresse à ma génération. Sérieux. De nos jours, tout le monde répète que les femmes doivent être fortes, qu'elles ne doivent dépendre de personne, bla-bla-bla. Et regardez un peu ce que j'ai fait…

— Tu es vraiment sûre de ne pas pouvoir venir ? demandé-je dans mon téléphone.

Je suis accroupie derrière des buissons, tout près du yacht-club de Siesta Key, et ce n'est pas très confortable. Pas du tout, même. Les buissons ont des piquants, il y a des abeilles partout et le sol est humide. C'est complètement débile. Je croyais qu'il ne pleuvait jamais en Floride. Ne dit-on pas que c'est le *Sunshine State* ?

— Je suis désolée, me répond Brooklyn, ma meilleure amie. Je suis vraiment, vraiment désolée, mais je ne peux pas venir pour l'instant. Mes parents sont au courant, et c'est la crise à la maison. Honnêtement, Peyton, je crois que tu devrais oublier tout ça. Imagine si mes parents appellent les tiens !

Soudain, mon cœur s'emballe.

— Tu crois qu'ils vont le faire ?

— Je ne sais pas. Ma mère a promis de ne rien dire à condition que je te fasse changer d'avis, mais ma mère est imprévisible. C'est un électron libre.

C'est vrai. La mère de Brooklyn est un électron libre. Une fois, l'année dernière, elle est venue au lycée parler d'égalité et de parité à l'équipe de lutte. C'était ridicule car Brooklyn déteste le sport et qu'aucune fille ne demandait à intégrer l'équipe, mais sa mère venait de lire un article sur les discriminations, et elle était tout énervée.

— Qu'est-ce que je dois faire ? poursuis-je. Mes parents sont déjà partis. Je ne peux pas les appeler pour leur dire que je n'ai plus les moyens de rentrer dans le Connecticut. Ils seraient verts.

Brooklyn et moi avions tout prévu. Elle était censée quitter le Connecticut en avion et me rejoindre à Siesta Key, en Floride, pour le mariage de mon oncle. De là, nous étions supposées louer une voiture pour nous rendre en Caroline du Nord, où nous avions l'intention de passer l'été. C'était un plan en deux parties très simple. Un, elle me rejoint en avion. Deux, on loue une voiture et on file en Caroline du Nord. Et voilà que ses parents allaient tout gâcher.

— Tu vas devoir appeler ta mère, poursuit Brooklyn. Ça craint, c'est clair, mais qu'est-ce que tu peux faire d'autre ?

Je ne dis rien. Mes yeux s'emplissent de larmes chaudes. Une abeille me bourdonne au visage, et je ne la chasse même pas. Je n'ai vraiment, mais alors vraiment pas envie d'appeler mes parents. Et pas uniquement parce qu'ils vont être en colère. Je ne veux pas les appeler parce que je n'ai pas envie de rentrer à la maison. Pas du tout, même.

Brooklyn soupire.

— Tu pourrais prendre un billet d'avion pour la Caroline du Nord ? Te faire déposer à l'aéroport ?

— Je n'ai pas de carte de crédit. Ni d'argent d'ailleurs.

— Tu n'as qu'à demander à Courtney de t'aider.

— Pourquoi pas, mais je ne suis pas sûre qu'elle ait de l'argent non plus.

Je me relève et je jette un coup d'œil aux tables à la recherche de ma cousine. Je ne vois ses cheveux noirs nulle part. Je cherche son petit ami, Jordan, mais je ne le vois pas non plus. En fait, je ne vois personne de connu. La plupart des gens ont quitté le brunch pour rentrer chez eux. Le mariage a eu lieu hier, et les festivités sont terminées.

Je pourrais sans doute appeler Courtney, me dis-je en me rapprochant des tables dressées sur la pelouse du yacht-club. *Mais comment être certaine qu'elle n'appellera pas mes parents ? ou son père ? J'ai confiance en elle, mais…*

Je repère enfin une personne qui m'est familière. La seule personne que je n'ai pas envie de voir. Jace Renault. Il relève la tête, tout en continuant à parler à un vieux couple dont il vient sans doute de faire la connaissance. Il fait éclater de rire la vieille dame, ce qui n'a rien d'étonnant. Jace est un type charmant. Beurk !

Nos regards se croisent, et je détourne rapidement la tête.

— Brooklyn, reprends-je, s'il te plaît, tu pourrais me prêter de quoi acheter un billet d'avion. Je te rembourserai, promis.

— Peyton, je le ferais si je le pouvais, mais ma mère m'a repris ma carte de crédit.

— Je n'arrive pas à y croire. J'avais tout prévu, je m'étais arrangée pour que personne ne...

On me tapote sur l'épaule. Je me retourne. Jace se tient devant moi, un énorme sourire aux lèvres.

— Salut.

Je tourne les talons et m'éloigne.

— Qui est-ce ? me demande Brooklyn.

— Personne, réponds-je à voix haute pour que Jace comprenne bien le message.

Mais non. Il entreprend de me suivre tandis que je traverse la pelouse en direction de ma chambre. Il n'a aucun mal à me rattraper car j'ai quelques difficultés à marcher ; mes chaussures glissent dans l'herbe humide.

— Tu ne devrais pas passer par là, lance-t-il sur le ton de la conversation. Pas sûr que les jardiniers soient contents quand ils découvriront toutes ces traces de pas.

— Qui est-ce ? insiste Brooklyn. C'est Jace ?

— Non, réponds-je.

— Si, c'est lui.

— Je te dis que non.

— Si, c'est lui !

— Non. Ce. N'est. Pas. Lui.

— Ce n'est pas qui ? s'enquiert Jace, qui marche à côté de moi désormais.

Un vrai moucheron, dont je n'arrive pas à me débarrasser. Je savais que la Floride grouillait de vermines et de bestioles, mais j'ignorais qu'elles mesuraient un mètre quatre-vingt-cinq et qu'elles appartenaient à l'espèce humaine.

— Je te rappelle plus tard, dis-je à Brooklyn en raccrochant et en faisant volte-face. Bon, qu'est-ce que tu veux ?

— Je ne sais pas, répondit-il en haussant les épaules. J'ai vu que tu me regardais et que tu n'avais pas l'air contente.

— Je ne te regardais pas ! Je cherchais Courtney, expliqué-je en lissant ma robe. Et je ne suis pas du tout mécontente.

— Courtney et Jordan sont déjà partis.

— Tu sais où ? lui demandé-je, soudain découragée.

— Je ne suis pas sûr, répond-il dans un nouveau haussement d'épaules, comme si cela n'avait aucune importance.

Pour lui, c'est certainement le cas. Ce n'est pas lui qui est coincé en Floride et qui n'a aucun moyen d'aller en Caroline du Nord.

— Pourquoi ? m'interroge-t-il.

— Ça ne te regarde pas.

Je me remets en marche en faisant défiler mes contacts sur mon téléphone. Je me demande si je peux appeler quelqu'un – quelqu'un qui accepterait de m'aider. Pourquoi ne me suis-je pas donné la peine de faire la connaissance de quelques personnes à l'occasion de ce mariage ? Pourquoi ne suis-je pas devenue la copine d'une vieille dame qui proposerait de m'emmener quelque part – de préférence une vieille sénile qui ne me poserait aucune question ? *Parce que tu étais trop occupée avec Jace.*

— Tu veux que je te dépose quelque part ?

Je lâche un grognement.

— Qu'est-ce qui t'amuse comme ça ?

— Je trouve marrant que tu te soucies de mes besoins après ce que tu m'as fait hier soir.

— Peyton…, commence-t-il d'une voix plus douce, sauf que je ne suis pas d'humeur.

— Stop. Je ne veux plus t'entendre. Et je n'ai pas besoin que tu me déposes. Laisse-moi, s'il te plaît.

— Comment vas-tu aller à l'aéroport ?

— Je ne vais pas à l'aéroport.

Mon Dieu, qu'il est pénible ! S'imagine-t-il réellement que je vais accepter de monter dans sa voiture après ce qui s'est passé entre nous hier soir ? Il a perdu la tête, ma parole.

En fait, non, maintenant que j'y pense, ce n'est pas étonnant.

Quand on est aussi mignon que Jace, on est forcément un peu déconnecté de la réalité. On dirait que le fait d'être beau l'autorise à se balader où il veut en racontant ce qui lui passe par la tête et en faisant ce qu'il désire. Comme si son mètre quatre-vingt-cinq, ses larges épaules et ses cheveux bruns, ses traits parfaits et ses magnifiques yeux bleus lui donnaient tous les droits.

— Si tu ne vas pas à l'aéroport, où vas-tu ?

Je décide de faire comme si je ne l'ai pas entendu, et je continue à piétiner le gazon avec mes escarpins débiles en essayant de retourner dans ma chambre. Il est toujours derrière moi, n'ayant aucun mal à suivre ma cadence. Je jette un coup d'œil à ses pieds. Il porte des baskets. Évidemment. Jace Renault et la politesse… Porter des chaussures élégantes à un mariage ? Très peu pour lui. D'accord, techniquement, il porte ses baskets à l'occasion d'un brunch qui a lieu le lendemain de la cérémonie, mais quand même. Aujourd'hui comme hier, c'est tenue correcte exigée ! Baskets interdites, donc.

Je suis tellement occupée à regarder ses pieds que je ne me rends même pas compte que les miens s'enfoncent de plus en plus dans l'herbe humide. Soudain, je glisse et je manque de m'écrouler, mais Jace me rattrape en me prenant par la taille.

Il est si proche que je sens son souffle sur ma nuque tandis qu'il me soulève de terre, ce qui m'envoie des frissons délicieux le long de la colonne vertébrale. Il me regarde droit dans les yeux, et je déglutis. Si nous étions dans un film, il m'embrasserait. Il écarterait délicatement une mèche de cheveux de mon visage, et ses lèvres frôleraient les miennes. Puis il me dirait qu'il est désolé pour ce qui s'est passé hier et depuis le début du printemps, qu'il peut tout m'expliquer et que tout va s'arranger. Mais ce n'est pas un film, c'est ma vie.

Au lieu de m'embrasser, Jace attend que je me redresse, puis il dit :

— Tes chaussures sont vraiment ridicules.

— Ces chaussures coûtent 400 dollars.

— Eh bien, tu t'es fait arnaquer.

— Il ne me semble pas t'avoir demandé ton avis.

Il persiste à me suivre jusqu'à ma chambre d'hôtel. Ce type a un problème. Il ne lui a pas suffi de me piétiner le cœur ? Il faut donc qu'il continue à me torturer par sa proximité. Nous nous retrouvons devant ma suite. J'ouvre la porte.

— Merci de m'avoir raccompagnée, dis-je d'un ton sarcastique.

Qu'il ne semble pas remarquer… Il regarde par-dessus mon épaule et scrute le coin salon de ma chambre.

— Mon Dieu ! Peyton, lance-t-il en avisant le monticule de sacs empilés au centre de la pièce, tu comptais rester combien de temps ? Quelques mois ? Je savais que tu étais maniaque, mais là, ça me semble vraiment exagéré, non ?

— Je ne suis pas maniaque du tout !

Il hausse les épaules, l'air de dire que je suis bel et bien maniaque, que tout le monde le sait et qu'il ne sert à rien de nier. (D'accord, il a raison, mais ce n'est pas un défaut dans mon cas. J'aime juste que les choses soient comme j'aime qu'elles soient…)

— Ouais, enfin, quand je vois ça, je me dis que tu es quand même maniaque.

Il entre dans la chambre et attrape une bouteille d'eau que les gens de l'hôtel ont laissée sur le bureau. Il l'ouvre et boit goulûment.

— Tu me dois 4 dollars.

En plus, j'avais soif. Mais je ne vais pas le lui dire ; je ne lui ferai pas ce plaisir.

— Tu veux dire que je dois 4 dollars à tes parents, c'est ça ?

Je le regarde fixement en plissant les yeux et je tends la main.

— Donne.

— Comme tu veux, dit-il en fouillant dans sa poche et en produisant quelques billets chiffonnés.

— Tu n'as même pas de portefeuille ; j'en étais sûre.

— Et moi, j'étais sûr que, maniaque comme tu es, tu le remarquerais, s'amuse-t-il en me souriant.

— Je ne suis pas maniaque ! Arrête de dire ça !

— Quand je vois tout ce que tu as apporté pour un simple week-end…

Je sens la colère monter – il est tellement arrogant que je ne peux plus le supporter – et, sans même m'en rendre compte, je lui réponds en me préparant à savourer la mine choquée qu'il ne manquera pas d'arborer :

— Ce n'est pas pour le week-end. Je fugue !

Jace

Le voyage

Samedi 26 juin, 10 h 17
Siesta Key, Floride

Peyton Miller me déteste. À juste titre, d'ailleurs. Depuis qu'on s'est rencontrés, je me suis vraiment mal comporté avec elle. Je savais qu'elle était furieuse contre moi à cause de ce qui s'était passé la veille. Elle me haïssait, même. Elle devait avoir envie de me piétiner avec ses chaussures ridicules, et pourtant je me suis levé de table pour la rejoindre près des buissons.

Je voulais lui expliquer ce qui s'était passé hier soir ; je voulais qu'elle comprenne pourquoi je m'étais comporté comme ça. Mais, quand je me suis retrouvé face à elle, elle a réagi comme une gamine, et je me suis dit que j'avais mal choisi mon moment. Ou alors je me suis dégonflé. Les deux, sans doute.

C'est tant mieux, d'ailleurs, car entre elle et moi cela ne peut pas marcher, et ce pour un million de raisons – et je laisse de côté le fait qu'elle me déteste.

Voyons quelques-unes de ces raisons :

1. Elle est magnifique, mais elle l'ignore. C'est ennuyeux parce qu'on ne peut même pas lui reprocher d'être vaniteuse…
2. Elle est super intelligente – tellement intelligente que j'ai parfois du mal à y croire. En fait, elle est à la fois belle et intelligente, mélange horrible. On la voit tituber dans ses escarpins ridicules et, l'instant d'après, elle vous casse les pieds avec des histoires de sécurité sociale universelle.

2a. Pour résumer, elle est trop maline pour gober ce que je lui raconte, et elle ne perd pas une occasion de me le faire remarquer.

3. Elle est en train d'essayer de se débarrasser de moi, alors que j'essaie de l'aider.
4. Elle m'a brisé le cœur.

Le numéro quatre est bien sûr le plus grave. C'est la première fois qu'une fille me brise le cœur et, franchement, c'est très désagréable. Je suis du genre à préférer plaquer. Enfin, pas vraiment ; personne n'aime faire souffrir les autres mais, parfois, on n'a pas le choix. Et si on me donne le choix entre avoir le cœur brisé et briser celui de quelqu'un, eh bien, traitez-moi d'égoïste si vous voulez, mais je préfère être le briseur.

— Tu fugues ?

J'entre dans la chambre pour qu'elle ne lise pas le choc sur mon visage – je refuse de lui faire ce plaisir. Elle veut me voir paniquer comme une petite fille, elle veut que je lui pose plein de questions. J'ai d'ailleurs envie de le faire, c'est clair. Mais pas question.

Au lieu de quoi je fonce directement vers le minibar, dans un coin, que je fouille et d'où je sors un Snickers. Je déchire l'emballage, je croque dans la barre chocolatée et je la lui tends.

— Tu en veux ?

— Il est 10 heures du matin, me rétorque-t-elle en plissant le nez.

— Et alors ? Il n'est jamais trop tôt pour un peu de chocolat.

— Je n'aime pas partager ce que je mange.

— Pourquoi, tu as peur des microbes ? Parce que, après ce qui s'est passé hier soir, il est un peu tard pour penser à ça, non ? lancé-je en souriant.

— Va-t'en, m'ordonne-t-elle en me montrant la porte. Ou j'appelle la sécurité…

— Oooh ! excellente idée, dis-je en m'installant sur le lit et en prenant une nouvelle bouchée de Snickers. Et qu'est-ce que tu vas leur raconter ?

— Qu'une espèce d'abruti refuse de sortir de ma chambre.

Je lève les yeux au ciel.

— Détends-toi, je me tire.

J'engloutis ce qui reste de mon Snickers et je jette l'emballage dans la corbeille. Je suis à mi-chemin de la porte, en train d'essayer de trouver une bonne raison de rester, lorsqu'elle m'arrête :

— Attends ! Il faut que tu paies pour ça !

Je fourre la main dans ma poche et j'en sors deux autres billets, que je pose sur le bureau.

— Si tu fugues vraiment, je te conseille d'être très prudente.

Il n'y a aucun sarcasme dans ma voix, parce que je m'inquiète sincèrement pour elle. Elle ne peut pas fuguer ; elle ne connaît rien à la rue. Je doute que ses chaussures lui soient d'une grande utilité quand elle croisera la route d'un voleur ou d'un malfrat quelconque.

— Ouais, eh bien, ne t'en fais pas pour moi.

— Oh ! mais je ne m'en fais pas du tout pour toi. C'est juste que…

Elle me lance un regard qui me fait taire, puis elle se laisse tomber sur le lit. Elle se mord la lèvre, écarte ses cheveux de son visage et, une seconde plus tard, se met à pleurer.

Merde ! je déteste quand les filles pleurent. Je ne sais jamais comment réagir. On ne peut pas savoir si elles pleurent à cause d'un truc important ou si c'est seulement à cause de leur jean, qui ne leur va pas comme elles voudraient.

Je reviens dans la chambre et je m'assieds à côté d'elle en laissant un espace entre nous. Je ne peux pas me permettre de me rapprocher trop d'elle. Autrement, quelque chose pourrait arriver. En réfléchissant à ce qui risquerait de se passer si je m'approchais, je repense à ce qui s'est effectivement produit la veille, après le mariage, après le champagne, quand nous nous sommes retrouvés seuls, elle et moi. Et puis, évidemment, je me souviens de la manière dont cela s'est terminé.

— Qu'est-ce qu'il y a ? lui demandé-je doucement.

— Qu'est-ce qu'il y a ? répète Peyton en se redressant et en attrapant un mouchoir en papier sur le chevet. Il y a que je suis censée fuguer et que ma copine, celle qui est supposée m'aider, elle… elle… elle s'est fait choper ! Et maintenant je vais devoir appeler mes parents et tout leur raconter !

Waouh ! elle frise l'hystérie.

— Pourquoi faut-il que tu appelles tes parents ? lui demandé-je.

— Parce que ! répond-elle en me regardant comme si j'étais débile.

Elle se lève et fait les cent pas, comme si elle était forcée de dépenser un surplus d'énergie. Je suis un peu déçu qu'elle ne soit plus assise à côté de moi, mais c'est sans doute une bonne chose. Vu que je n'ai aucun self-control, j'aurais sans doute essayé de l'embrasser. C'est un de mes défauts principaux. Je parle du manque de self-control. (Bien que le fait que j'aie envie d'embrasser une fille qui me déteste et qui vient de me briser le cœur puisse être considéré comme un défaut.)

— Parce que quoi ?

— Parce qu'ils pensaient que Brooklyn allait me rejoindre en Floride, d'où nous aurions loué une voiture pour nous rendre en Caroline du Nord, en en profitant pour visiter quelques facs en chemin, avant de rentrer dans le Connecticut une semaine plus tard.

— Sauf que tu avais prévu de fuguer.

— Voilà ! confirme-t-elle en reniflant. On comptait passer l'été en Caroline du Nord. Brooklyn connaît un garçon là-bas et je…

Elle se tait en secouant la tête. Manifestement, elle n'a pas envie de m'en dire plus.

Je hausse les épaules.

— Tu n'as qu'à appeler tes parents et leur dire que Brooklyn n'a pas pu te rejoindre et que tu ne veux pas y aller seule. Dis-leur que tu as besoin d'un billet d'avion pour rentrer à la maison. Ils ne seront pas très contents, mais pas furieux. Ce n'est pas ta faute si elle s'est défilée.

Elle s'adosse contre le mur et se laisse doucement glisser au sol, jusqu'à former une boule sur la moquette.

— Mais alors je devrai rentrer à la maison…

— Et alors ?

— Et alors ?!

Elle jette ses bras en l'air, et je me rappelle soudain un truc qui m'énerve vraiment chez elle : elle surjoue, elle est trop théâtrale, même pour une fille.

— J'étais censée fuguer ! ajoute-t-elle.

— Oui, j'ai compris, mais le plan a changé, maintenant. Appelle tes parents. Tu fugueras une autre fois.

— Ben voyons, lâche-t-elle en reniflant avec mépris. J'aurais dû me douter que tu ne pourrais pas comprendre.

— Ça veut dire quoi, ça ?

— Laisse tomber et va-t'en.

Oubliant ce qui lui a donné envie de se confier à moi, elle redevient une gamine. Raison numéro cinq pour laquelle cela ne marchera jamais entre nous deux : elle souffle le chaud et le froid. (Bon, je vais arrêter avec cette liste ; c'est un peu déprimant, et je risque bientôt de perdre le compte des choses qui me déplaisent en elle.)

— Non, je veux savoir ce que tu entends par là.

— Simplement que tu n'as jamais rien eu à affronter de difficile dans la vie.

— Bien sûr que j'ai affronté des trucs difficiles.

Sauf que ce n'est pas vraiment le cas. Mes parents sont toujours ensemble – et amoureux. Ils ne sont pas riches comme ceux de Peyton, mais ils gagnent suffisamment d'argent pour que je puisse aller chez *Abercrombie* de temps en temps et rouler dans une Nissan Sentra (d'occasion). J'ai été pris dans l'équipe de basket de mon lycée. Je n'ai jamais eu de mal à me trouver des copines, et je serai major de ma promo, demain, à la remise de diplômes. (Je vais devoir prononcer un discours débile, et ma mère est excitée comme une puce. J'avoue que j'ai un peu la trouille pour le discours. La cérémonie de remise de diplômes est tellement futile, une vaste blague pour faire croire qu'on est méritant, alors que tout le monde sait que le lycée est une fumisterie.)

— Ah ouais ? fait-elle mine de s'étonner en gloussant. Quoi, par exemple ? J'aimerais beaucoup savoir quels sont les tourments que tu as dû supporter au cours de ta vie.

— Comme si j'allais t'en parler.

Je me lève car je commence à comprendre que tout ceci ne mènera nulle part. Peyton me hait. Et je ne vais pas me fatiguer pour une fille qui me hait et que je n'apprécie même pas.

— Bon, eh bien, bonne chance.

— Merci.

Elle est toujours assise par terre, sa robe formant une mare autour d'elle. Elle semble si petite et vulnérable. Je me souviens des sensations procurées par ce baiser, la nuit dernière, de ses cheveux dans mes mains, de la douceur de sa peau. Mais qu'est-ce qui m'arrive? Je viens de dire que j'en avais ma claque de cette fille, et voilà que j'ai de nouveau envie de l'embrasser. Je soupire.

— Écoute, dis-je en m'agenouillant devant elle, je vais te ramener chez toi.

— Quoi? demande-t-elle en relevant la tête et en me considérant de ses yeux humides.

— Je vais te ramener chez toi.

— Tu veux me ramener chez moi? Mais je vis dans le Connecticut.

— Je sais où tu vis, acquiescé-je en levant les yeux au ciel.

— Tu es en voiture?

— Oui, confirmé-je dans un hochement de tête.

— Et tu ferais toute cette route pour me ramener chez moi?

— Pas juste pour ça, non, rétorqué-je en secouant la tête. J'ai une fac à visiter dans le coin. C'est l'occasion...

C'est un mensonge, évidemment. Mais je ne peux quand même pas lui dire que je suis prêt à tout pour passer un peu plus de temps avec elle, que l'idée que nous soyons bientôt séparés, loin l'un de l'autre, m'est tout bonnement insupportable.

— Je croyais que tu allais à Georgetown, à la rentrée?

— Comment tu le sais?

— Facebook. (Elle s'empourpre, puis relève aussitôt le menton, l'air hautaine.) Et alors? Je n'ai pas le droit de visiter ton mur Facebook, peut-être? Ce n'est pas un espace privé, que je sache!

— Je me moque que tu ailles sur mon mur Facebook, dis-je en haussant les épaules. Et le choix de Georgetown n'est pas définitif, mens-je.

— Tu me déposerais quelque part en chemin ? me demande-t-elle en tirant nerveusement sur sa robe. Parce que, comme je te l'ai dit, je ne comptais pas rentrer chez moi.

— Non, désolé. Je propose de te ramener chez toi, mais c'est tout. Pas question que je sois impliqué dans ton histoire de fugue. Tes parents me tueraient. Sans compter que ce serait du kidnapping, puisque tu es mineure.

Elle lève les yeux au ciel, essuie ses larmes et se relève en lissant sa robe.

— D'accord, acquiesce-t-elle avant de se mordre la lèvre inférieure. Mais je dois me changer d'abord.

Elle s'avance jusqu'au centre de la pièce, ouvre une valise et entreprend de la vider, disposant ses vêtements sur le lit. Lorsqu'elle a trouvé ce qu'elle cherche, elle range le reste.

— Tu vas devoir appeler tes parents, non ? me demande-t-elle en s'enfermant dans la salle de bains.

J'essaie de ne pas penser à ce qu'elle fait là-dedans, à savoir retirer ses habits.

— Appeler mes parents ?

— Ouais, s'écrie-t-elle de l'autre côté de la porte. Pour les prévenir que tu ne rentres pas tout de suite chez toi.

— Ah ! oui.

— Tu crois qu'ils ne vont rien dire ?

— Mes parents ne dirigent pas ma vie, rétorqué-je d'un ton outré. Ça ne les dérangera pas.

J'enchaîne les mensonges comme si de rien n'était.

Peyton

Avant

Samedi 22 mai, 12 h 23
Greenwich, Connecticut

Les raisons pour lesquelles je déteste faire du shopping avec ma mère :

1. Elle veut toujours me faire acheter des trucs qui ne me plaisent pas.
2. Elle insiste tout le temps pour voir ces vêtements sur moi, même quand je lui dis qu'ils sont horribles et que je ne les mettrai jamais en dehors de la cabine d'essayage.
3. Après, je me sens grosse.

— Peyton, s'il te plaît, dis-moi qu'il ne te faut pas du 38, me lance ma mère depuis la cabine située en face de la mienne.

Nous sommes chez *Nordstrom*, soit un des pires endroits où essayer des vêtements, car on y trouve un espace entouré de quatre miroirs pour se voir sous tous les angles. L'horreur.

— Pas besoin du 38, le 36 me va comme un gant, réponds-je en ouvrant la porte et en tendant la robe à la vendeuse, qui me gratifie d'un clin d'œil.

— Je reviens tout de suite avec le 38, articule-t-elle à voix basse.

— Merci, lui murmuré-je, reconnaissante.

Elle disparaît de ma vue au moment où ma mère émerge de sa cabine.

— Qu'est-ce que tu en penses ?

Elle est vêtue d'une robe noire moulante à col boule qui lui arrive juste au-dessus des genoux. C'est une robe sans manches, élégante, avec des motifs en zigzags sexy.

— Tu es superbe, maman.

Et c'est la vérité. Ma mère a un corps de rêve, surtout pour une femme qui a eu deux enfants. Il faut dire qu'elle se donne beaucoup de mal avec sa gym Pilates, ses cours de Zumba et de CrossFit, tellement à la mode en ce moment. Tous les matins, à 5 heures, elle quitte la maison en pantalon lycra, une serviette sur l'épaule et une bouteille d'eau à la main, prête à passer les deux prochaines heures à transpirer à la salle de gym. Elle essaie souvent de me convaincre de l'accompagner, mais c'est hors de question. Il faut être fou pour se lever à 5 heures. Il y a pire dans la vie que de devoir porter du 38.

— Ce n'est pas un peu trop triste, noir, pour un mariage ? s'enquiert-elle.

Elle se tourne et se retourne, s'inspectant de la tête aux pieds, s'admirant dans les miroirs.

Pour la énième fois de la journée, je regrette l'absence de ma sœur, Kira. Kira aime la mode, et elle sait toujours quoi dire à notre mère dans ce genre de situation. En plus, le shopping est plus amusant en sa compagnie. Ensemble, nous nous moquons gentiment de maman et nous arrangeons toujours pour poser discrètement devant la caisse les vêtements qui nous plaisent vraiment. Sauf que Kira est à l'université et que je dois me débrouiller seule avec les questions de ma mère.

Je ne connais pas grand-chose aux règles de la mode, mais je sais que ma mère attend toujours une réponse de ma part, même si je ne sais pas vraiment de quoi je parle. Bien que n'étant pas une spécialiste du style, je n'ignore pas que nous cherchons des tenues pour un mariage qui aura lieu en Floride, en été et en extérieur, aussi le choix d'une robe noire ne me semble-t-il pas très judicieux.

— On sera en été, dis-je lentement. Et la cérémonie aura lieu dehors. Je pense que tu devrais opter pour quelque chose de plus clair.

Son visage se décompose pendant une fraction de seconde, avant de s'illuminer d'un sourire nouveau.

— Tu as absolument raison ! De l'orange, peut-être ? Mais je prendrai celle-là aussi. On trouve toujours des occasions de porter une petite robe noire !

Elle glousse comme si c'était amusant, et je ris avec elle alors qu'il n'y a vraiment rien de drôle.

La vendeuse réapparaît avec la robe grise à volants que j'ai déjà essayée, mais en 38. Son regard nerveux se pose alternativement sur moi et ma mère, comme si elle craignait que cette dernière la surprenne avec la robe. Sauf que ma mère a déjà oublié ce qui s'est passé quelques minutes plus tôt.

— Nora, demande-t-elle à la vendeuse, qui s'appelle pourtant Nicole. Nora, vous voudriez bien m'apporter des robes plus colorées ? J'aimerais de l'orange, du vert, du rose, du jaune… mais pas de pêche. Ma fille n'en peut plus de m'attendre, ajoute-t-elle en désignant les robes qui jonchent le sol et le banc de sa cabine. Vous pouvez reprendre tout ceci. Elles ne conviennent pas, mais alors pas du tout, du tout ! glousse-t-elle encore.

— Bien sûr, acquiesce Nicole en se précipitant dans la cabine pour tout ramasser.

— Bon, je crois que je vais aller me chercher des trucs toute seule, lancé-je à ma mère.

Je retourne dans ma cabine d'essayage pour enfiler mon jean et mon tee-shirt. De l'autre côté de la porte, un silence de plomb m'informe du fait que je n'ai pas dit ce qu'il fallait.

— Ma puce, ils ont des gens qui font ça à ta place, tu sais… On est chez *Nordstrom*, pas chez *JCPenney*.

— Je sais, je sais, réponds-je d'un ton léger. C'est juste que, parfois, j'ai envie de faire les choses moi-même.

— D'accord.

Mais j'entends qu'il y a de la déception dans sa voix. Parce que je ne me comporte pas comme elle voudrait. Ma mère semble de plus en plus déçue par moi, ces derniers temps.

Je sors de l'atmosphère confinée de ma cabine d'essayage et je retourne dans le magasin, où Nicole est en train de fouiller une penderie chargée de robes d'été vertes.

— Désolée pour ma mère, lui dis-je en levant les yeux au ciel. J'aimerais pouvoir vous dire que ça ne lui ressemble pas, mais…

— Oh ! non, ce n'est pas un problème, répond-elle en souriant. Mon objectif est de satisfaire mes clientes.

Je lui rends son sourire, il est artificiel – je suis persuadée qu'elle rêverait de nous étrangler. Puis je disparais dans les allées à la recherche de quelque chose de coloré et de gai – qui, accessoirement, ne me fera pas ressembler à une saucisse.

Mon téléphone vibre dans mon sac. Il s'agit de Courtney, ma cousine. C'est son père, le frère de ma mère, qui se marie dans quelques semaines.

— Eh ! Comment ça va ?

Courtney a un an de plus que moi. Elle vient de terminer sa première année à l'université de Boston. Sa famille habite en Floride, aussi n'avons-nous jamais eu l'occasion d'être très proches, mais nous nous entendons tout de même très bien. Je ne suis jamais mal à l'aise quand je dois lui parler, et nous passons toujours du bon temps quand nous nous voyons.

— Eh, Peyton ! Et toi, ça roule ?

— Je fais du shopping pour le mariage de ton père, expliqué-je en regardant Nicole rejoindre la cabine de ma mère avec une brassée de robes dont je vois au premier coup d'œil qu'elles ne lui plairont pas. Quoi de neuf ?

— Pas grand-chose. Tu trouves des trucs intéressants ?

— Pas pour l'instant, réponds-je en m'éloignant un peu plus des cabines, au cas où ma mère m'entendrait. On est chez *Nordstrom*, et ma mère se comporte comme si nous faisions notre shopping chez *Prada*. Elle n'arrête pas d'envoyer la vendeuse lui chercher des trucs.

Courtney éclate de rire.

— C'est tout tante Michelle !

— Ouais, eh bien, moi, je préfère aller chercher mes vêtements en rayon toute seule.

— Tu as raison… (Elle se racle la gorge.) Je t'appelle parce qu'il faut que je te parle d'un truc.

— Je t'écoute.

Comme prévu, Nicole ressort de la cabine d'essayage avec la brassée de robes qu'elle vient de choisir. Ma mère ne les a sûrement même pas essayées. Je jurerais qu'elle fait sa diva exprès, des fois.

— Bon, reprend Courtney, tu te rappelles quand les invitations sont parties et que tu m'as envoyé un message sur Facebook pour me demander si Jace venait ?

Dès que j'entends ce prénom, ma gorge se serre.

— Oui, je me rappelle, confirmé-je d'un ton prétendument détaché.

— Je t'ai répondu qu'il ne serait pas là parce que, d'après mon père, les Renault seraient absents à cette période de l'année. Rapport à un voyage en Europe planifié depuis des années, alors que le mariage de mon père s'est décidé très vite.

— Oui, je m'en souviens.

Je me souviens de tout ce que Courtney m'a dit à propos du voyage en Europe de Jace, parce que je me souviens de tout ce qui concerne Jace. La manière dont sa mèche tombe sur son front. Celle dont ses lèvres se soulèvent plus d'un côté que de l'autre lorsqu'il sourit. Et puis il adore discuter avec moi – de politique, mais aussi de la différence entre *McDonald's* et *Burger King*. Je me rappelle son parfum de menthe et de mousse à raser, même si, quand nous nous embrassions, sa peau n'était jamais vraiment lisse.

— Eh bien, les Renault seront là, finalement. Le dollar n'est pas assez fort en ce moment, et ils auraient trouvé un moyen d'annuler le voyage sans perdre d'argent, enfin, un truc comme ça. (Courtney s'interrompt, et mon monde s'arrête.) Peyton ? tu es toujours là ?

— Oui, réponds-je en léchant mes lèvres soudain toutes sèches et en m'asseyant par terre, entre deux allées.

— Écoute, je suis désolée de t'annoncer ça comme ça. Je sais ce que ça fait de devoir revoir un type avec qui tu as une relation bizarre. Si la même chose nous était arrivée, à Jordan et à moi, il y a un an, je crois que…

— Non, non, lui coupé-je la parole en mentant. Ça n'a rien de bizarre. Tout va bien, en fait. Et puis, Jace et moi sommes loin d'être comme Jordan et toi.

Cette dernière affirmation est vraie, au moins. Courtney et son petit ami sortaient ensemble depuis des mois quand celui-ci l'a plaquée et lui a brisé le cœur. Après cela, ils se sont remis ensemble, mais on ne peut absolument pas comparer ce qu'ils ont vécu avec ce que Jace et moi avons, n'avons pas ou aurions dû vivre. Ce serait ridicule. Jace et moi ne nous sommes rencontrés qu'une fois, quand j'ai passé mes vacances de Noël en Floride. D'accord, ça reste l'expérience la plus intense que j'ai jamais vécue avec un garçon, mais quand même. Cela ne veut pas dire grand-chose, vu qu'il habite à des centaines de kilomètres de chez moi. (Et que mon expérience avec les garçons reste limitée.)

— Tant mieux, dit Courtney, pas très convaincue. Mais si tu décidais de ne pas venir au mariage à cause de ça je comprendrais. Et mon père aussi. Je pourrais simplement lui dire que…

— Non, non, je t'assure. Tout va bien. Je viens quand même.

— D'accord… Voilà, je voulais juste te prévenir.

— Merci.

— Quoi de neuf, sinon ?

— Rien. J'attends juste que…

— Ta-da ! s'écrie ma mère en tournoyant au milieu du magasin.

Elle porte une longue robe jaune si serrée que je me demande si elle ne lui coupe pas la circulation. L'ourlet en est évasé, genre sirène. Elle est vraiment magnifique sur elle, mais je ne suis pas certaine qu'elle soit très appropriée pour un mariage.

— Peyton ?

— Ouais, je suis toujours là. Je peux te rappeler plus tard ?

— Bien sûr.

Je raccroche et je rejoins lentement ma mère.

— Waouh… C'est très… différent.

— N'est-ce pas ? crie-t-elle presque.

J'en déduis qu'elle veut attirer l'attention de toutes les personnes présentes dans le magasin. C'est réussi, d'ailleurs, car tout le monde la regarde, mais pas forcément comme elle l'aurait voulu.

— Nora, ma chère, pensez-vous que j'aie besoin de porter un chapeau avec cette robe ?

Je remarque alors que Nicole se tient derrière ma mère et qu'elle a l'air un peu perdue.

— Euh…, commence-t-elle en m'appelant à l'aide du regard.

Elle sait qu'elle a intérêt à donner à ma mère la réponse qu'elle a envie d'entendre. Je hoche imperceptiblement la tête.

— Oui, absolument ! reprend-elle en souriant. Un chapeau mettrait cette robe en valeur. Ce serait idéal pour un mariage en extérieur.

Ma mère rayonne.

— Merci, Noreen. Pourriez-vous aller nous chercher quelques chapeaux à essayer ?

Nicole décampe aussitôt.

Ma mère se tourne vers moi et se rend compte que j'ai les mains vides.

— Peyton ! tu n'as pas choisi une seule robe !

Je pousse un soupir défait. Ce mariage est en train de tourner à la débâcle. Bien, tâchons d'évaluer la situation…

Primo, pour être tout à fait honnête, je déteste les mariages. Tous ces gens qui se réjouissent pour un couple que beaucoup d'entre d'eux ne connaissent même pas et qui a de grandes chances de divorcer dans moins de dix ans… Quand on y pense, c'est plus déprimant qu'autre chose.

Secundo, je vais devoir acheter une robe dont je n'ai pas envie uniquement pour satisfaire ma mère.

Tertio, Jace Renault sera là. Jace Renault, le seul garçon qui ait jamais compté pour moi, le seul auquel j'ai permis de prendre cette place dans ma vie. Jace Renault, que je n'ai vu qu'une seule fois, mais qui a quand même réussi à me briser le cœur.

— Maman, tenté-je. Je me disais que, peut-être, il vaudrait mieux que je reste à la maison pendant que vous irez en Floride. Je garderais la maison, et vous n'auriez pas à me payer un billet d'avion. Comme ça…

— Pas question que tu restes à la maison ! Ce sera un grand jour pour ton oncle, et je sais que ça le blesserait que tu ne viennes pas.

— Mais maman ! insisté-je en soupirant. Je vais m'ennuyer comme un rat mort pendant que papa et toi…

— Peyton, tu viens avec nous, et cette conversation est close.

— D'accord.

Je me retiens au dernier moment d'ajouter « Tu le regretteras » ; je ne suis quand même pas immature à ce point. Bien sûr, si cela pouvait faire une différence, je le dirais de toute façon, immature ou pas. Mais non. Elle a décidé, et rien ne la fera changer d'avis.

Au lieu de quoi je me dirige vers une autre penderie. Puisque je n'ai d'autre choix que de revoir Jace Renault, autant m'arranger pour être sublime.

Jace

Avant

Samedi 22 mai, 13 h 21
Sarasota, Floride

Je suis chez mon pote Evan quand mon téléphone sonne. Comme je ne reconnais pas le numéro, j'hésite. Normalement, je ne réponds jamais dans ces cas-là. C'est ce qu'il y a de mieux à faire, en général. Les numéros masqués cachent souvent des sociétés de recouvrement de créances ou des filles auxquelles on n'a pas envie de parler…

Mais, vu qu'Evan vient de m'annoncer qu'il veut sauter dans la piscine du toit de la maison et que je n'ai pas forcément envie de participer, je décroche.

— Jace ? commence une voix de fille.

— Qui est à l'appareil ? réponds-je en décidant de lui laisser une chance.

— Qui est-ce ? me demande Evan.

Il est occupé à assembler un genre de rampe de l'autre côté de la piscine. Je me demande bien à quoi elle va lui servir, puisqu'il compte sauter du toit, mais bon…

— Qui est à l'appareil ? répété-je en faisant signe à Evan de se taire, même si je sais qu'il n'écoute jamais ce qu'on lui dit.

— C'est Courtney, répond la fille.

— Oh…, fais-je, soulagé. Salut, Courtney.

— Courtney ! s'exclame Evan en abandonnant sa rampe et en me rejoignant dans le patio.

De l'eau froide dégouline de ses cheveux sur le béton. Il est trempé parce qu'il s'est jeté dans la piscine dès mon arrivée, histoire d'évaluer la profondeur de sa « réception ».

— Mec, lui dis-je en secouant la tête, ne prends pas ça mal mais tu dégoulines.

— Eh, Courtney ! lance-t-il en me prenant le téléphone des mains. Tu veux venir ? Je suis en train de construire une rampe ! Soit je la descends en skate et j'atterris dans la piscine, soit je me jette du toit – je n'ai pas encore choisi. Après, j'enverrai la vidéo à MTV pour qu'ils puissent… Quoi ? Non, c'est Evan… Ouais, je sais que tu as un petit ami, mais je croyais que ce bouffon de Jordan avait rompu ? (Il renifle de mépris.) Ouais, c'est ça, et tu crois qu'il a vraiment changé ? Ouais… Bref, si tu changes d'avis, fais-le-moi savoir.

Il me jette le téléphone avant de sauter dans l'eau une nouvelle fois. Une gerbe glacée s'élève dans les airs et retombe en pluie sur ma chemise.

— Euh… désolé, Courtney, reprends-je.

— Ce n'est pas grave, me rassure-t-elle.

On peut dire que Courtney et moi sommes amis. Disons que ses parents et les miens sont très copains depuis cinq ans environ. Quand on avait quatorze ans, ils ont même essayé de nous pousser à sortir ensemble, mais cela n'a pas fonctionné. Pas du tout. Parce que cela ne pouvait pas coller. Courtney est mignonne et intelligente, mais il n'y a pas eu de déclic. Néanmoins, on est restés en bons termes, on s'est toujours bien entendus. Pas au point de s'appeler à tout bout de champ, cependant. J'en conclus qu'elle a quelque chose à me dire.

—Alors, quoi de neuf?

Je reste dans le patio, mais je m'éloigne au maximum de la piscine. Impossible de lâcher Evan des yeux, toutefois; je me tiens prête à intervenir au cas où il se retrouverait dans une situation délicate.

—Tu vas trouver ça bizarre, commence-t-elle, et je ne veux surtout pas passer pour une pétasse qui se mêle de ce qui ne la regarde pas…

—Ta mère est toujours en colère à cause de la soirée de Noël? m'enquiers-je dans un soupir.

Je n'ai vraiment pas envie qu'on m'emmerde encore avec cette histoire.

Les parents de Courtney ont divorcé il y a peu de temps, ce qui a créé pas mal de problèmes. Ma mère voulait rester copine avec la sienne, mais celle-ci a exigé de mes parents qu'ils cessent de fréquenter son ex-mari. La situation a dégénéré quand le père de Courtney a organisé une fête de Noël, à laquelle se sont rendus mes parents. Évidemment, la mère de Courtney l'a très mal pris. Personnellement, je trouve cela complètement ridicule, mais personne ne me demande jamais mon avis sur la question.

—Non, non, ça n'a rien à voir avec ça, s'empresse-t-elle de répondre. Écoute… je sais que ça ne me regarde pas, et je t'autorise à m'envoyer sur les roses si tu en as envie. Bon, je me lance : que s'est-il passé entre Peyton et toi ?

— Peyton ?

J'inspire profondément par le nez. Je ne veux pas penser à Peyton. Je ne veux pas parler de Peyton. Je n'ai même pas envie d'entendre son prénom.

— Ouais.

— Il ne s'est rien passé, réponds-je en haussant les épaules même si elle ne peut pas me voir. Je me rappelle à peine d'elle. À ce propos, elle fait quoi de sa vie, aujourd'hui ?

— Mouais..., dit-elle, apparemment pas du tout convaincue.

Comment lui en vouloir ? Je ne suis pas convaincu moi-même.

— Eh ! résonne la voix d'Evan quelque part au-dessus de ma tête. Je suis là-haut ! Regarde-moi !

Je mets ma main en visière au-dessus de mes yeux et je lève la tête vers le toit. Evan se tient là-haut vêtu de son maillot de bain, de grosses lunettes vert fluo sur le nez et un énorme sourire affiché sur le visage.

— Qu'est-ce que tu fous là-haut ? Tu es complètement malade. Descends de là tout de suite.

— Va chercher la caméra ! lance-t-il en désignant son caméscope à côté de la piscine.

— Sûrement pas, réponds-je en secouant la tête. Tu vas t'ouvrir le crâne.

— Courtney ! hurle-t-il, celui-là est pour toi !

Et puis il se met à marteler son torse avec ses poings comme Tarzan ou un truc comme ça.

— Qu'est-ce qui se passe ? s'inquiète Courtney au téléphone.

— Rien, la rassuré-je en soupirant. Enfin, si, il se passe des trucs, et je vais sans doute devoir intervenir. Tu as autre chose à me dire ?

— Ouais, je voulais simplement te dire que Peyton sera là au mariage.

— Ouais, d'accord, acquiescé-je en haussant de nouveau les épaules.

C'est devenu une mauvaise habitude. Hausser les épaules quand je suis seul. Je hausse donc les épaules pour mon propre compte. Ce sera quoi, la prochaine étape ? Mmh... je me pose la question. Secouer la tête quand j'aurai besoin d'en faire sortir une idée ? J'essaie... mais je pense toujours à Peyton. Ses longs cheveux. La façon dont elle se mordille la lèvre inférieure quand elle réfléchit. Les courbes parfaites de son corps, qui me donnent envie de la serrer contre moi et de la protéger. Mon Dieu ! tout ceci pour une fille que je n'ai rencontrée qu'une seule fois.

— Il n'y a pas de problème, alors ? insiste-t-elle. Sa venue ne te dérange pas ?

— Bien sûr qu'elle ne me dérange pas, mens-je. C'est ta cousine, après tout.

Soudain, une idée me vient. Si Courtney m'appelle pour me demander si la venue de sa cousine ne me dérange pas, il y a de fortes chances qu'elle ait appelé celle-ci pour lui demander si ma venue à moi ne l'embêtait pas. C'est logique. Ça fait partie d'un genre de code féminin. (Code que je n'ai jamais compris. Les filles ne cessent pas de parler de ce code d'honneur, mais elles sont les premières à se planter des couteaux dans le dos dès que l'occasion se présente. Les mecs ne sont pas comme cela. Prenons Evan, par exemple. Il est sur le toit en maillot de bain, torse nu, des lunettes ridicules sur le nez, et il est peut-être sur le point de se tuer. Et moi, qu'est-ce que je fais ? Je reste assis à ma place, j'essaie de le dissuader vaguement, tout en étant prêt à filmer la scène en cas de besoin. Voilà ce que j'appelle être un ami, un vrai.)

— Pourquoi ? demandé-je à Courtney. Peyton t'a dit quelque chose à mon sujet ?

— Non, rien.

— Rien ?

Au-dessus de ma tête, j'entends un bruit mouillé et, soudain, une grosse quantité d'eau tombe du toit et éclabousse le patio.

— Oui, confirme simplement Courtney. Rien.

— Tu es sûre ? insisté-je d'un ton accusateur. Elle n'a rien dit ?

— Elle m'a dit qu'elle se moquait que tu sois là.

— Elle se moque que je sois là ?

— Oui, c'est ce qu'elle a dit.

Je suis tentée de lui demander ce qu'elle a dit *exactement*, puis je me rends compte que le fait que Peyton se moque de ma présence me suffit, surtout si j'ai envie de garder ma santé mentale.

— Ouais, bref. En tout cas, je viendrai au mariage. Et tu n'as pas à t'en faire pour Peyton et moi.

— Génial ! lance-t-elle, soulagée.

Nous raccrochons, et je lève un regard circonspect vers le toit. L'eau continue de s'écouler en grandes quantités, éclaboussant le patio juste devant moi.

— Evan ?

— Oui ?

Il apparaît au sommet du toit, tout trempé, une grande bouteille de lait vide à la main.

— Putain ! mais qu'est-ce que tu fais ?

— Eh bien, je te l'ai déjà expliqué. Je vais sauter dans la piscine, et toi, tu vas me filmer.

— D'accord, mais pourquoi es-tu tout trempé ? Et qu'est-ce que tu fais avec cette bouteille de lait ?

— Parce que j'avais besoin d'habituer mon corps à la température de l'eau avant de sauter, m'explique-t-il comme si j'étais un abruti. Je ne peux pas sauter sans avoir une idée de ce qui m'attend en bas. Je risquerais d'être victime d'hypothermie ou d'un truc comme ça.

— Donc tu as pris une bouteille que tu as remplie d'eau pour te la vider sur la tête ?

— Ouais, une bouteille d'eau de piscine, confirme-t-il fièrement.

— Mais tu étais déjà dans la piscine, tout à l'heure. Tu n'avais pas besoin de te mouiller, si ?

— Je ne sais pas, dit-il en fronçant les sourcils.

— Écoute, je crois que tu devrais…

Sans me laisser le temps de le dissuader, il saute. La bombe est énorme, et m'éclabousse de la tête aux pieds.

Il remonte à la surface près du bord du bassin.

— Bordel ! Quel pied ! (Il se hisse sur le patio et me rejoint.) Mais c'était juste un entraînement !

— Évidemment, dis-je en tordant le bas de mon tee-shirt.

— Maintenant, tu vas me filmer, d'accord ?

Il attrape la caméra, me la met dans les mains, puis entreprend de faire le tour de la maison pour remonter sur le toit par l'intérieur.

J'allume la caméra, et la petite lumière rouge se met à clignoter. Je pousse un soupir. Peut-être que ce code féminin existe, après tout.

Peyton

Le voyage

Samedi 26 juin, 10 h 47
Siesta Key, Floride

Jace s'efforce comme il peut de ne pas me laisser entendre sa conversation téléphonique avec sa mère, mais je me rends bien compte que cela ne se passe pas très bien. Un résumé de la conversation :

Jace : Salut, maman. Je voulais simplement te dire que je suis avec Peyton dans sa chambre d'hôtel et que…
Sa mère : Quoi ?! Tu es avec une fille dans sa chambre d'hôtel ? Qu'est-ce que tu fais avec elle ? Va-t'en tout de suite !
Jace : Mais non, mais non, nous ne faisons rien du tout. Le truc, c'est que ses parents l'ont en quelque sorte abandonnée ici. Donc je vais la raccompagner chez elle…
Sa mère : Ah ! d'accord, mon chéri. Pourquoi pas ? Où habite-t-elle ?

Jace : Dans le Connecticut.

Sa mère : HEIN ! **(Elle se fâche et se met sans doute à jurer.)**

À ce moment-là, Jace sort de ma chambre. Bien sûr, je ne peux pas être certaine de la teneur de leur conversation, puisque je l'entends à travers le téléphone portable de Jace et que je suis enfermée dans la salle de bains. J'ai donc laissé libre cours à mon imagination. Mais quand même. J'ai eu beau l'avoir imaginée, je crains d'être très proche de la réalité, malheureusement.

Je me regarde dans l'énorme miroir qui surplombe les deux vasques, puis je me coiffe et j'enfile un short et un débardeur rose. Je prends une profonde inspiration, puis une autre, puis encore une autre, pour essayer de me calmer et de ralentir les battements de mon cœur.

Ça ira, me dis-je. *Jace te conduira là où tu veux aller, après quoi tu pourras l'abandonner sur une aire de repos pour prendre un taxi qui te conduira là où tu voudras en Caroline du Nord.*

Bien sûr, partir sans Brooklyn sera bizarre, vu que je ne connais personne en Caroline du Nord. Mais je ne peux pas rentrer à la maison. Pas maintenant. Ni jamais.

Je ramasse mon sac et je le pose sur le comptoir en marbre, puis j'en sors la brochure que nous a donnée l'agent immobilier il y a quelques jours – celle sur l'appartement. C'est l'un des seuls endroits que nous ayons trouvés qui accepte des locataires de moins de vingt et un ans, et encore, Brooklyn a dû signer le bail à ma place parce qu'elle a dix-huit ans et moi pas encore.

Il est écrit « CRÈVE-CŒUR » sur la couverture. En français. Du bout des doigts, j'effleure les caractères embossés, le nom de ma future résidence. Brooklyn et moi nous sommes toutes les deux dit que c'était un nom bizarre pour une résidence – une résidence qui se prévaut d'être « un havre de tranquillité situé à quelques minutes de la côte ! » Bref. D'une certaine manière, ce nom me convient parfaitement. C'est presque un signe, je dirais.

Brooklyn venait de casser avec son copain lorsque nous avons décidé de nous enfuir. Trevor et elle sortaient ensemble depuis un an et demi. À l'en croire, ils n'avaient plus rien à se dire, ce qui ne l'a pas empêchée de pleurer dans sa chambre pendant deux jours d'affilée. Je l'ai consolée, même si je ne comprenais pas qu'elle se mette dans cet état-là. Si cela lui faisait tellement mal, pourquoi ne l'appelait-elle pas pour lui dire qu'elle avait changé d'avis ?

Ce n'est pas comme pour Jace et moi. Dans mon cas, c'est Jace qui a décidé de tout arrêter – même s'il n'y avait pas grand-chose à arrêter à vrai dire, car nous n'en étions pas là. C'est pour cela que j'ai toujours considéré que ma peine de cœur à moi était un peu plus grave que celle de Brooklyn.

Je ne le lui ai jamais dit, évidemment. Il est vrai que Trevor et elle sont restés ensemble pendant un an et demi, alors que Jace et moi... Quand on y pense, c'est vraiment embarrassant. Je veux dire, le fait d'être toute retournée à cause d'un type que je n'ai vu qu'une seule fois ma vie.

J'ai lu un truc très intelligent à ce sujet dans un bouquin psy (ne vous moquez pas, ces livres sont d'une aide précieuse parfois). Il arrive que les gens qu'on a peu fréquentés nous fassent plus souffrir que ceux qu'on connaît bien, parce qu'on s'est attaché à l'idée qu'on s'est faite d'eux et non à ce qu'ils sont en réalité. Comme on n'a pas eu le temps de les côtoyer, on ignore leurs défauts et on crée un genre de fantasme qu'on nourrit de nos espoirs et de nos rêves.

Oui, c'était un livre très intelligent.

Bref, Brooklyn venait de rompre avec Trevor, et, même si je ne comprenais pas pourquoi elle était si retournée, cela m'a bien rendu service. En effet, lorsque m'est venue l'idée de m'enfuir pour l'été, Brooklyn s'est immédiatement emballée, acceptant de m'accompagner et proposant de partir en Caroline du Nord. Pourquoi pas la Caroline du Nord ? Tout ce qui m'importait, c'était d'être loin du Connecticut.

Brooklyn connaissait un garçon en Caroline du Nord, un gars qu'elle avait rencontré pendant des vacances à Myrtle Beach deux ans plus tôt, un type avec qui elle avait gardé le contact. Ils s'étaient reparlé un peu depuis sa rupture, et comme Brooklyn cherchait à rebondir...

La Caroline du Nord est donc devenue notre objectif, et j'ai laissé Brooklyn croire que je voulais partir pour cesser de penser à Jace.

Elle ne se doutait pas que j'avais décidé de quitter la maison pour de bon. À un moment donné, j'ai eu envie de lui en parler, vraiment. J'ai songé à tout dire à Brooklyn, à ma sœur, voire à mon père. Mais je ne l'ai pas fait. Je n'ai pas pu.

— Peyton ? appelle Jace en frappant à la porte de la salle de bains.

Je range aussitôt la brochure sur le Crève-cœur dans mon sac.

— Oui ? réponds-je en ouvrant.

— Tout est arrangé, m'annonce-t-il dans un sourire. Je t'emmène dans le Connecticut.

— Tu es sûr ? lui demandé-je en me faufilant entre lui et l'encadrement de la porte. Ta mère ne me semblait pas très enthousiaste au téléphone.

— Non, non, elle est d'accord.

— Vraiment ? J'avais plutôt l'impression que vous vous disputiez.

— Pas du tout. Parce que tu espionnes mes conversations téléphoniques, maintenant ?

— Je n'espionne personne.

Je m'assieds sur le lit et enfile mes tongs posées par terre. J'ai vraiment envie de porter mes sandales scintillantes, avec leurs talons bas, mais j'ai le sentiment qu'elles ne seront pas très adaptées à notre *road trip*. Sans compter que je n'ai pas envie que Jace s'imagine que j'ai envie de l'impressionner. Ou que je suis maniaque.

— Si tu ne m'espionnais pas, comment sais-tu que je me disputais avec ma mère ?

— Eh bien, je ne sais pas. J'entendais sa voix depuis la salle de bains, alors je me suis fait une idée.

— Je suis adulte, affirme Jace en bombant le torse. Je vais où je veux avec ma voiture.

— Ah, oui ? Et qui paie cette voiture ?

— Bon, d'accord, laisse tomber, s'agace Jace en me lançant un regard noir. Tu n'as qu'à te trouver un autre chauffeur.

Soudain, la panique.

— Eh, attends. Écoute, je suis désolée.

Mais il se dirige déjà vers la porte, et je me surprends à le suivre, alors que je n'en ai pas vraiment envie. Je lui agrippe le bras au moment où il franchit le seuil, et de petites étincelles jaillissent de mes doigts.

— Ne pars pas.

Il se fige et, un battement de cœur plus tard, se retourne.

— Tu vas cesser de te comporter comme une gamine ?

— Oui. Je suis désolée.

Ce n'est pas tout à fait la vérité. Je suis sincèrement navrée de m'être mal comportée mais, en même temps, il l'a bien mérité, non ? Il m'a brisé le cœur, c'est vrai, mais cela ne justifie pas que je me comporte comme une salope. Je devrais m'élever au-dessus de tout cela, deux moins ne font pas forcément un plus, on attrape plus d'abeilles avec du miel et j'en passe. Par ailleurs, que cela me plaise ou non, j'ai besoin de lui pour me conduire en Caroline du Nord.

— On fait la paix ? lui proposé-je en lui tendant la main.

Il accepte ma main, et ses doigts s'enroulent autour des miens, intensifiant encore l'électricité qui me parcourt le corps.

— On fait la paix.

Il garde ma main dans la sienne pendant quelques secondes de plus que nécessaire, et nous nous tenons face à face sans rien dire, les yeux dans les yeux et, oh ! mon Dieu, j'ai tellement envie de l'embrasser que c'en est presque douloureux.

— Peyton, dit-il en décrivant avec le pouce des cercles sur ma main, faisant surréagir mon corps de la meilleure des manières.

Pendant une seconde, j'ai l'impression qu'il va me dire qu'il est désolé, qu'il regrette de m'avoir plaquée, qu'il pense que nous devrions repartir de zéro et sortir ensemble, qu'il a commis une terrible erreur. *Tu me pardonnes, hein ?* Mais alors, il relâche ma main.

— Tu es prête ? me demande-t-il.

Comme je hoche la tête, il entre dans la chambre et ramasse mes valises empilées par terre. Je me sens comme un ballon en train de se dégonfler. *Reprends-toi*, Peyton, me dis-je en mettant mon sac en bandoulière et en lui emboîtant le pas. *Jace Renault n'est pas fait pour toi. Il a été une mauvaise nouvelle dans ta vie. Avoir la faiblesse de croire le contraire, ne serait-ce que pendant une seconde, ne servira qu'à te faire du mal.*

Jace

Le voyage

Samedi 26 juin, 10 h 59
Siesta Key, Floride

Le comportement de Peyton est louche. Et pas seulement parce qu'elle a espionné ma conversation téléphonique – qui ne la regardait pas. De toute façon, je suis un grand garçon. Si je veux aller dans le Connecticut avec ma voiture, cela ne regarde pas ma mère. Et le fait que ce soit elle qui paie les traites de ma voiture n'entre pas en ligne de compte. Cela n'a rien à voir.

J'ai dix-huit ans, et la voiture est à mon nom. Ce qui signifie que, devant un tribunal, elle serait dans l'incapacité de m'empêcher d'aller où je veux et de faire ce que je veux avec. Je connais mes droits parce que je regarde toutes ces séries à la télé, des histoires d'avocats. (Et alors ? Elles sont vachement bien. En plus, il n'y a souvent rien d'autre à regarder quand je sèche les cours.)

Bien sûr, ma mère a piqué une crise. Notamment à cause de la cérémonie de remise des diplômes de demain, et parce que je suis censé y prononcer un discours (puisque je suis major). Ma mère a crisé parce qu'elle pense que je ne serai pas rentré à temps. Je lui ai expliqué calmement qu'elle a sans doute raison. De toute façon, je n'ai jamais eu envie de le faire, ce discours débile. C'est là qu'elle s'est mise à crier encore plus fort et que je lui ai raccroché au nez.

Enfin bref…

Le comportement de Peyton est louche pour de nombreuses raisons, et surtout parce qu'elle veut fuguer. Je ne sais pas grand-chose de sa famille et de sa vie – elle n'a jamais voulu m'en parler, mais c'est une autre histoire –, mais sa mère semble assez sympa, à condition d'aimer les MILF. Non pas que j'aie envie de me faire sa mère – les cougars ne sont pas vraiment mon type –, même si je parie qu'Evan ne serait pas contre. Alors pourquoi Peyton fugue-t-elle ? L'été qui précède sa dernière année de lycée, qui plus est ? La situation est-elle grave au point qu'elle n'envisage même pas de passer une année de plus chez sa mère avant de partir à l'université ?

Je sais qu'elle a une belle maison. Je le sais parce que je l'ai vue en photo – des photos qu'elle m'a envoyées. Sur l'une d'elles, on la voit avec sa copine Brooklyn pendant les fêtes de Noël. Toutes les deux sont assises près de la cheminée, un chapeau d'elfe sur la tête, dans les bras l'une de l'autre, rayonnantes. Sur deux autres clichés plus… osés, elle apparaît en maillot de bain au bord de la piscine. Oui, sa maison me semble vraiment jolie.

Quel est son problème, dans ce cas ? Est-elle une de ces filles qui se séparent des gens sans aucune raison valable ?

S'est-elle disputée avec ses parents pour une broutille et a-t-elle décidé de partir à cause de cela ?

— Fais attention avec celle-ci, m'instruit-elle pendant que je charge une de ses valises dans le coffre. Elle contient des choses importantes.

— Ah, oui ? fais-je en la jetant. Comme quoi ?

Elle me lance un regard noir et entreprend de ranger ses bagages convenablement.

— Mon ordinateur, par exemple.

— Ah ! Oui. Ton ordinateur. Je pourrais planter ta session sur Twitter, ce serait dommage.

— Désolée, mais je ne vais plus sur Twitter. Twitter est devenu comme Myspace. Tu te crois en 2011 ou quoi ?

Elle plisse le nez comme si nous parlons d'un site débile pour ados et non pas d'un réseau pesant des milliards de dollars, du centre de gravité des réseaux sociaux, d'un truc qui a changé la culture et le monde pour toujours. Quelle snob !

— Ouais, reprends-je en fermant bruyamment le coffre. En tout cas, j'imagine que tu n'as pas envie que quelqu'un récupère tes photos personnelles.

Elle hoche la tête d'un air incertain. Et puis son visage s'anime soudain comme elle comprend. Elle me lance un regard horrifié.

— Tu as intérêt à les avoir effacées ! s'écrie-t-elle.

— Effacé quoi ? rétorqué-je avec un regard faussement innocent qui la met hors d'elle.

— Tu sais très bien de quoi je parle.

Pendant un instant, j'ai l'impression qu'elle va tendre la main, paume vers le haut, pour exiger que je les lui rende ou un truc comme ça. C'est ridicule, évidemment, car on ne peut pas rendre des photos numériques.

—Je parle des photos que je t'ai envoyées par e-mail, précise-t-elle.

Je sors mon téléphone de ma poche et je fais défiler mes photos pour retrouver celle où elle est déguisée en elfe.

—Oh, tu parles de celle-là ! gloussé-je en secouant la tête. Dommage, tu es tellement mignonne dessus.

Elle me prend par surprise et m'arrache le téléphone des mains. Je fais partie de l'équipe de basket du lycée et je me fais chiper mon téléphone par une fille…

—J'efface celle où je suis en elfe, annonce-t-elle en faisant défiler mes photos.

—Eh, rends-moi ça ! protesté-je en tentant de reprendre mon téléphone.

Le pire, c'est que j'ai effacé les photos la montrant en maillot de bain le lendemain du jour où je les ai reçues, comme elle m'avait fait promettre de le faire. Bien sûr, c'était à l'époque où je me comportais encore comme un écolier amoureux transi et non pas comme un homme qui se rend où bon lui semble au volant de sa voiture.

—Non ! Pas tant que je n'aurai pas effacé toutes ces photos !

J'essaie de nouveau de m'emparer du téléphone, mais elle s'enfuit, contournant la voiture. Elle se tient devant le capot, et moi derrière le coffre, mais je tente quand même – vainement – de reprendre ce qui m'appartient. Nous avons inventé un nouveau jeu, semble-t-il ; on joue à chat et aux chaises musicales en même temps. Un couple de gens âgés passe devant nous en nous lançant un regard désapprobateur. La jeunesse américaine est vraiment dégénérée, semblent-ils se dire.

— Peyton Miller ! dis-je à voix haute. Rends-moi mon téléphone tout de suite ! Ces photos de toi à poil, je ne te les avais pas demandées. Tu n'avais qu'à y réfléchir à deux fois avant de m'envoyer des sextos !

Le couple, horrifié, nous regarde tour à tour.

Peyton brandit mon téléphone au-dessus de sa tête comme si elle s'apprêtait à le jeter par terre.

— Pose ça tout de suite ! crié-je.

— Ben alors, qu'est-ce qui te prend ? Papa et maman ne vont pas t'en racheter un autre ?

— Tu n'as pas le droit de détruire le bien d'autrui !

Le couple nous a dépassés, mais j'entends le vieil homme demander à sa femme ce qu'est un sexto.

— Retire tout de suite ce que tu as dit au sujet de ces prétendus sextos ! m'ordonne Peyton.

— Je le retire…

Elle baisse la main.

— … même si tu m'en as vraiment envoyé.

Elle brandit de nouveau le téléphone au-dessus de sa tête.

— D'accord, d'accord, dis-je en levant les mains en signe de reddition. Je te demande pardon, tu as raison, tu ne m'as pas envoyé de sextos.

Elle baisse doucement le téléphone, attendant de voir si je vais retirer ce que je viens de dire, mais je n'en fais rien.

— Bien. Parce qu'une photo en maillot de bain n'a rien à voir avec un sexto, affirme-t-elle, rouge comme une pivoine.

Elle est embarrassée, c'est clair. Moi aussi, je suis rouge en y repensant, mais pas parce que je suis embarrassé.

Je contourne la voiture et je tends la main mais, quand je me retrouve devant elle, elle a le regard fixé sur l'écran.

— C'est elle ? me demande-t-elle en me montrant une photo.

Je déglutis. C'est une photo de Kari, ses cheveux blonds coiffés en queue-de-cheval légèrement ébouriffés, après un match de crosse.

— Oui, réponds-je en lui prenant le téléphone des mains et en le fourrant dans ma poche. C'est Kari.

— Elle est jolie.

Pendant une seconde, il me semble voir un éclair de souffrance dans son regard, mais c'est tellement furtif que je me demande si je ne l'ai pas imaginé.

— Merci, réponds-je, ce qui n'a aucun sens.

En quoi le fait qu'elle trouve Kari jolie me concerne-t-il et appelle-t-il une réponse de ma part ? Je n'y suis pour rien, après tout.

— Tu es prêt à partir ? me demande-t-elle.

Elle me regarde fixement et, soudain, mon cœur s'emballe. J'ai envie de lui expliquer, de lui parler d'hier soir, de ce qui s'est passé à Noël, de Kari, de tout. J'ouvre la bouche au moment où elle lève les yeux au ciel.

— Alors ? insiste-t-elle. Tu es prêt, oui ou non ?

— Oui, réponds-je. Je suis prêt. Je vais chercher mes affaires dans ma chambre. Et Hector, bien sûr.

— Hector, marmonne-t-elle en secouant la tête. Le seul bon côté de ce voyage, sans doute.

Peyton

Avant

Samedi 22 mai, 16h37
Greenwich, Connecticut

Bizarrement, après l'appel de Courtney m'informant de la présence de Jace au mariage, je me suis dégotté une robe super sexy… Elle est bleu turquoise, magnifique, avec un décolleté plongeant qui donne l'impression que mes seins sont plus gros qu'ils ne le sont en réalité. Elle est moulante et courte, et ses bretelles sont extrêmement fines. Quand je la porte, on dirait que j'ai une taille de guêpe.

J'avais à peine raccroché que je commençais déjà à attraper des robes à gauche et à droite sans même regarder les prix. Si bien que j'ai découvert celui de la robe que j'avais choisie – 800 dollars – lorsque Nicole a scanné son étiquette. Huit cents dollars. Pour une robe. Celle de ma mère n'en coûtait que cinq cents. Plus deux cents pour le chapeau, donc sept cents en tout, mais quand même… c'était beaucoup d'argent pour des robes que nous ne mettrions sans doute qu'une fois.

Sans compter qu'il nous restait à trouver des chaussures. Pour résumer, nous n'avons quitté le centre commercial qu'après avoir dépensé près de 2 000 dollars.

— Waouh ! lance Brooklyn, assise sur mon lit, tandis que je tourne sur moi-même.

L'après-midi touche à sa fin, et elle est venue à la maison pour voir ce que j'ai acheté.

— Cette robe vaut largement les 800 dollars que ta mère a mis dedans.

— Tu crois ?

Maintenant que je suis à la maison, je me dis que cette robe est peut-être un peu trop scandaleuse pour une réunion de famille de ce genre. Et puis elle me fait de grosses fesses.

— Ouais, confirme Brooklyn en hochant la tête. Tu es vraiment canon là-dedans.

— Merci.

Je passe mes mains sur le tissu scintillant et je ne peux m'empêcher de me demander ce que Jace pensera quand il me verra dans cette robe. Il me répétait tout le temps qu'il adorait mon corps. Peut-être mentait-il. Comme il a menti pour tout le reste.

— Je t'y prends ! s'écrie Brooklyn. Tu es encore en train de penser à lui !

Elle pousse un soupir et me pince fortement le bras.

— Aïe ! mais qu'est-ce qui t'arrive ! protesté-je avec un mouvement de recul.

— Ce sera ta thérapie, ton dressage pavlovien. Chaque fois que tu penseras à Jace, je te pincerai. Comme ça, au bout de quelque temps, tu cesseras de penser à lui.

— À moins que je sois simplement très en colère contre toi, dis-je en me frottant le bras. Qu'est-ce qui te fait croire que je pensais à lui, d'ailleurs ?

— Pourquoi, ce n'était pas le cas ?

— Si, avoué-je en me jetant sur mon lit et en m'abîmant dans la contemplation du plafond. Je me demande ce qu'il pensera en me voyant dans cette robe.

— Il va penser que tu es super sexy et qu'il a commis une belle bourde. Il ne saura pas où se mettre, le pauvre. Il sera vert.

— Vraiment ?

Je souris, même si je sais en mon for intérieur que ce genre de chose n'arrive que dans les films et les romans. En toute probabilité, nous nous croiserons à ce mariage, où je porterai cette robe qui me mettra superbement en valeur, mais Jace n'en aura rien à faire.

Sans doute viendra-t-il avec sa nouvelle copine ou, pire encore, il en trouvera une là-bas, avec qui il dansera toute la nuit. Elle portera la même robe que moi, sauf qu'elle lui ira beaucoup mieux, car elle sera plus mince. Finalement, j'aurai la preuve que Jace n'aimait pas mon corps autant qu'il l'affirmait. Il m'aura juste manipulée pour que je lui envoie des photos de moi en Bikini.

Ils danseront toute la nuit, puis ils s'éclipseront dans l'atmosphère nocturne et tropicale de Floride afin de…

— Je t'avais dit que j'avais besoin d'une nouvelle robe pour le mariage !

La voix de ma mère résonne jusque dans ma chambre. Je me redresse aussitôt et je tends l'oreille. C'est inutile car elle crie presque.

— Parce que tu ne peux pas porter une des robes – tu en as un bon million ! – qui remplissent ton dressing ! hurle mon père. Merde ! Michelle, tu as dépensé 200 dollars pour un chapeau ! Deux cents dollars ! Tu n'as vraiment aucune notion de la valeur de l'argent.

— Oh, je connais très bien la valeur de l'argent ! Comment pourrais-je ne pas la connaître puisque tu me la rappelles tous les jours !

— Dans ce cas, je ne comprends vraiment pas, insiste mon père tandis que leurs voix se déplacent vers l'arrière de la maison. Si je te harcèle tant que ça avec la valeur de l'argent, comment se fait-il que…

La conversation devient inintelligible comme mon père suit ma mère dans la maison. J'ai déjà vu cet épisode de nombreuses fois. Ma mère dépense de l'argent. Mon père se fâche. Comme elle sait qu'elle va en entendre parler, il lui arrive de cacher ses nouveaux achats pour qu'il ne les voie pas. Toutefois, il lui arrive aussi de se faire prendre et, dans ces cas-là, mon père perd les pédales et la suit à travers toute la maison en hurlant.

Techniquement, mes parents sont séparés. En plein divorce. Sauf qu'ils vivent encore dans la même maison, notamment parce qu'ils ne peuvent pas se permettre de la vendre – le prix qu'ils en tireraient ne suffirait pas à rembourser le crédit qu'ils ont contracté pour l'acheter. Je ne sais pas trop pourquoi mon père n'a pas déjà emménagé dans son propre appartement. J'imagine que son avocat lui a conseillé de rester à la maison.

Brooklyn me lance un regard inquiet.

— Ça va ? me demande-t-elle.

— Ouais, réponds-je en soupirant car je me sens encore plus coupable d'avoir fait acheter cette robe à ma mère. Peut-être que je devrais la ramener au magasin, ajouté-je en caressant le tissu.

Brooklyn se lève en secouant la tête.

— Tu sais de quoi tu as besoin ? D'un burger de chez *McGreedy*.

— Pas question. Je ne vais pas me mettre à bouffer de la nourriture qui fait grossir juste avant le mariage. Il faut que j'arrive là-bas au top de ma forme.

Brooklyn lève les yeux au ciel.

— Tu as vu trop de pubs Weight Watchers, toi. Tu es déjà au top de ta forme, dit-elle en ramassant son sac sur le chevet. Tu ne vas pas laisser un mec – que dis-je, un loser – t'empêcher de manger ce qui est peut-être le meilleur burger de la planète ?

Je prends le temps de réfléchir. Elle n'a pas tout à fait tort. Manger de la salade jusqu'au mariage n'arrangera pas mon problème. Quoi que je fasse, Jace se comportera sans doute comme un mufle avec moi, alors, non seulement je serai très en colère mais, en plus, je me serai privée de bonne nourriture d'ici là.

— Avec des frites ? demandé-je à Brooklyn en reprenant du poil de la bête.

— Oui.

— Et après on ira s'acheter du gloss ?

— Oui, répond Brooklyn en souriant. Ce n'est pas parce que tu te fiches suffisamment de Jace pour ne pas avoir envie de te priver de nourriture que tu ne dois pas te servir de lui comme prétexte pour acheter des produits de beauté.

Jace

Avant

Samedi 25 mai, 15 h 56
Sarasota, Floride

Fait chier, cette Peyton Miller. Depuis que Courtney m'a appelé, tout à l'heure, je ne pense qu'à elle. Je ne cesse pas de regarder cette photo débile sur mon téléphone. Peyton et sa copine Brooklyn assise devant une cheminée pendant les fêtes de Noël, un chapeau de lutin niais sur la tête. Ses cheveux sont tirés en arrière et son visage est si adorable qu'il en est presque insupportable à regarder.

—Alors j'ai sauté du toit directement dans la piscine, explique Evan à Kari McAfee.

—Nan !

—Si, je t'assure, affirme Evan en hochant la tête. Jace a tout filmé, pas vrai, Jace ?

—Malheureusement, oui, avoué-je.

J'ai effectivement immortalisé cette scène. Si cette vidéo sort un jour, j'aurai sûrement droit à un procès. Enfin non, quand même pas, mais j'aurai des problèmes avec les parents d'Evan.

— La prochaine fois, on fera une caméra cachée, reprend-il en mordant à pleines dents dans son hot-dog.

Nous sommes assis dans les gradins, d'où nous assistons à un des derniers matchs de base-ball de la saison. Un des derniers matchs de ma carrière de lycéen, en réalité. Je devrais être triste – je suis major de promo, en plus –, mais non.

— Hein, Jace ? Ça te dit, une caméra cachée ?

— Quel genre de blague ?

— Chais pas, répond-il en haussant les épaules, avant d'avaler ce qui reste de son hot-dog. J'en ai vu une, sur YouTube, qui a été visionnée un million de fois. C'est un mec qui remplit la maison de ses parents de bouteilles d'eau pendant qu'ils sont en vacances. Tu imagines, il a viré tous les meubles et tout ! C'était mortel !

— Mouais, pas terrible. En plus, tes parents ne partent jamais en vacances.

— Mais non, on ferait autre chose, se défend-il comme si c'était une évidence. On imaginerait un concept encore meilleur.

— Moi, je trouve que c'est une bonne idée, dit Whitney Blue.

Elle glisse un peu plus près de lui sur les gradins, et je me désintéresse de leur conversation.

Je range mon téléphone dans ma poche et j'essaie de chasser Peyton de mes pensées. Cela fait trois mois qu'on s'est parlé. Trois mois. Trois mois, c'est beaucoup. Qui sait où elle en est, aujourd'hui ? Elle a peut-être un petit ami.

Avec qui elle viendra au mariage. Que je serai obligé de voir. Avec elle. Un nœud se forme dans mon ventre et mes poings se serrent à la pensée de ce type dont les mains se baladeront sur le corps tout entier de Peyton. Non pas que je sois du genre à cogner. Enfin, si, je cognerais quiconque ferait du mal à Peyton.

—Ah! si je pouvais savoir à quoi tu penses…, entends-je derrière moi.

Je me retourne pour voir Kari se rapprocher de moi, une boîte pleine de *nachos* à la main.

—Merci, dis-je en me servant, heureux qu'elle me donne l'occasion de penser à autre chose.

Je trempe le *nacho* dans du fromage orange fondu et je le mets tout entier dans ma bouche.

—Quoi de neuf? reprend-elle.

Kari et moi sommes copains depuis notre deuxième année de lycée, année où elle a débarqué de New York. Au début, tout le monde avait peur d'elle parce qu'elle portait un jean et un sweat-shirt noirs. Oui, on porte aussi du noir, en Floride, mais pas que du noir, et pas de bottes qui montent jusqu'aux genoux. La moitié du lycée était persuadée qu'elle était venue chercher des noises. Aux filles, en tout cas. Et peut-être à quelques garçons.

—Oh! pas grand-chose. Et toi?

—Pareil.

Elle penche la tête en arrière pour nouer ses cheveux en queue-de-cheval. Kari s'est totalement assimilée à la Floride, se décolorant les cheveux et abandonnant ses vêtements noirs au profit d'un jean et d'un débardeur, uniforme presque officiel de la côte du Golfe. Elle joue même au foot, maintenant.

Le silence s'installe.

—Qu'est-ce que tu as ? finit-elle par me demander.

—Rien, pourquoi ?

—Je ne sais pas, tu ne dis rien. Tu es tout calme, précise-t-elle en me donnant un coup de coude amical dans les côtes.

—Je vais bien, la rassuré-je dans un haussement d'épaules. Je suis juste un peu fatigué.

Je relève la tête au moment où Ian Walker manque la balle pour la troisième fois. Un grognement de dépit général monte de notre côté des gradins. Je lève les yeux au ciel. Ian Walker est un crétin et tout le monde le sait.

—Tu t'es couché tard hier soir ? s'enquiert Kari.

—Pas vraiment.

Je ne suis pas un fêtard, et Kari le sait pertinemment. Elle me taquine.

—Tu te joins à nous, ce soir ? me propose-t-elle. Whitney et moi, on se fait une soirée pyjama, pas vrai, Whit ?

Elle se retourne et regarde par-dessus son épaule vers l'endroit où sont assis Whitney et Evan.

—Je ne sais pas si on peut parler de soirée pyjama, vu qu'on sera deux.

—Oh ! oui, ce sera définitivement une soirée pyjama, intervient Evan en haussant plusieurs fois les sourcils d'un air lubrique.

—Tu peux venir aussi, lui propose Whitney. Ça se passe chez moi.

—C'est vrai ?

Evan se lèche les lèvres et se frotte les mains, comme si nous nous apprêtions à vivre une soirée de débauche. C'est ridicule. Et un peu flippant, à vrai dire. Mais ça ne dérange pas Whitney, qui se met à glousser.

— Vous ne pourrez pas rester dormir, nous précise-t-elle. On regardera simplement des films ou des trucs comme ça.

Evan prend un air désolé, comme s'il avait vraiment cru pouvoir passer la nuit chez elle. Ce qui est d'autant plus débile que la mère d'Evan est la mère la plus stricte que je connaisse. Raison pour laquelle il fait toutes ces cascades folles – c'est un genre de rébellion, sauf qu'au lieu de se droguer ou de boire il prend des risques.

— D'accord, on regardera des films, acquiesce-t-il. J'en apporterai des flippants.

— Alors, tu viens ? me demande Kari en me regardant fixement.

— Ouais, acquiescé-je en haussant les épaules. Pourquoi pas ?

Cela m'occupera et m'évitera de passer la soirée à penser à Peyton. Quoique, vu l'état dans lequel je suis en ce moment, je ne sais pas si cela suffira. J'espère qu'Evan apportera de bons, mais alors de très bons films.

— Comment tu me trouves ? m'interroge Evan tandis que nous nous dirigeons vers l'entrée de la maison de Whitney, un peu plus tard ce soir-là.

Il est vêtu d'un jean et d'un sweat-shirt noir.

— Je viens d'acheter ce sweat, dit-il fièrement. C'est un Gucci.

Je lève les yeux au ciel et tire sur l'étiquette Old Navy qui pendille dans son dos.

— Tu as oublié l'étiquette.

— Oh !

Evan me la prend des mains, la déchire et la jette par terre.

— Eh ! protesté-je en ramassant les morceaux de carton. Puisque tu sembles apprécier Whitney, respecte un peu sa maison. (Je lui fourre l'étiquette dans la main.) Tu la mettras à la poubelle une fois à l'intérieur.

— Tu rigoles ! Et si elle me voit ?

— Et si elle voit les morceaux dans son allée ?

— Jace, elle ne va pas remarquer une étiquette bidon sur sa pelouse. Et même si elle la voit elle se dira que le vent a charrié des détritus de la maison voisine.

— « Le vent a charrié des détritus… » Voyez-vous ça… Qu'est-ce que c'est que cette nouvelle façon de parler ? l'interrogé-je en secouant la tête.

— J'essaie de paraître plus classe, explique-t-il en se tenant bien droit. Cultiver un bon vocabulaire, c'est important.

Nous ne sommes même pas encore dans la maison que cette soirée tourne déjà à la débâcle.

— Écoute, dis-je. Whitney t'aime bien, sinon, elle ne t'aurait pas invité. Sois juste toi-même, mec.

— Je ne peux pas être moi-même, rétorque Evan, horrifié.

— Pourquoi pas ?

— Parce que mon vrai moi n'est pas un mec aimable.

— N'importe quoi, le coupé-je, même s'il n'a pas tout à fait tort.

Si j'étais une fille, je doute que je serais intéressée par Evan. Quoique, les types de *Jackass* ont l'air d'avoir du succès auprès du public féminin. Peut-être Evan a-t-il trouvé le bon filon ? Et puis, qu'est-ce que j'en sais, de toute façon ?

Jusqu'à Noël dernier et ma rencontre avec Peyton, je me débrouillais pas mal avec les filles. Chaque mois, j'avais une nouvelle copine. (Je commençais même à m'inquiéter un peu, me demandant si je n'étais pas en train de devenir un mec facile ou un truc comme ça.)

Et puis j'ai croisé la route de Peyton et, subitement, les autres filles ont cessé d'exister. Je ne les regardais plus, je ne voulais même plus leur parler et encore moins sortir avec elles. C'était intense. Sauf que, depuis que Peyton et moi avons cessé de nous parler, je ne m'en suis pas vraiment remis. Je suis toujours capable d'apprécier le physique d'une jolie fille, mais ce n'est plus pareil.

— Non, je t'assure, reste toi-même, reprends-je, sinon tu seras coincé, tu seras forcé de jouer un rôle chaque fois que tu seras en sa compagnie.

— Tu crois ? me demande-t-il, les sourcils froncés.

— Absolument, confirmé-je en appuyant sur la sonnette. N'essaie pas de changer pour une fille.

— Ouais ! s'enthousiasme-t-il soudain en hochant vigoureusement la tête. Pas question que je change pour quelque fille que ce soit !

— Sois honnête, sois toi ! insisté-je en le gratifiant d'un *fist bump*.

—Eh ! lance Whitney en nous ouvrant. Salut, les gars ! Kari est dans la cuisine. Elle commande des pizzas.

Evan tend la main à Whitney, qui la regarde sans comprendre.

—Tu peux jeter ça, s'il te plaît ? lui dit-il en dépliant les doigts, révélant l'étiquette déchirée. J'ai acheté ce sweat chez Old Navy pour essayer de t'impressionner, mais j'ai oublié de retirer l'étiquette.

—Euh… oui, bien sûr, répond-elle en prenant les morceaux de carton et en me lançant un regard furtif comme je me faufile à l'intérieur de la maison.

—Ne cherche pas à comprendre, lui conseillé-je en secouant la tête.

Dire à Evan de rester lui-même n'était peut-être pas la meilleure des idées. Après tout, j'ai été moi-même avec Peyton, et voilà où cela m'a mené.

Jace

Le voyage

Samedi 26 juin, 11 h 23
Siesta Key, Floride

— Est-ce que cette bagnole est sûre ? m'interroge Peyton comme nous démarrons.

— Bien sûr qu'elle l'est. Je suis un maniaque de l'entretien.

Ce sont des conneries, évidemment. C'est vrai, je nettoie régulièrement l'habitacle de ma voiture dans le cas où j'y ferais entrer une fille ; pour le reste… Je ne suis pas un pro de la vidange, par exemple. Un jour, un mécanicien m'a dit qu'il était inutile de changer son huile plus d'une fois tous les dix mille kilomètres et que ceux qui le font sont des gogos. Alors je l'ai pris au mot.

— C'est bizarre, mais j'ai du mal à te croire, me dit-elle.

Elle examine la banquette arrière en espérant trouver matière à critique, un emballage de fast-food ou une canette vide, mais il n'y a rien. Rien à part Hector. Mon chien.

Enfin, ce n'est pas vraiment *mon* chien. Il y a quelques jours de cela, Evan s'est pointé chez moi avec Hector, un golden retriever croisé, qu'il m'a persuadé de garder. Hector était supposé être un cadeau pour Whitney, sauf que celle-ci s'est révélée allergique. Evan essaie donc de lui trouver une nouvelle maison, et comme ses parents sont super sévères et qu'ils ne veulent pas le garder, eh bien, c'est à moi qu'on a refilé le bébé.

Vu que je ne pouvais pas laisser Hector à la maison pendant que mes parents étaient au mariage, je n'ai eu d'autre choix que de le prendre avec moi dans ma chambre d'hôtel. Ce qui signifie qu'il va participer à notre petite virée.

Peyton lui gratte le menton ; le chien lui lèche la main.

— Gentil toutou, lui dit-elle d'une voix toute douce. Tu es tellement beau.

Je glousse.

— Il n'y a que les cons qui détestent les chiens ! assène-t-elle en me lançant un regard noir.

— Je ne les déteste pas. C'est juste que je ne comprends pas pourquoi tout le monde les aime tant. D'accord, il est mignon, mais il n'y a pas que l'apparence qui compte, si ?

— Je ne sais pas, répond-elle, morveuse. À toi de me le dire.

Elle s'enfonce dans son siège et ferme les yeux, ne me laissant même pas le temps de trouver une repartie spirituelle. Je la regarde du coin de l'œil. Mon Dieu qu'elle est belle ! Je secoue la tête, écœuré par mes propres pensées, et engage la voiture sur l'allée incurvée qui mène à la sortie du yacht-club. Une fois passé le portail, je m'insère sur la route principale et prends la direction de l'autoroute.

— Euh… y a quelqu'un…, tenté-je.

— Quoi ? lâche-t-elle, les yeux fermés.

Elle baisse la main, appuie sur un petit levier et incline son dossier. Hector se rapproche et pose le menton près de la tête de Peyton en lâchant un soupir d'aise. Génial. Ils se sont ligués contre moi. Me voilà bien.

— Tu n'as pas un itinéraire ?

— Pour aller où ?

— Mmh… dans le Connecticut.

— Non, répond-elle, légèrement paniquée, en ouvrant soudain les paupières. Je n'ai pas d'itinéraire.

— Comment est-on censés s'y prendre, alors ?

Elle se mord la lèvre et réfléchit.

— Il suffit de rouler vers le nord, non ? Le Connecticut est au nord. On va forcément tomber dessus.

— Waouh ! il est super, ton plan. Rouler vers le nord et croiser les doigts… (Je secoue la tête, incrédule.) Pour quelqu'un qui se soucie de la fiabilité de ma voiture, tu ne me sembles pas très préparée.

— Désolée, je n'ai pas d'itinéraire pour rentrer chez moi, s'excuse-t-elle en fouillant dans son sac. Je pensais qu'on allait en Caroline du Nord, il faut dire. Tu as bien un GPS, non ?

— Non.

— Hein ?

— Non ! Pourquoi est-ce que j'aurais un GPS ? Ce matin encore, je pensais rentrer chez moi juste après le brunch. C'est à quinze minutes d'ici et je connais très bien le chemin, alors que, là, j'en ai pour quinze heures, et je ne sais même pas où je vais !

— Vingt-sept.

— Pardon ?

— C'est à vingt-sept heures de route.

— Il y a vingt-sept heures de route jusque chez toi ?

— Je croyais que tu le savais, confirme-t-elle dans un haussement d'épaules.

— Comment est-ce que je… ?

Je me tais. À quoi bon nous disputer tout le temps ? Ce voyage vient à peine de commencer, aussi n'avons-nous aucune raison de le faire. Il sera temps plus tard d'être fatigués et grincheux, non ?

— Bon, écoute, ce n'est pas grave, reprends-je. On va s'arrêter pour acheter un GPS.

— Attends une seconde, je crois que j'en ai un sur mon téléphone. (Elle sort son téléphone et se met à scruter l'écran.) Qu'est-ce que c'est que cette connerie ? (Elle fronce les sourcils, éteint son téléphone et le rallume.) Il ne fonctionne pas.

— Tu l'as peut-être fait tomber.

Elle secoue la tête.

— J'espère que tu as sauvegardé tes photos, ajouté-je. Ce serait dommage de tout perdre…

Mais elle ne m'écoute plus. Elle fixe les yeux sur son téléphone et son regard s'éclaire soudain. Elle a compris.

— Quoi ? Qu'est-ce qu'il y a ? Qu'est-ce qui se passe ?

— Mon téléphone est désactivé, m'annonce-t-elle. Il… n'est pas cassé… Il est juste…

— Quoi ? Tu as oublié de payer ta facture ou un truc comme ça ?

— Ouais, un truc comme ça.

Elle pousse un soupir et se masse les tempes avec les doigts. Elle paraît si petite, sur le siège de la voiture, que je commence à me sentir mal pour elle.

— Bon, ce n'est pas si grave, reprends-je pour la rassurer. On va en acheter un, de GPS. Si tu as besoin d'appeler quelqu'un, prends mon téléphone. Ce n'est pas un problème.

Elle secoue doucement la tête, tandis que son regard se perd dans le lointain. Je crains qu'elle se mette à pleurer de nouveau.

— Peyton, murmuré-je, ça ira. Je vais m'occuper de tout. Tu n'as pas à t'en faire, d'accord ?

Après une seconde de silence, elle opine du chef.

Quand nous nous garons dans le parking d'un magasin *Target*, un quart d'heure plus tard, Peyton semble s'être calmée. Elle fait glisser ses lunettes de soleil sur son nez et se dirige avec moi vers le magasin sans prononcer le moindre mot.

Une fois à l'intérieur, elle attrape un panier.

— Un panier pour un GPS ? l'interrogé-je.

— Il me manque deux-trois bricoles. Du shampooing, des trucs comme ça, précise-t-elle d'un ton pas du tout capricieux.

— D'accord.

— Tu devrais prévoir des trucs aussi, me conseille-t-elle. On devra peut-être passer la nuit quelque part.

À l'idée de passer la nuit avec Peyton, mon cœur s'emballe. Nous deux. Seuls dans une chambre de motel. Peut-être restera-t-il une seule chambre, avec un lit. J'essaierai de dormir par terre, évidemment, mais au milieu de la nuit, quand j'aurai trop mal au dos, je me glisserai discrètement sous la couette…

— Eh ! fait une voix juste devant moi.

Je lève les yeux et découvre un homme que, pendant quelques secondes, je ne reconnais pas. Alors je me souviens, et mon enthousiasme initial se dégonfle. B.-J.

— Jace et Peyton ! Content de vous voir, les cinglés !

— Contente de te voir aussi, dit Peyton à mon grand dam.

B.-J. a une case en moins. C'est le petit ami de Courtney, le meilleur ami de Jordan. De nous trois, c'est clairement lui le cinglé. Qui sait ce qu'il est encore en train de manigancer ?

Je le gratifie d'un léger sourire et attrape le bras de Peyton pour l'entraîner loin de lui.

— Eh, c'est moi, B.-J. ! Ne fais pas semblant de ne pas me reconnaître, Jacey ! Pas après la conversation qu'on a eue hier soir.

Il cligne de l'œil, et je prie pour qu'il ne remette pas cela sur le tapis. Pas devant Peyton, en tout cas.

— On est potes. Du moins, c'est ce que je croyais, ajoute-t-il.

Il ouvre la boîte de Twinkies qu'il a dans les mains, en prend un, le casse en deux et en lèche le glaçage.

— Ouais, je sais, dis-je. Je me rappelle. On s'est bien marrés, ha ha !

J'essaie une nouvelle fois d'entraîner Peyton loin de lui, mais il nous emboîte le pas.

— Tu veux un peu de Twinkie ? propose-t-il à Peyton, sans doute parce qu'il sait que je n'en veux pas.

Manifestement, il ne la connaît pas très bien, car elle n'accepterait sa friandise pour rien au monde. Peyton est beaucoup trop coincée.

— Merci, dit-elle en acceptant la moitié du Twinkie et en mordant dedans à pleines dents. Je crève de faim.

— Moi aussi, acquiesce B.-J. en hochant la tête. Tu sais, on a le droit de manger dans un magasin à condition de payer la nourriture en sortant.

— Ah bon ? Je ne savais pas, dis-je.

Non seulement ce type est emmerdant comme la mort, mais en plus il est dégoûtant. Il a du glaçage plein les lèvres, et cela ne lui va pas très bien. Cela ne va à personne, d'ailleurs.

— Moi, je le savais, intervient Peyton. Chaque fois que je vais en courses avec ma mère, j'ouvre une boîte d'Oreo.

— Carrément, poursuit B.-J. en hochant vigoureusement la tête. Comme je le dis toujours à Jordan…

— Ouais, d'accord, le coupé-je. Tout cela est très intéressant, mais on est pressés.

— Comment ça ? s'étonne-t-il sur le ton de la conversation.

— Secret défense, désolé.

— Jace me ramène à la maison dans le Connecticut, lui répond Peyton. Ma réservation a été annulée au dernier moment.

— Merde ! ça craint. (Il sort un nouveau Twinkie de sa boîte, le casse en deux et en tend une moitié à Peyton.) Eh !

vous savez que Jordan et Courtney sont allés en bagnole jusqu'à Boston, une fois. C'était génial. C'est à cette occasion qu'ils se sont remis ensemble. Enfin, pas tout à fait à cette occasion, mais…

— Ça ne risque pas de nous arriver, l'interromps-je.

Je lui lance un regard, l'air de lui dire : « Laisse-nous, et, surtout, ne t'avise pas d'évoquer notre conversation d'hier soir. »

— C'est clair, confirme Peyton.

— Mais, hier soir…, commence B.-J., perplexe.

— Non, affirmé-je avec un regard sévère.

Miraculeusement, il semble comprendre le message.

— Ouais, affirme-t-il en hochant la tête. Ça ne m'étonne pas, en fait. Toi, Peyton, tu es cool, alors que Jacey… Jacey est un peu…

Il finit par se taire – sans doute parce qu'il se rappelle ma présence.

— Et si on achetait ce GPS et qu'on se tirait ? proposé-je.

— Qu'est-ce que vous voulez faire d'un GPS ? me demande B.-J. en nous suivant.

— Je ne connais pas le chemin pour rentrer chez moi, lui réponds Peyton.

J'accélère un peu et me retrouve quelques mètres devant eux, mais je les entends qui bavardent de Jordan et Courtney, de *road trips* et d'autres débilités. Je suis sur le point de perdre patience lorsque B.-J. dit enfin :

— Bon, il faut que je vous laisse, j'ai un déguisement à trouver.

— Un déguisement ? s'étonne Peyton.

— Ouais. Il y a un grand bal costumé sur la plage, ce soir. Enfin, je fais tout pour que ça devienne une fête costumée. J'adore les déguisements. C'est tellement amusant, ajoute-t-il en mordant dans son Twinkie.

— Ouais, eh bien, c'est cool, interviens-je. Amusez-vous bien. On se revoit plus tard.

Ou pas.

Peyton lui dit au revoir, et B.-J. disparaît dans un autre rayon.

— Ce mec est fou, lancé-je.

— Je l'aime bien. Il est différent.

— Tu parles ! gloussé-je. Il a pété un boulon, oui !

— J'étais sûre que tu dirais un truc comme ça, proteste-t-elle en levant les yeux au ciel.

Nous sommes dans le rayon électronique, désormais, et les moments de vulnérabilité qu'elle a connus dans la voiture, quand elle était presque prostrée, les yeux fermés, ou quand elle s'est rendu compte que son téléphone ne fonctionnait plus, sont oubliés depuis longtemps. À présent, elle se comporte comme si elle contrôlait la situation – avec l'immaturité qui la caractérise.

— Qu'est-ce que tu entends par là ? l'interrogé-je en la rejoignant devant un étalage de GPS.

— Rien. Simplement que tu n'aimes pas ce qui sort de la norme. (Elle examine les appareils exposés et secoue la tête.) Ces trucs coûtent la peau des fesses.

Je la suis tandis qu'elle contourne le rayon pour voir les autres modèles.

— J'aime ce qui sort de la norme, me défends-je.

— Ha ! lâche-t-elle en s'agenouillant pour regarder de plus près des appareils disposés dans une vitrine. Cite-moi un groupe que tu écoutes et qui ne passe pas à la radio.

— Guru Steve.

— Guru Steve ? répète-t-elle, la tête penchée sur le côté. Ce n'est pas… ce n'est pas le groupe de tes copains ?

— Ouais, et alors ?

— Mon Dieu ! tu es vraiment un cas désespéré.

— Je suis un cas désespéré parce que je n'écoute pas tous les groupes indés ?

— Oui, confirme-t-elle en se relevant et en soupirant bruyamment. Les vendeurs ne sont jamais là quand on a besoin d'eux. Il faut une clé pour ouvrir cette vitrine.

— Je te signale que je m'intéresse à plein de trucs que les gens ne connaissent pas, en général. Par exemple, de tous mes amis, j'ai été le premier à ouvrir un compte Twitter.

— Ça ne compte que si tu as pu l'ouvrir sous ton propre nom.

— Hein ?

— Tu as pu choisir « Jace » comme nom d'utilisateur ?

— Ben non, c'est impossible. En plus, même si j'avais pu, je ne l'aurais peut-être pas fait. Trop de pression.

— Trop de pression ?

— Ouais, si tu ne tweetes pas des trucs intéressants tout le temps, les gens pensent que tu ne mérites pas ton nom d'utilisateur, que tu dois le céder à quelqu'un de plus cool. On m'aurait reproché de ne pas être le plus cool des Jace, quoi…

— Mouais…, fait-elle en secouant la tête. Bon, tu nous trouves un vendeur, oui ou non ?

— Oui !

Je m'éloigne en me demandant si elle a raison ou non. Bien sûr que je ne suis pas conformiste. Qu'elle m'accuse d'être amoureux de la norme prouve simplement qu'elle ne sait pas de quoi elle parle, qu'elle ne sait rien sur rien. Je scrute les rayons à la recherche d'un vendeur et, bien évidemment, je n'en vois aucun.

Je pousse un soupir. Peyton sait quand même quelque chose : les vendeurs ne sont jamais là quand on a besoin d'eux.

Peyton

Le voyage

Samedi 26 juin, 12 h 07
Bradenton, Floride

Je n'arrive pas à croire que mon téléphone soit désactivé. Non, c'est un mensonge. Je le crois, et je sais exactement pourquoi il ne fonctionne plus. Parce que ma mère n'a pas payé mon abonnement. Et je sais pourquoi elle n'a pas payé mon abonnement. Parce qu'elle n'a pas d'argent.

Je suis tellement frustrée que je me retiens à grand-peine de donner un coup de pied dans une étagère du rayon électronique. Ce qui serait un désastre, évidemment, car je ne peux pas me permettre financièrement de causer ce genre de dégâts. Au lieu de quoi je me contente de donner un coup de poing dans le vide. Aussi fort que je peux. Cela suffit à dissiper ma colère et, pendant une seconde, je crois que je vais me mettre à pleurer. Passé ce moment de doute intense, je me sens simplement déprimée.

J'ouvre mon sac et je jette un coup d'œil dans mon portefeuille. Je dispose de 300 dollars. Je m'étais dit que cela suffirait pour me rendre en Caroline du Nord, vu que tout était presque payé. Brooklyn était censée utiliser la carte de crédit de sa mère pour louer une voiture, et moi la rembourser une fois arrivée à destination et une fois reçue ma première paie. Il m'aurait fallu trouver un boulot, évidemment.

Sauf que je suis obligée d'acheter un GPS et que je ne sais pas combien il va me rester d'argent. Le moins cher de leurs appareils coûte un peu moins de 100 dollars. Une fois les taxes payées, il me restera tout juste de quoi survivre en Caroline du Nord en attendant de trouver un boulot. Sans compter que je vais devoir régler mon problème de téléphone, trouver un moyen de le remettre en fonction, et qui sait combien cela va me coûter ? Et si Jace et moi sommes obligés de dormir à l'hôtel ?

Quand Jace réapparaît enfin avec un vendeur, je suis à deux doigts de la crise de nerfs.

— J'ai enfin trouvé quelqu'un...

Ce quelqu'un est un jeune homme boutonneux peu enthousiaste d'environ vingt ans. La dernière chose qu'il ait envie de faire semble être de vendre des GPS un samedi matin.

— Vous n'avez pas moins cher ? demandé-je en désignant un appareil à l'air tellement fragile qu'il ne tiendra sans doute pas plus de deux semaines.

Et alors, me dis-je ? Qu'il tienne deux jours, ce sera amplement suffisant.

— Chais pas, répond le type en haussant les épaules.

— Vous vendez des cartes, ici ?

Je ne sais pas replier une carte et encore moins la lire, mais à situation désespérée…

—Eh ! ne t'en fais pas pour ça, intervient Jace. C'est moi qui paie le GPS.

Je secoue la tête. Je ne demande pas la charité. S'il est une chose que cette situation avec ma mère m'a apprise, c'est la nécessité de rester debout. C'est pour cela que j'ai décidé de partir. Pour cela et à cause de cette chose horrible qu'elle m'a faite. Cette chose horrible que je n'oublierai jamais, mais à laquelle je refuse de penser maintenant et, si possible, plus tard.

—Sûrement pas, rétorqué-je. Ce n'est pas à toi de payer.

—Détends-toi, me dit Jace en levant les yeux au ciel, comme pour me faire comprendre que j'ai été bête de croire qu'il voulait simplement me rendre service. J'ai besoin d'un GPS. Ne serait-ce que pour rentrer chez moi après t'avoir déposée.

—Ah…

Dans ce cas, pourquoi pas ?

Je fais un pas en arrière pour lui permettre de regarder dans la vitrine. Je le vois examiner successivement tous les appareils, je l'écoute poser des questions. Pendant ce temps, je pense à ce qui s'est passé hier soir dans sa chambre d'hôtel, je ferme les yeux et, pendant une seconde, je me surprends à regretter de ne pouvoir remonter le temps pour retourner là-bas, avant que Brooklyn m'ait fait faux bond, avant que j'apprenne que Jace est un gros menteur. Pour ne plus avoir à supporter tout cela.

Quelques minutes plus tard, après que Jace a choisi son GPS, nous nous séparons. Je mets dans mon panier du shampooing (marque de distributeur), de l'après-shampooing (marque de distributeur) et une bouteille d'eau (marque de distributeur). Puis je le retrouve à la caisse où je paie mes achats et où Jace achète le GPS et quelques os pour Hector. Il aurait donc un cœur ?

Comme nous retournons vers la voiture, je commence à avoir mal au ventre. L'atmosphère chaude de la Floride me fait du bien, cependant, et je lève le visage vers le ciel en espérant que la vitamine D améliorera mon humeur.

Jace déverrouille la voiture, et je me glisse sur le siège passager. Aussitôt, Hector me lèche le visage, heureux que nous soyons de retour et de ne pas avoir été abandonné dans la voiture.

— Gentil toutou, lui dis-je en lui grattant le menton et en enfouissant mon visage dans sa fourrure.

Nous avons un GPS. Ne me reste plus qu'à trouver un moyen de me faire conduire en Caroline du Nord tout en faisant croire que nous allons dans le Connecticut.

Peyton

Avant

Samedi 22 mai, 19 h 07
Greenwich, Connecticut

Je suis en train de finir mon yaourt glacé lorsque mon téléphone portable sonne.

— C'est ma mère, dis-je à Brooklyn. Elle se demande sûrement où je suis.

Je suis partie sans prévenir mes parents – notamment parce qu'ils étaient encore en train de se disputer à cause de cette stupide histoire de robes et que je ne voulais pas être mêlée à cela. Alors j'ai eu la bonne idée de m'enfuir discrètement. Les burgers que nous avons mangés étaient réellement excellents, et les yaourts glacés sont encore meilleurs.

— Oui ? réponds-je en raclant ce qui reste de yaourt au beurre de cacahouète avec un dernier morceau d'Oreo.

— Peyton ! commence ma mère. Où étais-tu passée ?

— Je suis avec Brooklyn. On mange un yaourt glacé.

— Tu dois rentrer tout de suite.

Dans le fond, j'entends des bruissements frénétiques.

— Pourquoi ? demandé-je, sur la défensive.

— Parce qu'il faut rapporter les robes au magasin ! Et les chaussures ! Et le chapeau ! Ton père est complètement ridicule, il a perdu les pédales ! Et maintenant je suis obligée de passer mon samedi soir au centre commercial pour rapporter ces robes !

Elle hausse le ton pour prononcer cette dernière phrase – sans doute pour que mon père l'entende. Ce qui n'est pas nécessaire, puisqu'elle lui a dit tout cela plus tôt, quand ils se disputaient.

— Maman, tu t'emballes pour pas grand-chose. Attends un peu que ça se tasse, et tu pourras garder les robes.

Elle devrait le savoir. C'est toujours la même chose, avec mes parents. Ma mère dépense de l'argent, mon père se met en colère, ils se disputent, ma mère se met dans une colère encore plus noire que celle de mon père, elle fulmine, elle crie qu'elle va tout rapporter, qu'elle n'arrive pas à croire que son mari lui fasse cela et bla-bla-bla. Alors mon père cède, secoue la tête et dit que c'est pour cela qu'ils divorcent, avant de s'enfermer dans son bureau en claquant la porte pour ne pas en sortir pendant des heures.

— Non, insiste ma mère. Nous allons les rendre. Rejoins-moi au centre commercial dans un quart d'heure.

Elle raccroche.

— Qu'est-ce qui se passe ? me demande Brooklyn.

Je pousse un soupir et je mange ma dernière cuillerée de yaourt glacé.

— Je dois retrouver ma mère au centre commercial. Tu peux me déposer ?

— Bien sûr

Elle me lance un regard compatissant par-dessus la table. Brooklyn est la seule personne à qui j'ai parlé des disputes monétaires de mes parents. Elle comprend parfaitement ce que je ressens, même si ses parents à elle entretiennent une relation bien plus normale.

En revanche, je ne lui ai toujours pas dit que mes parents divorcent. Je ne l'ai dit à personne d'ailleurs. Je ne sais pas pourquoi. Peut-être parce que je n'y crois pas vraiment, vu que mes parents ne finissent jamais ce qu'ils entreprennent.

Évidemment, il se peut que je sois dans le déni.

Je chasse cette idée de mes pensées, je jette mon pot de yaourt vide à la poubelle et je suis Brooklyn dans le parking.

Lorsque j'arrive enfin dans le centre commercial, ma mère a retrouvé le sourire.

— Salut ! J'ai discuté avec ton père, et on va pouvoir garder les robes.

Je soupire.

— Dans ce cas, pourquoi m'as-tu fait venir jusqu'ici ? J'étais avec Brooklyn, et on…

— Parce que, à l'issue des négociations, j'ai accepté de rendre le chapeau.

Je me tourne vers le kiosque qui abrite la caisse et devant lequel se tient ma mère. Le chapeau est posé sur le comptoir.

Nicole nous rejoint en trottinant.

— Puis-je vous aider ? demande-t-elle d'un ton enjoué.

Mais lorsqu'elle nous reconnaît, ma mère et moi, son sourire vacille. Nous sommes revenues pour la tourmenter, semble-t-elle se dire.

— Oui, répond ma mère en plissant le nez. Nous aimerions rendre ce chapeau hideux.

— Bien, acquiesce Nicole en prenant l'article et en regardant l'étiquette. Vous avez le ticket de caisse ?

— Bien sûr que j'ai le ticket de caisse ; j'ai acheté ce chapeau ce matin.

Elle fait glisser le ticket sur le comptoir, et Nicole entreprend immédiatement de taper sur sa caisse enregistreuse pour procéder au remboursement.

— Je suis désolée que tu sois obligée de rendre le chapeau, maman.

Elle agite la main comme si ce n'était rien du tout, alors que, un peu plus tôt, à la maison, l'idée de ne pas garder ce chapeau la rendait folle.

— Ce n'est pas grave, me rassure-t-elle, avant de baisser la voix et d'ajouter : Quoi que tu fasses, Peyton, surtout, ne te marie jamais pour l'argent. Parce que l'argent, ça va, ça vient…, conclut-elle en regardant le chapeau avec nostalgie.

Je résiste à l'envie de lever les yeux au ciel. Ma mère ne se défend pas d'avoir épousé mon père pour son argent. Ma mère a été adoptée, et elle a grandi dans un foyer modeste. Non pas pauvre, mais modeste. Ses parents adoptifs se sont serré la ceinture pour pouvoir se payer une jolie maison et financer les études de leur fille dans une école sympa. Ma mère était copine avec les jeunes les plus populaires et les plus riches, et elle m'a avoué un jour qu'elle ressentait le besoin de les imiter.

Personnellement, je crois que ma mère a intégré qu'elle avait un destin et que, bien qu'adoptée, elle était faite pour devenir riche. Mais c'est une supposition, évidemment. Un peu comme si elle pensait que ses parents biologiques avaient de l'argent et qu'elle se devait d'en avoir elle aussi. Alors qu'elle ne savait rien de ses géniteurs et que, par exemple, elle n'a jamais tenté de retrouver la trace de sa mère biologique. (Sans doute parce qu'elle craignait de découvrir qu'elle n'était pas riche du tout.)

Bref, une fois ses études terminées, elle a décidé d'épouser un homme riche. Quand elle a eu vingt-trois ans, elle a épousé mon père, qui en avait trente. Lui était promoteur immobilier, et il gagnait des millions en achetant et vendant des propriétés et en investissant dans des immeubles commerciaux.

Un an plus tard, ma sœur, Kira, est née. Ma théorie, c'est que ma mère n'avait pas envie de travailler et qu'elle a fait un enfant pour pouvoir rester à la maison. Quand Kira a eu cinq ans et qu'elle est entrée à l'école, ma mère est tombée enceinte de moi ; et quand j'ai eu l'âge d'entrer à l'école, elle avait déjà trente-trois ans et n'avait jamais travaillé. À ce moment-là, elle a jugé plus facile de rester à la maison, encore une fois.

Sauf que, au bout d'un moment, son oisiveté a commencé à agacer mon père. D'autant que le marché de l'immobilier s'est écroulé, entraînant pour lui une baisse de revenus importante, et que ma mère a refusé – ou s'est montrée incapable – de ralentir son train de vie. C'est à ce moment-là que leur mariage a commencé à battre de l'aile.

Voilà pourquoi il est hors de question que je m'accroche à un garçon pour son argent. C'est vraiment la dernière chose que je ferais, et ma mère n'a pas à s'inquiéter pour cela. Par ailleurs, s'il y a un truc que mon histoire avec Jace m'a enseigné, c'est que les garçons en général ne devraient jamais devenir notre sujet de préoccupation principal. Jamais.

— Allez, viens, me dit ma mère, tandis que Nicole lui tend le reçu prouvant que son compte a été crédité. Allons dîner quelque part.

— Tu es sûre que c'est une bonne idée ?

Je ne pense pas que nous devrions dépenser encore de l'argent, mais je préfère ne rien dire car je sais que ce n'est pas ce que ma mère a envie d'entendre.

— Évidemment, insiste-t-elle en levant les yeux au ciel. Nous ne sommes pas indigentes, Peyton.

Derrière sa caisse, Nicole se retient comme elle peut de sourire. Je comprends qu'elle sait que ma mère s'est fait rembourser le chapeau parce qu'elle n'a pas les moyens de se l'offrir. Et je comprends aussi qu'elle jubile intérieurement.

C'est vrai que ma mère s'est mal comportée avec elle, que Nicole a affaire à des clientes horribles et exigeantes toute la journée, mais quand même. Je ne peux m'empêcher de la haïr un peu. Et de m'en vouloir de la haïr car, franchement, quelle personne faut-il être pour haïr une vendeuse ? Mais alors je m'en veux de m'en vouloir de la haïr, parce que je devrais me ranger du côté de ma mère quoi qu'il arrive. Aaahh !

Après notre dîner dans un restaurant japonais, de l'autre côté de la rue (vu que j'ai déjà englouti un burger et un yaourt glacé, je cale au bout de trois sushis), je suis victime d'un énorme coup de fatigue. Trop d'émotions d'un seul coup. Dès que nous sommes à la maison, je décide de faire une petite sieste. Je suis une adepte de la sieste, surtout en soirée. Je ne les compte pas dans mon temps de sommeil ; mes siestes me permettent de veiller tard, de différer l'heure du coucher. C'est d'ailleurs pour cela que j'en fais.

La voiture de mon père n'était pas dans l'allée quand nous sommes arrivées, ce qui signifie qu'il est parti travailler ou visiter un nouveau bien à acheter. Bizarrement, alors qu'il ne semble pas gagner énormément d'argent, mon père n'a jamais songé à se reconvertir. Pour ce que j'en sais, en tout cas. Il s'évertue à injecter des sous dans sa société, rachetant des crédits et des hypothèques, ne pouvant espérer faire des bénéfices qu'en cas de revente immédiate. Si vous me demandez mon avis, c'est un système complètement fou, mais vous ne me demandez pas mon avis…

J'enfile des leggings et un débardeur, et je me glisse dans mon lit avec mon téléphone. Incapable de m'en empêcher, j'effleure l'icone Internet. J'ai encore cédé. Une vraie junkie.

Je me connecte au mur Facebook de Jace. Je ne le visite quasiment plus, en réalité, ce que je faisais tout le temps quand nous nous sommes disputés. Je m'étais promis de ne plus l'ouvrir, de ne plus regarder ses photos, ni lire ses statuts, de ne plus m'intéresser à ce qui se passe dans sa vie. Mais c'est tellement dur.

C'est presque une drogue et, aujourd'hui, je ne peux pas m'en empêcher. Je fais défiler ses photos. Que je connais presque par cœur. Jace avec son copain Evan à un match des Rays de Tampa Bay. Jace et son père en vacances à Daytona Beach. Jace et son équipe de basket après un match.

Je m'attarde quelques secondes sur chacun de ces clichés, scrutant ses yeux, ses vêtements, ses mains, à la recherche du moindre détail intéressant. Je retiens mon souffle en découvrant les dernières photos, craignant d'en voir de nouvelles, d'apprendre des choses sur sa vie récente.

Mais il n'y en a pas.

Je pose mon téléphone sur l'oreiller et je fixe le regard sur le plafond en me demandant ce qu'il est en train de faire. Est-il avec une autre fille ? Fait-il ses devoirs ? Dîne-t-il quelque part avec ses amis ? Se prépare-t-il à faire une sieste, comme moi ?

Tu pourrais lui envoyer un SMS. Cette pensée fait naître un frisson de danger agréable le long de ma colonne vertébrale.

Je sors de mon lit et, sur la pointe des pieds, telle une voleuse, je m'approche de mon bureau et ouvre le tiroir du haut. À l'intérieur, je retrouve un morceau de papier avec le numéro de téléphone de Jace griffonné dessus. Je l'ai recopié avant de l'effacer de mon téléphone, au cas où. Le morceau de papier a été plié plusieurs fois et recouvert de Scotch. Dessus, j'ai écrit : « NE PAS OUVRIR. DANGER DE MORT. »

C'est vraiment débile ; bien sûr que je ne vais pas mourir si je l'ouvre. À part moi, personne ne connaît l'existence de ce papier. Du bout des doigts, j'effleure les mots que j'ai écrits. D'un côté, le Scotch est un peu décollé. Parce que j'ai failli céder, il y a de cela un mois.

De toute façon, me dis-je en rangeant le papier plié dans le tiroir, ce machin ne sert à rien. Puisque je connais son numéro par cœur.

Je retourne dans le lit et je compose le numéro sur mon téléphone, le regardant s'afficher sur l'écran. Puis je tape : Eh!

je vais au mariage du père de Courtney. J'espère que ça ne te dérange pas…

Non, c'est nul. On dirait que tu lui demandes la permission. J'efface tout pour essayer autre chose.

Salut, je sais qu'on ne s'est pas parlé depuis longtemps, mais je n'ai pas envie qu'on soit mal à l'aise quand on se croisera au mariage, alors, coucou… ☺

Mmh… je le relis, puis je décide d'effacer le smiley. Non, ce que je dois faire, c'est appeler Brooklyn pour lui demander conseil. Elle a toujours de super idées quand il faut écrire un SMS ou un e-mail. C'est son talent caché, en quelque sorte. Sauf que je ne peux pas l'appeler car elle me dirait de ne pas écrire à Jace. Et j'ai pris la décision ferme de le faire. Il n'y a pas de retour en arrière possible.

J'efface le « coucou » final. Parce que c'est nul, pas crédible, et que cela sonne comme un prétexte pour lui écrire. C'en est un, mais il n'est pas obligé de le savoir.

Je décide subitement que mon message est mauvais et m'empresse de tout effacer (avant de changer d'avis) et de taper rapidement autre chose.

J'appuie sur « ENVOYER » sans me laisser le temps de me demander comme sonnent mes phrases, puis je glisse mon téléphone sous mon oreiller. J'attendrai de me réveiller pour vérifier s'il m'a répondu.

Jace

Avant

Samedi 22 mai, 20 h 35
Sarasota, Floride

— Vous avez vu ? hurle Evan en se levant et en montrant la télévision. C'était dément, non ? Vous avez vu comment je me suis jeté dans l'eau ?!

Nous sommes chez Whitney et, au lieu de regarder un film d'horreur, nous visionnons la vidéo d'Evan sautant dans la piscine. Il l'a déjà chargée sur YouTube – cet après-midi, sans doute, après avoir trouvé un sweat-shirt à se mettre ce soir.

Quand il a découvert que Whitney avait une télévision connectée, il a tenu absolument à nous montrer ses exploits. *On ne devrait pas pouvoir charger des vidéos sur YouTube si vite après les avoir tournées*, me dis-je en voyant Evan jubiler devant le spectacle de sa propre bêtise.

— C'est génial, hein, Jace ?

— Ouais, c'est cool.

Je ne mens pas. Abstraction faite de l'inutilité et de la débilité de son exploit, la vidéo est plutôt cool. Au moment où Evan saute dans les airs, il pédale dans le vide. Je ne pense pas qu'il l'ait fait de manière intentionnelle – il a eu peur et été pris de panique, je suppose –, mais c'est classe.

— Je n'arrive pas à croire que tu l'aies fait, dit Whitney en secouant la tête. Tu n'as pas eu peur de te cogner la tête et de te tuer ?

— Le courage..., répond Evan avant de mordre dans sa part de pizza. Le courage nous permet de faire des choses qu'on n'a pas envie de faire, des trucs qui nous font peur. La bravoure, ce n'est pas ne pas avoir peur, c'est être capable de surmonter ses craintes.

Je résiste à l'envie de lever les yeux au ciel et je me lève pour aller chercher un autre soda dans la cuisine.

Tandis que je suis seul dans la cuisine, mon téléphone vibre. Un SMS. Envoyé par quelqu'un qui ne figure pas parmi mes contacts. Indicatif régional : 860. Salut, Jace, c'est Peyton. Courtney m'a dit que tu venais au mariage, alors je préfère te contacter histoire qu'on ne soit pas trop mal à l'aise quand on se croisera.

Je cligne des yeux en me demandant si je n'ai pas la berlue. Peyton m'a envoyé un SMS ? Peyton a le culot de m'écrire ? Est-elle devenue folle ? « ... je préfère te contacter histoire qu'on ne soit pas trop mal à l'aise quand on se croisera... » Ha ! évidemment qu'on sera mal à l'aise.

Et pourquoi vient-elle à ce mariage débile, d'ailleurs ? Elle vit dans le Connecticut, pour l'amour du ciel ! Nous ne devrions pas être autorisés à nous rendre tous les deux à cette cérémonie, et vu que c'est moi qui habite le plus près… Elle est de la famille et moi seulement le fils d'un couple d'amis, mais qu'est-ce que ça peut faire ?

— Qui c'est qui t'écrit ? me demande Evan en me rejoignant dans la cuisine ?

— Personne, réponds-je en rangeant mon téléphone dans ma poche.

Pas question que je réponde à cette question. Si Peyton s'imagine qu'elle peut m'envoyer un SMS comme ça en faisant semblant que tout va bien entre nous, eh bien, elle se fourre le doigt dans l'œil.

Evan me considère d'un regard oblique.

— Quoi ? m'enquiers-je en ouvrant le réfrigérateur pour attraper un soda.

Même si, maintenant que j'ai reçu ce SMS, j'ai envie de quelque chose de plus costaud. Une bière, un *shot*, n'importe quoi. Je jette un coup d'œil aux étagères du réfrigérateur, mais il n'y a rien. Soit les parents de Whitney ne boivent pas, soit ils sont suffisamment malins pour planquer leur gnole lorsqu'ils laissent leur adolescente de fille seule à la maison.

— Allez, Jace, insiste Evan. Dis-moi qui t'a envoyé ce SMS.

Je songe un instant à mentir, mais ce serait donner trop d'importance à Peyton. Alors je choisis un soda et je referme la porte du frigo.

— Peyton.

— Peyton ! Mais… pourquoi ?

Je lui lance un regard salace en hochant la tête.

— Qu'elle aille se faire foutre, dit-il.

Je ne dis rien.

— Tu es d'accord avec moi, non ? me demande-t-il d'un ton teinté de doute.

— Ouais.

— Tu veux qu'on en parle ?

— Non.

— D'accord, concède-t-il en se hissant sur le comptoir. Mais peut-être que tu finiras par changer d'avis. Peut-être que tu décideras un jour de me raconter ce qui s'est passé entre vous.

— Probablement pas.

— Pourquoi ?

— Parce qu'il ne s'est rien passé, réponds-je, de plus en plus agacé.

Je cherche quelque chose à boire ou à manger dans les placards de la cuisine, histoire de me distraire.

— Mmh… tu ne devrais pas faire ça, intervient Evan. Tu n'es pas chez toi. Tu ne devrais pas fouiller ces placards comme ça.

— Ah ! parce que tu appartiens à la police de la morale, maintenant ? lâché-je, de mauvais poil.

— Eh ! ne t'emballe pas, mec.

— Écoute, je suis désolé, dis-je en refermant une porte et en me passant une main dans les cheveux. Je n'avais pas envie de recevoir ce SMS, tu comprends ?

Pourquoi m'a-t-elle écrit ? Alors que je venais de la chasser de mon esprit, deux événements en une seule journée viennent me rappeler son existence : d'abord l'appel de Courtney, puis ce SMS.

Je ferais peut-être mieux de ne pas me rendre à ce mariage. Il est clair que je suis encore fragile d'un point de vue émotionnel.

— Tu es certain de ne pas vouloir me dire ce qui s'est passé ? tente de nouveau Evan. Ça te ferait peut-être du bien.

Je pousse un soupir. Et si je lui disais tout ? Cela me libérerait un peu.

— Eh bien, nous…

— Eh ! s'écrie soudain Whitney en déboulant dans la cuisine. Qu'est-ce que vous fichez ? Parce que, si vous cherchez des bouteilles d'alcool, tout est dans ma chambre ! lance-t-elle dans un sourire.

— On discutait, dit Evan. Si tu pouvais nous laisser…

— En fait, on a terminé, le coupé-je. Et je ne serais pas contre une bière.

— Cool ! Allons voir là-haut !

Une demi-heure plus tard, nous sommes dans la chambre de Whitney et je suis bien éméché. Les images d'un film défilent sur un écran plat géant, mais je ne le regarde pas.

Aucun de nous ne le regarde vraiment. On est ensemble, on discute.

— Et si on se disait des secrets ? propose Kari en attrapant une nouvelle boisson sur la table de chevet.

Je ne me doutais pas qu'elle picolait comme cela. Je ne juge pas, attention. Mais elle a déjà bu deux bières en moins d'une demi-heure et, apparemment, elle va attaquer la troisième.

Le pire, c'est qu'elles ne lui font aucun effet. Parce qu'elle est de New York, peut-être. Dans les films, les jeunes de New York arrivent toujours à entrer dans les bars sans qu'on leur demande leur pièce d'identité.

— Pour quoi faire ? intervient Whitney. Je connais déjà tous tes secrets.

Elle est affalée sur un pouf, dans un coin de la chambre, la tête d'Evan posée sur les genoux. Depuis quelques minutes, elle lui caresse les cheveux, ce que je trouve étrange. Enfin, ce que je trouve étrange, c'est qu'elle le fasse devant nous, surtout. C'est quand même… je ne sais pas… intime, non ?

Je sors mon téléphone de ma poche et je relis le SMS de Peyton pour la énième fois. Peut-être devrais-je lui répondre ? Peut-être devrais-je la rassurer, lui dire qu'on ne sera pas mal à l'aise. Peut-être pourrais-je lui écrire que j'ai hâte de la revoir ou, au moins, lui demander de ses nouvelles.

Puis je repense à ce qui s'est passé, et je sens ma colère monter. *Laisse tomber*, me dis-je. Cette fois, j'efface le SMS, mais dès que les caractères ont disparu de l'écran je le regrette. Je n'aurais pas dû faire ça. Comment vais-je faire, maintenant, pour le lire et le relire ?

Mon Dieu ! je n'aurais pas dû me mettre à boire. Je ne bois pas souvent, alors, quand ça m'arrive, je suis submergé par mes émotions.

— Bon, je commence, lance Kari dans un sourire. Quand j'avais treize ans, j'ai volé un gloss chez *Duane Reade*, je me suis fait attraper et la police est venue.

— Ouah, c'est nul ! commente Whitney en levant les yeux au ciel.

— Eh, c'est pas nul ! proteste Kari en prenant un coussin sur le lit de son amie et le lui lançant pour jouer.

— Si !

— D'accord, alors à toi !

— Bien… (Whitney s'éclaircit la voix comme si elle s'apprêtait à faire de grandes révélations.) Vous savez que les examens finaux sont pour bientôt ?

Nous hochons tous la tête. Évidemment que nous le savons. On ne parle que de cela, alors qu'ils ne comptent pas réellement. Techniquement, je pourrais foirer tous mes examens finaux et rester major de ma promo. De toute façon, tout est décidé à l'avance.

Whitney se tourne vers son bureau, un sourire malicieux sur le visage.

— Eh bien, j'ai un exemplaire de l'exam de maths dans mon tiroir du haut.

— Tu mens, contre Kari avant d'avaler une gorgée de bière.

— Absolument pas. C'est Hannah Hewitt qui me l'a donné.

Evan se redresse et la regarde d'un air sérieux.

— Tu en veux combien ? demande-t-il.

— Non, non, répond Whitney en secouant la tête, ce qui fait sautiller ses courtes boucles blondes. Je ne le vends pas.

— Hein ?! proteste Evan. Il faut absolument que tu vendes ce truc. Tu vas t'enrichir !

Je vois qu'il est déjà en train de faire des calculs dans sa tête – le prix d'une copie multiplié par le nombre de clients potentiels.

—Je ne le vendrai pas parce que je ne veux pas que beaucoup de gens s'en servent. J'en ai besoin. Je ne suis pas super forte en maths.

Evan semble déçu.

—Mais tu peux y jeter un coup d'œil si tu veux. Il est dans le tiroir du haut.

—Je peux en faire une copie ?

—Non, répond-elle en secouant la tête. Tu vas devoir revenir pour l'apprendre, dit-elle en se léchant les lèvres et en souriant.

Kari et moi échangeons un regard ; nous haussons les sourcils et je me rends compte que nous pensons tous les deux à la même chose. Whitney et Evan vont sortir ensemble.

—D'accord, dit Evan en se levant et se rapprochant du bureau. Il est où ?

—Dans le tiroir du haut. (Elle le regarde ouvrir le tiroir et fouiller dedans.) Il est plié.

—C'est ça ? demande Evan en sortant une feuille de papier.

—Ouais.

Il déplie la feuille de papier et découvre une photo de David Beckham en sous-vêtements blancs moulants. Il semble choqué. Whitney retombe sur son pouf et éclate de rire.

—C'était vraiment débile, commente Kari en levant les yeux au ciel. J'ai tout de suite compris que tu mentais.

—Menteuse !

—Je le savais parce que tu as dix-sept de moyenne en maths.

— Et alors ? rétorque Whitney. Tu sais bien que je veux un dix-huit.

— N'importe quoi…

— Si c'est n'importe quoi, poursuit Whitney sans cesser de glousser, tu n'as qu'à nous révéler un vrai secret, toi !

— C'est ce que j'ai fait, proteste Kari en se redressant sur le lit de son amie. Je vous ai parlé du gloss piqué chez *Duane Reade*.

— Ouais, mais c'était nul.

C'est cette conversation qui est nulle, si vous me demandez mon avis. Cette histoire de SMS m'a mis de mauvaise humeur, et la bière que j'ai ingurgitée n'a pas arrangé les choses.

— Nan, c'était pas nul !

Grand Dieu… j'espère qu'elles ne vont pas se battre. Nous n'avons vraiment pas besoin d'un psychodrame féminin. C'est même la dernière chose dont nous ayons besoin. C'est d'ailleurs la raison pour laquelle je n'écrirai pas à Peyton. Manifestement, ce qu'elle veut, c'est juste foutre la merde. Pas question que je sois son complice, désolé ! Et si elle croit qu'elle va m'attirer dans un piège, eh bien, elle se fourre le doigt dans l'œil. Bien profond.

— Si, c'était nul, insiste Whitney.

— Au moins, c'était vrai, rétorque Kira.

— Et alors ? Tu as volé un truc quand tu avais treize ans ? La belle affaire ! assène-t-elle en regardant Kira droit dans les yeux, un sourire en coin aux lèvres. Essaie plutôt de nous révéler un vrai secret, un truc important.

— Je n'ai pas de vrai secret, affirme Kari, assise sur le lit, le regard noir rivé sur sa copine, ce qui me fait penser qu'elle doit avoir un vrai secret.

Un secret qu'elle n'a pas envie de partager.

— Pourquoi tu ne révélerais pas ton secret à Jace, par exemple ? glousse Whitney.

— Ferme-la, Whitney ! s'écrie Kari.

— Quel secret ? demande Evan. Tu veux te le faire, c'est ça ?

Evan éclate de rire, mais Kari s'empourpre.

— Oups ! fait Whitney, alors qu'elle jubile intérieurement.

— Et alors ? se défend Kari. Qu'est-ce que ça peut faire ? J'ai flashé sur Jace quand j'ai débarqué de New York mais, franchement, qu'est-ce que ça peut foutre ? En plus, ajoute-t-elle en se tournant vers moi, ça m'a passé au bout d'une journée.

— Comment se fait-il que tu ne m'aies rien dit ? m'enquiers-je en cherchant dans ma mémoire des indices de cette brève passion.

J'ai beau fouiller, je ne trouve rien.

— Mais si, dit-elle. Tu te rappelles, je t'ai envoyé un…

Elle s'interrompt comme le bruit d'une porte s'ouvrant puis se refermant résonne au rez-de-chaussée.

— Whitney ! appelle une voix masculine.

— Merde ! s'écrie-t-elle en écarquillant les yeux et en devenant toute pâle. C'est mon père !

— Je croyais qu'il devait rentrer super tard ? s'étonne Kari en commençant à rassembler les bouteilles de bière pour les cacher dans le placard.

— Moi aussi !

— Il va se mettre en rogne ? demande Evan. Parce que, s'il appelle ma mère, je ne suis pas près de…

— Oui, il va se mettre en rogne ! Je ne suis pas censée inviter des amis et encore moins des garçons à boire dans ma chambre !

— Whitney, tu es là ? appelle de nouveau son père en montant les marches.

— Mon Dieu ! murmure Evan.

— Vite ! les presse Whitney. Planquez-vous !

Evan se glisse sous le lit, tandis que Kari me prend la main et m'entraîne dans le placard. Elle referme la porte à l'instant où le père de Whitney ouvre celle de la chambre.

— Ah ! tu es là. Je t'ai appelée, tu n'as pas entendu ?

Nous sommes serrés dans le placard, mais je ne bouge pas car j'ai trop peur de faire du bruit. Mes parents ne diront sans doute rien si on se fait attraper, mais je n'ai pas envie qu'Evan ait des ennuis. La dernière fois qu'un truc vaguement comparable est arrivé, ses parents l'ont interdit de sortie pendant deux mois. C'était horrible. Il a eu beaucoup de mal à le supporter. Evan est comme un chiot. Il a besoin d'être sociabilisé.

— Désolée, s'excuse Whitney. J'ai dû m'endormir.

— Avec la lumière allumée ? s'étonne son père.

— Ouais. J'ai juste… Je me suis assoupie en révisant mes maths.

Kari se met à ricaner, et je lui plaque l'index sur la bouche pour la faire taire. Elle enfouit son visage dans mon épaule pour étouffer ses gloussements, mais avant que je m'en rende compte, je suis moi aussi en train d'essayer de ne pas éclater de rire.

Heureusement, nous redevenons très vite sérieux. Kari décolle son visage de mon épaule et me regarde fixement.

Et alors, sans me laisser le temps de réagir, elle m'embrasse.

Peyton

Le voyage

Samedi 26 juin, 12 h 34
Bradenton, Floride

— Bon, je me charge du GPS, dis-je en branchant l'appareil dans l'allume-cigare.

J'espère avoir l'occasion d'étudier la carte de près avant que Jace comprenne ce que je suis en train de faire, autrement, je ne vois pas comment je pourrai faire en sorte qu'il me conduise en Caroline du Nord. La Caroline du Nord est un vaste État. J'ai besoin qu'il me dépose à Raleigh et non – je ne sais pas… – à Wilmington, par exemple. Là, je serais dans la panade.

En fait, je ne sais même pas où se trouve Wilmington par rapport à Raleigh. Je n'en ai pas la moindre idée. Voilà pourquoi je dois étudier la carte. Pourquoi n'ai-je pas pensé à tout cela avant de partir ? La moindre des choses, c'est d'étudier un peu la géographie de l'État dans lequel on compte s'installer. Je suis vraiment irresponsable…

— D'accord, acquiesce Jace.

Je tapote sur l'écran du GPS pour accepter les conditions d'utilisation. En résumé, celles-ci disent que, si nous mourons dans un accident parce que nous regardions le GPS au lieu de la route, le constructeur de ce dernier ne sera pas responsable. Ensuite, la machine me demande d'entrer l'adresse de destination. Que faire… ?

Soudain, une brillante idée me vient.

— À mon avis, nous devrions passer la nuit en Caroline du Nord. Ce sera un bon endroit où s'arrêter.

— Ouais, sans doute, répond Jace dans un haussement d'épaules.

— Bien.

J'entre le centre-ville de Raleigh. De là, le Crève-cœur ne sera sûrement pas très loin. Même si je dois prendre un taxi, ce sera faisable. Finalement, les choses s'annoncent plutôt bien !

Je glisse le GPS dans son support, que je fixe au pare-brise, puis je tends le bras derrière moi et fouille dans mon sac, d'où je sors ma couverture en polaire rose. Je bascule mon dossier en arrière et je me blottis sous la couverture, me préparant à dormir. Hector en profite pour se mettre dans sa position préférée, la tête posée sur le dossier à côté de la mienne. Le pied !

— Qu'est-ce que tu fais ? me demande Jace.

— La sieste.

— La sieste ? Tu plaisantes, j'espère ? s'écrie-t-il en secouant la tête.

— Non, pourquoi ?

— Parce qu'on est censés se relayer au volant. Pas question que tu te la coules douce gratos pendant que je conduirai.

Je suis tentée de lui dire que je ne me la coule pas douce gratos, et que je paie même très cher cette course jusqu'en Caroline du Nord. Avec ma fierté. Mais je n'en fais rien.

— Bien sûr qu'on va se relayer au volant, dis-je plutôt. Je ne suis pas une resquilleuse.

— Je préfère.

— Mais tu conduis les deux premières heures. Pendant que je fais la sieste.

— Tu as besoin d'une sieste ? Tu t'es réveillée il n'y a pas si longtemps.

— Il est midi.

— Et alors ?

— Alors le brunch a commencé à 9 heures.

— Et ?

— Et ? Eh bien, certaines personnes se lèvent tôt avant des repas de ce genre, pour se doucher, se préparer, tout ça !

Jace fait partie de ces gens qui ont la chance d'être beaux même quand ils ne sont ni lavés ni rasés. Avant, je trouvais cela sexy – même au sortir du lit, il devait être parfait. Plus maintenant.

— Mouais, si tu le dis, me dit-il.

Tandis qu'il secoue la tête, je m'installe confortablement et ferme les yeux. Soudain, il allume la radio et se met à passer les stations en revue.

— Tu pourrais baisser, s'il te plaît ?

— Non, répond-il en regardant droit devant lui. Le conducteur est aussi en charge de la radio.

— Bien…, marmonné-je, décidant de ne pas me disputer avec lui.

Je le torturerai avec du Taylor Swift plus tard. Jace déteste Taylor Swift, ce qui est incompréhensible. Comment peut-on détester Taylor Swift ? Elle est innocente et mignonne. Et talentueuse, évidemment. Tout le monde l'aime. Il suffit de voir comment l'Amérique tout entière s'est rangée de son côté quand Kanye West lui a manqué de respect. Jace pense que Taylor est trop modeste pour être honnête, qu'elle joue la comédie. C'est vrai qu'elle paraît surprise chaque fois qu'elle remporte une récompense.

— Bienvenue dans l'émission du docteur Laura ! crachent les haut-parleurs.

— Génial, j'adore cette émission, lance Jace.

— Le docteur Laura ? Par pitié, je t'en conjure, ne nous inflige pas ça ! le supplié-je.

— Pourquoi ? Elle est de bon conseil.

— Bien sûr, si tu penses que les femmes devraient rester à la maison pour s'occuper des enfants et que le sexe est interdit avant le mariage.

— Je n'ai pas dit que j'étais d'accord avec elle sur tous les sujets, mais il lui arrive de donner de bons conseils. Quand les gens racontent n'importe quoi, elle n'hésite pas à le leur dire.

Je lâche un grognement méprisant.

— Pourquoi tu as fait ça ?

— Pourquoi j'ai fait quoi ?

— Tu as grogné d'un air méprisant.

— Pas vrai.

— Je te dis que si.

— Jace, je ne grogne pas d'un air méprisant. Jamais, affirmé-je dans un soupir.

— Si tu le dis…

— « Si tu le dis… » Bon, écoute, on pourrait cesser de parler ? Dans quelques minutes je serai endormie. Arrête-toi sur une aire de repos dans deux heures. J'irai faire un tour aux toilettes, puis je prendrai le volant. Ça te va ?

— Oui.

Sauf que je ne m'endors pas. Pourtant j'essaie de toutes mes forces, mais non. Je suis juste vautrée, les yeux fermés, à faire semblant de dormir. Cela me fait mal de l'avouer, mais Jace a un peu raison : le docteur Laura est de bon conseil.

Comme quand elle dit à une femme dont la fille a regardé sans intervenir une autre gamine se faire maltraiter que sa fille est aussi coupable que les brutes qui ont pris une innocente à partie.

Ou quand elle conseille à un homme de cesser de soutenir financièrement son père oisif et quatre fois divorcé.

Ou quand elle soutient une femme qui vient d'interdire à son fils de jouer avec le cousin qui l'a jeté contre une bibliothèque – il y avait du sang partout, paraît-il.

Soudain, juste après qu'elle a lu une publicité pour un genre de travail à domicile – une arnaque, si vous voulez mon avis –, elle prend un nouvel appel.

« Nous avons Sarah en ligne. Bonjour, Sarah. »

« Bonjour, docteur Laura, et merci d'avoir pris mon appel. »

Sarah est nerveuse, comme la plupart des gens qui appellent la station. Sans doute parce qu'elle sait qu'elle va se faire remonter les bretelles par le docteur Laura.

« J'appelle au sujet de mon petit ami. Euh… il habite dans le Colorado, et moi à Washington. Voilà, je me demandais

simplement si notre relation était viable, s'il n'était pas ridicule de rester attachés l'un à l'autre ?»

« Quel âge avez-vous tous les deux ?» s'enquiert le docteur Laura.

« Nous sommes étudiants. Lui est en première année et moi en deuxième. »

« Bien. À mon avis, vous êtes beaucoup trop jeunes pour entretenir une relation sérieuse. Néanmoins, si vous décidez de rester ensemble, vous allez devoir apprendre à vous connaître davantage, ce qui est impossible dans l'état actuel des choses, vu que vous passez très peu de temps ensemble. »

« D'accord… »

Sarah ne semble pas convaincue. Puis elle reprend la parole pour dire une énormité qui me fait réagir contre mon gré :

« Mais nous nous voyons quand même au moins une fois par mois. »

« Certes, mais on n'apprend pas à connaître vraiment une personne en la voyant une fois par mois », insiste le docteur Laura d'un ton plus ferme cette fois.

« On se parle au téléphone tous les jours. Parfois pendant des heures. »

Je m'agite dans mon siège en me retenant de crier à Sarah qu'elle doit immédiatement cesser de contredire le docteur Laura, faute de quoi elle va en prendre pour son grade.

« Eh bien, mademoiselle, si vous avez décidé de passer les plus belles années de votre vie cloîtrée dans votre chambre à parler à distance à un type avec lequel vous ne sortirez sans doute jamais vraiment, grand bien vous fasse. »

« À l'université, je n'ai rencontré aucun garçon qui arrive à la cheville de Brant », insiste Sarah.

Jace s'esclaffe de bon cœur.

— Brant ! Quel nom débile. Elle ferait mieux de plaquer ce loser tout de suite.

— Et c'est toi qui dis ça, marmonné-je, oubliant que je suis supposée être endormie.

— Hein ? fait-il en se tournant vers moi.

— Rien.

— Tu as dit quelque chose !

— Rien, rien. C'est juste que tu sembles trouver idiot que deux personnes s'aiment à distance. C'est pourtant le choix que tu avais fait, il me semble.

Je vois sa pomme d'Adam monter et descendre comme il déglutit. Il secoue la tête et fronce les sourcils.

— Ce n'est pas ce que j'ai dit. Je n'ai jamais voulu…

— Stop !

J'ai commis une erreur. Je n'aurais pas dû remettre ça sur le tapis. La dernière chose dont j'aie envie, c'est d'avoir une discussion approfondie sur notre relation, d'entendre Jace m'expliquer pourquoi il a préféré tout arrêter, que cela n'avait rien à voir avec moi et bla-bla-bla.

— Je ne veux pas parler de ça, ajouté-je.

— Peyton…

— Je ne veux pas parler de ça !

— Ouais, ça ne m'étonne pas.

— Quoi ?

— Que tu ne veuilles pas parler de ça. Tu ne veux jamais parler de rien.

— Ha ! lâché-je en repoussant Hector sur la banquette arrière et en appuyant sur le levier du dossier pour me redresser. Des conneries, oui ! Je peux parler de ce que tu veux, quand tu veux et où tu veux !

— Ah, ouais ? Alors, dis-moi pourquoi tu veux fuguer ?

— Ça ne te regarde pas !

— C'est bien ce que je pensais, jubile-t-il en hochant la tête.

En réaction, j'agrippe le levier de mon dossier et je me rallonge.

— Tu sais quoi ? Ne m'adresse plus la parole ! (J'en profite pour éteindre la radio.) Je ne veux plus écouter ces conneries. Ça me donne des maux de tête.

Je m'installe pour dormir et j'attends qu'il m'appelle, qu'il me demande pardon, qu'il essaie de renouer le contact. Mais il ne dit rien du tout. Il ne rallume même pas la radio. Il se contente de conduire.

Deux heures plus tard, je suis obligée de briser le silence car ma vessie est sur le point de déborder. Je fais semblant de me réveiller, alors que je n'ai pas dormi une minute – à mon grand dam. Quelle erreur j'ai commise en éteignant la radio ! Deux heures, c'est long.

— Tu veux t'arrêter bientôt ? lui demandé-je en m'étirant comme si je venais de me réveiller, comme si je n'avais pas boudé pendant deux heures.

— Pourquoi pas ? Il y a un restaurant *Bojangles* dans quelques kilomètres.

— Oui, ça me va, acquiescé-je d'un ton nonchalant, alors que je suis sur le point d'exploser.

Jace prend la sortie suivante et parcourt les trois kilomètres qui nous séparent du restaurant à la vitesse d'un escargot. À peine s'est-il garé dans le parking que je jaillis de la voiture et me précipite vers *Bojangles*. Avec un peu de chance, il croira que je suis simplement pressée de m'éloigner de lui et il ne remarquera pas que je suis sur le point de me faire pipi dessus.

Quand je sors des toilettes, je rejoins Jace dans la queue et j'entreprends d'étudier la carte, cherchant tout de suite ce qu'il y a de moins cher.

— Tu as déjà mangé chez *Bojangles* ? me demande-t-il.

— Non, il n'y en a pas dans le Connecticut.

— C'est pas mal. Genre KFC, mais en meilleur. Quand on sera en Caroline du Nord, ce soir, on ira faire quelques courses ; ça nous évitera d'aller tout le temps dans des fast-foods.

— D'accord, approuvé-je en opinant du chef, car je n'ai aucune intention de lui dire que je compte me débarrasser de lui dès que nous serons sur place et que nous n'aurons pas besoin de faire des courses ensemble.

Nous avançons de quelques centimètres.

— On prendra deux menus numéro deux, lance Jace. Avec du cheddar pour les deux, plus un Sprite et un Coca Light. Ça te va ? me demande-t-il en se retournant.

Je hoche la tête en fouillant dans mon sac. La nourriture a l'air appétissante, et mon cœur s'emballe un peu parce qu'il se rappelle que j'aime le Coca Light, mais j'aurais préféré quelque chose de meilleur marché. Je croyais que la vie était moins chère dans le Sud que dans le Nord-Est… Ils ne connaissent pas les plats à un dollar ? De la bouffe dégoûtante et grasse, qui bouche les artères, pour seulement un dollar ?

Mais lorsque l'employé lui annonce le total, Jace paie tout avec sa carte sans rien me demander.

— Je paie, me dit-il. Ne t'en fais pas, tu paieras la prochaine fois.

Je songe un instant à protester, mais je crains qu'il me prenne au mot, et comme j'ai besoin d'économiser mon argent…

— Merci, me contenté-je donc de dire en rangeant mes sous dans mon sac.

J'espère simplement que les menus seront moins chers quand viendra mon tour de payer.

Nous prenons nos plateaux, allons nous installer dans un coin et nous mettons tout de suite à manger.

— C'est bon, hein ? me demande-t-il en ouvrant un pot de ketchup et en le mettant au milieu de la table pour le partager avec moi.

— C'est vrai, confirmé-je.

Nous trempons simultanément une frite dans le ketchup, et nos mains se frôlent furtivement.

— Désolée…, dis-je, troublée.

Il commence à faire vraiment chaud, ici.

— Je savais que ça te plairait.

— Pardon ?

— Oui, tout le monde aime.

— Oh !

Je continue à manger, ne sachant trop quoi dire.

Quelques minutes plus tard, il repose son sandwich et me regarde.

— Sérieusement, tu vas me dire pourquoi tu fugues ?

Je soupire.

— Non. S'il te plaît, arrête de me le demander. D'ailleurs, je ne fugue plus, alors cesse de tout dramatiser.

Je croise les doigts sous la table en espérant qu'il croira mon mensonge.

— C'est toi qui as commencé à dramatiser, dans ta chambre d'hôtel.

— Uniquement pour que tu effaces cet air de baratineur de ton visage.

Il ouvre la bouche pour protester, mais se ravise.

— Si tu le dis.

Je mords dans mon sandwich au poulet, même si, subitement, je n'ai plus si faim. Je pense à ma mère. À ce qui s'est passé. Mes yeux s'embrument et commencent à me picoter, alors je ferme fort les paupières. *Je ne pleurerai pas, je ne pleurerai pas, je ne pleurerai pas.*

— Excuse-moi, me dit-il. Je ne voulais pas te faire du mal.

Je préfère me taire.

— Peyton, je t'assure, soupire-t-il. Je te demande pardon. Je sais que tu as tes raisons et qu'elles ne me regardent pas. Mais si jamais tu veux en parler un jour, je suis là.

Bizarrement, le fait qu'il fasse preuve d'une telle gentillesse rend les choses encore plus difficiles pour moi. Et le fait qu'il ne me force même pas à parler me donne justement envie de parler. Parce que, en réalité, personne ne connaît toute la vérité. Ni Brooklyn. Ni mon père. Même ma mère ignore que je sais. C'est trop horrible pour être dit à voix haute.

— Ça ira, ne t'inquiète pas, le rassuré-je. Tu voulais simplement être gentil avec moi.

Il hoche la tête et prend une frite.

— Ils font d'excellents milk-shakes, aussi, reprend-il, sans doute parce qu'il pense que j'ai besoin de changer de sujet. Il y en a même au chocolat et au beurre de cacahouète.

Le milk-shake au chocolat et beurre de cacahouète est mon préféré, et le fait qu'il s'en souvienne est la goutte d'eau qui fait déborder le vase. Je fonds en larmes devant mon sandwich.

— Peyton, qu'est-ce qui ne va pas ? s'enquiert-il d'une voix plus douce.

— Rien. C'est juste... la raison pour laquelle je voulais fuguer... C'est horrible !

Il ne dit rien et, après quelques secondes, me rejoint sur ma banquette et m'entoure de ses bras. Je fonds aussitôt, me collant contre lui, posant ma tête contre son épaule. Nous restons dans cette position pendant quelques instants, puis je me redresse en m'essuyant les yeux.

— Peyton, me murmure-t-il à l'oreille, tu dois savoir que je suis vraiment désolé. Pour tout.

Je ne sais pas s'il parle de ce qui est arrivé avec mes parents ou de ce qui s'est produit entre nous deux. Il écarte mes cheveux de mon visage et plonge son regard dans le mien, et j'ai vraiment, vraiment envie de l'embrasser.

À ce moment-là, un homme arrive et s'assoit à la table voisine, où il se met à tirer bruyamment sur sa paille, mettant définitivement un terme à ce moment. Jace s'écarte de moi et, une seconde plus tard, retourne à sa place. J'ai envie qu'il reste ici, à côté de moi. Sentir de nouveau cette connexion avec lui, après tout ce temps, m'a fait un bien fou, et je n'ai pas du tout envie que cela cesse.

Voilà pourquoi je finis par dire :

— D'accord, je vais te dire pourquoi je voulais m'enfuir.

S'il est surpris, il ne le montre pas. Il se contente de hocher la tête, et je me rappelle pourquoi je l'appréciais tant : il ne juge jamais.

— D'accord, dit-il sans me lâcher des yeux en s'adossant à sa chaise. Je t'écoute.

Alors je me mets à parler.

Peyton

Avant

Samedi 12 juin, 13 h 02
Greenwich, Connecticut

— C'est un connard, déclare Brooklyn.

Nous sommes à la plage, étendues sur nos serviettes, à prendre le soleil. Personnellement, je déteste la plage, mais comme Brooklyn adore, de temps à autre, je l'y accompagne, je fais ma B.A. de meilleure amie. Je me badigeonne d'écran total, j'essaie d'oublier que je suis en maillot de bain et que tout le monde peut me voir, et je passe aussi peu de temps que possible dans l'eau parce que je n'ai pas envie de me faire piquer par une méduse ou un autre animal marin répugnant.

— Je sais, confirmé-je en feuilletant le dernier numéro de *Cosmo*.

Tous les articles traitent des manières de faire plaisir à son homme au lit. Tout cela ne me concerne pas, et je me demande pourquoi je lis ce fichu magazine.

— Je ne comprends pas comment j'ai pu me laisser embobiner comme ça, reprends-je.

— C'est-à-dire ?

— Il m'a fait croire qu'il était si gentil, tout ça. Et après il ne répond même pas à un de mes SMS. Je veux dire, merde quoi, c'est de la politesse élémentaire !

— Attends, tu te fiches de moi, Peyton, rétorque-t-elle sans bouger d'un millimètre sur sa serviette vert citron, le visage tourné vers le soleil. Tu oublies qu'il ne t'a pas calculée après Noël. Qu'il n'ait pas répondu à ton SMS n'a rien d'étonnant.

Je décide de ne pas rebondir sur son commentaire et de continuer sur ma lancée.

— Sans compter que nous sommes censés nous revoir dans deux semaines. Il pourrait légitimement craindre que je sois en colère contre lui. Je pourrais me mettre à lui crier après devant tous les invités, par exemple. Je pourrais lui assener : « Jace Renault, tu es un baratineur, un séducteur, et je suis venue l'affirmer devant Dieu et ta famille ! »

— C'est ce que tu comptes faire ? me demande Brooklyn d'un ton légèrement craintif.

Elle se redresse sur un coude et se tourne vers moi, le sourcil haussé au-dessus de ses énormes lunettes de soleil.

— Bien sûr que non, réponds-je, même si l'idée est tentante.

— Je sais de quoi tu as besoin, s'anime soudain Brooklyn en retirant ses lunettes et en me laissant voir son regard pétillant. Tu as besoin d'un autre mec !

— Non. Pas du tout. C'est même la dernière chose dont j'ai besoin. Les mecs n'apportent que des ennuis. Ils sont synonymes de souffrance et de cœur brisé.

— Ouais, mais pense à tout ce que tu rates, insiste-t-elle en souriant. Tu pourrais signer un pacte avec toi-même et décider de ne pas t'impliquer émotionnellement. Tu prendrais du bon temps, et ça te permettrait peut-être d'oublier Jace.

— Tu crois ?

Je n'étais pas convaincue. L'idée de sortir avec un garçon qui ne m'intéressait que moyennement ne me semblait pas être le meilleur moyen d'oublier Jace. Quoique… il paraît qu'une fois qu'on commence à sortir avec un mec, les hormones font le boulot et on s'attache automatiquement à lui. C'est presque une malédiction pour nous, les femmes.

— Carrément ! affirma Brooklyn en hochant la tête. Difficile d'être en colère contre un garçon quand on est occupée à en embrasser un autre. Allez, dis-moi, avec qui aimerais-tu sortir ? me demande-t-elle en sortant le trombinoscope de l'année de son sac. On va bien s'amuser !

— Je ne sais pas. Je ferais peut-être mieux d'attendre d'être à l'université, non ? Là-bas, je n'aurai aucun mal à l'oublier.

— Mais c'est dans un an ! C'est beaucoup trop long ! Et puis, ce qu'on veut, c'est s'amuser.

— On est en plein été. Comment je vais faire, moi, pour trouver quelqu'un ?

C'est beaucoup plus facile pendant l'année scolaire. On peut se croiser dans les couloirs, tout ça, se lancer des regards de loin. Je m'affale sur ma serviette et je ferme les yeux, laissant les rayons du soleil s'imprimer sur ma rétine à travers mes paupières.

— C'est pas faux, acquiesce Brooklyn en tournant les pages du trombinoscope et en se coinçant une mèche de cheveux derrière l'oreille. On devrait peut-être aller à plus de fêtes. Ou alors tu devrais te trouver un job d'été quelque part où il y a beaucoup de garçons. Dans un magasin de sport, par exemple.

— Ouais, génial. Je rêve de passer l'été vêtue d'un polo minable à essayer de vendre des clubs de golf.

— Pense aux flirts potentiels que ça représenterait ! Oublie les clients ! Il y aura des employés, plein d'employés ! Des garçons, que des garçons, ajoute-t-elle en se mordant la lèvre. Peut-être qu'on devrait y aller toutes les deux.

Mon téléphone se met à sonner. Je sais que c'est pathétique, ridicule, mais, chaque fois que mon téléphone sonne, je ne peux m'empêcher de me dire qu'il s'agit peut-être de Jace. N'importe quoi. S'il voulait répondre à mon SMS, il l'aurait déjà fait. Cela remonte quand même à trois semaines. Je jette un coup d'œil au nom de l'appelant, mais seul un numéro que je ne connais pas s'affiche. Je réponds.

— Allô ?

Pendant une fraction de seconde, je n'entends rien, et mon cœur s'emballe. Jace ?

— Allô ? répété-je.

— Allô ! me répond une voix féminine aiguë. Je suis Maria Valerio, de Visa. Comment allez-vous ?

— Bien, merci…

Mon enthousiasme retombe comme un soufflé. C'est juste une commerciale débile.

— Vous êtes bien Peyton Miller.

— Oui, mais je ne suis pas…

Je voudrais lui dire que je ne suis pas intéressée, mais elle me coupe aussitôt la parole.

— Bonjour, mademoiselle Miller. Je vous appelle car vous auriez dû vous acquitter de votre dernière échéance il y a trente jours, et nous aimerions vous donner la possibilité de régulariser votre situation avant de faire un rapport.

— Je suis désolée, dis-je tandis que Brooklyn me tend le trombinoscope et me montre une photo de Matt Swift.

Je secoue la tête. Pas question. Matt Swift est mignon, c'est vrai, mais il est aussi très bête. Un jour, je lui ai dit que mes grands-parents habitaient à Cape Cod, et il m'a répondu qu'il avait toujours eu envie de visiter cet État…

— Je ne suis pas intéressée, dis-je à la fois à Brooklyn et à la femme au téléphone.

Brooklyn fronce les sourcils et se remet à feuilleter le trombinoscope.

— Vous n'êtes pas intéressée par quoi, mademoiselle Miller ? me demande la dame au téléphone. Par le paiement de vos factures ?

— Je suis certaine que, le moment venu, je serais tout à fait en mesure de payer mes factures, dis-je en levant les yeux au ciel et en me demandant pourquoi je suis encore au téléphone. Mais je ne veux pas d'une carte de crédit pour l'instant, merci.

— Eh bien, vous auriez dû penser à cela avant d'ouvrir un compte chez nous, lâche-t-elle, soudain méprisante.

— Je n'ai pas ouvert de compte chez vous…

Moi qui cherchais quelqu'un sur qui passer la colère que je ressens à l'encontre de Jace – vu qu'il ne m'appelle pas et que je ne peux pas lui crier après. Peut-être que cette dame fera l'affaire. M'en prendre à quelqu'un qui ne m'a rien fait n'est pas trop mon truc, mais il faut dire que Maria Valerio m'a bien chauffée.

— Bien sûr que si, rétorque-t-elle. Et votre situation n'a pas été régularisée depuis plus de trente jours. Presque soixante, en fait. À la fin du mois, un rapport sera automatiquement transmis à notre siège.

— Qu'est-ce que vous racontez ? m'enquiers-je comme Brooklyn me montre une autre photo.

Je secoue la tête en me levant et me dirige vers le snack-bar afin de mieux entendre la dame du téléphone.

— Je parle de votre carte Visa Capital One. Elle est débitrice de 10 000 dollars et, avec les arriérés et les frais divers, vous devez vous acquitter au plus vite de 528 dollars.

— C'est impossible. Je n'ai pas de carte Visa ! C'est ce que j'essaie de vous dire depuis tout à l'heure.

Comme toutes les tables de pique-nique du snack sont occupées, je m'assieds sur le rebord de la promenade. Celle-ci me réchauffe à travers mon maillot de bain, et je plonge mes pieds dans le sable, où j'agite les orteils.

— Nous avons reçu un premier paiement de votre part à l'ouverture de votre compte, insiste la femme, alors que je viens de lui expliquer que je n'ai pas de fichue carte Visa. Et depuis, plus rien, malgré nos nombreux courriers et coups de fils.

— Mais je n'ai reçu aucun coup de fil ! Où avez-vous trouvé mon numéro, d'ailleurs ?

— Ce numéro nous a été fourni par Datatrax, une société qui nous aide à trouver les numéros des personnes qui ne paient pas leurs factures.

— Sauf que je n'ai aucune facture à payer ! C'est ce que je m'évertue à vous répéter depuis tout à l'heure !

— Êtes-vous en train de me dire que ce compte n'est pas à vous ?

Elle est bouchée, ma parole.

— Oui !

— Vous ne l'avez pas ouvert, alors ? poursuit-elle, sceptique, comme si elle avait souvent affaire à des gens qui refusent de payer leurs factures et se font passer pour d'autres.

— Oui ! Enfin, je veux dire non ! Je n'ai pas ouvert ce compte !

— Dans ce cas, qui est cette Mlle Miller ?

— Je n'en sais rien !

Mon rythme cardiaque s'est accéléré. Car au moment où j'ai prononcé cette dernière phrase un sentiment désagréable s'est emparé de moi. Le sentiment désagréable de savoir qui a ouvert ce compte.

Une personne qui aime dépenser de l'argent.

Une personne qui possède toutes mes données personnelles.

Une personne qui ramasse mon courrier tous les jours et qui serait en mesure d'intercepter les lettres qui me sont destinées.

Ma mère.

Je dis à Brooklyn que je ne me sens pas bien, que j'ai mal à l'estomac, que je dois rentrer chez moi. Comme elle me croit, je me sens mal, mais je ne peux pas lui dire la vérité. Je suis incapable de prononcer ces mots à voix haute, je ne peux rien dire avant d'avoir vérifié que tout est vrai.

Je ne me rappelle pas grand-chose du trajet du retour. À part la colère bouillonnant en moi, un sentiment pire que ce que je peux ressentir pour Jace ou n'importe qui d'autre. Ma colère mijote en faisant des bulles, si bien que, lorsque Brooklyn se gare dans l'allée, ce sentiment m'enveloppe complètement, et j'ai l'impression d'être sur le point d'exploser.

— Maman ! crié-je en ouvrant la porte à la volée.

Pas de réponse.

— Papa !

Toujours pas de réponse. Je traverse la maison à grands pas en les appelant.

Je jette un coup d'œil par la fenêtre de devant et je me rends compte que leurs voitures ne sont pas dans l'allée. Ils sont donc sortis. Je ne sais ni où ils sont ni quand ils vont rentrer, mais je m'en fiche. Je fonce dans leur chambre et j'ouvre violemment le tiroir de la table de chevet de ma mère. Tellement violemment qu'il sort de ses rails et tombe par terre dans un bruit sourd.

Ma mère a toujours eu beaucoup de mal avec le rangement, aussi le tiroir est-il plein de divers objets. De vieux carnets d'adresses, d'anciennes factures, beaucoup d'offres de cartes de crédit, des publicités pour des salles de gym ou des magasins. La chambre de mes parents semble propre et bien rangée grâce à la femme de ménage qui vient deux fois par semaine ; quand on regarde sous la surface, cependant, on se rend compte que c'est le bazar. La femme de ménage ne vient pas pour organiser vos affaires. Surtout si vous ne voulez pas de son aide parce que vous avez des choses à cacher.

Je deviens une véritable furie, fouillant dans les documents, à peine capable d'interpréter ce que voient mes yeux. Je m'efforce de me calmer pour examiner lentement chaque feuille de papier, dépliant tout ce qui est susceptible d'avoir été envoyé par Visa.

Mais il n'y a rien.

Je laisse tout ce bazar par terre pour ouvrir le placard, d'où j'entreprends de sortir tous les paniers alignés sur l'étagère du haut. Eux aussi contiennent des documents et des objets, que je passe méthodiquement en revue. Cela prendra le temps nécessaire, mais je trouverai quelque chose. Et s'il n'y a rien ici, j'irai dans le bureau de mon père. Je doute qu'elle ait caché quelque chose là-bas car il s'agit tout de même de l'espace privé de son époux, mais qui sait ?

Mais la question ne se pose pas.

Je trouve ce que je cherche dans un panier violet marqué « Chaussures », alors qu'il n'en contient pas une seule paire. Marquer « Chaussures » son panier secret était d'ailleurs une idée stupide, vu que ma mère possède un énorme placard à chaussures et qu'elle n'a aucun besoin de stocker sa collection sur cette étagère.

Le panier en question contient donc des lettres envoyées par des organismes de crédit. Du courrier qui m'est adressé. Il y a des dizaines d'enveloppes. J'entreprends de les ouvrir une à une, les mains tremblantes, les joues maculées de larmes, mon cœur martelant si fort les parois de ma cage thoracique que je n'entends rien d'autre.

Je dispose les lettres devant moi, reconstituant l'image de ce que ma mère a fait.

Trois cartes de crédit.

Deux Visa.

Une Mastercard.

Toutes à mon nom.

Au total, cela représente environ 20 000 dollars de crédits à la consommation.

Jace

Le voyage

Samedi 26 juin, 15 h 01
Ocala, Floride

— Waouh…, fais-je simplement lorsque Peyton a terminé de parler.

Je garde le silence pendant quelques secondes, prenant le temps de trouver les bons mots. Elle s'est confiée à moi, et je ne veux pas lui donner de raisons de le regretter. Néanmoins, je trouve que fuguer est une réaction quelque peu démesurée.

— Je n'arrive même pas à imaginer ce que tu as dû ressentir.

— Je me suis sentie trahie. De la pire des manières. En fait, ma mère préfère s'offrir des chaussures de luxe plutôt que d'être sincère avec moi.

— Ouais, acquiescé-je en avalant une gorgée de soda et en réfléchissant à ce qu'elle vient de dire. Mais tu sais que ce n'est pas si simple, n'est-ce pas ? Comprenons-nous bien, ce qu'elle t'a fait est horrible, mais ta mère a manifestement un problème avec l'argent. On ne peut pas en conclure qu'elle aime plus ses chaussures que toi.

C'est la mauvaise chose à dire. Peyton plisse les yeux et, pendant une seconde, j'ai l'impression qu'elle va me rentrer dedans. Au lieu de quoi elle secoue la tête en lâchant un petit rire sec.

—Je me doutais que tu te rangerais de son côté.

—Je ne me range pas de son côté, me défends-je aussitôt.

C'est vrai, d'ailleurs. Je veux juste qu'elle comprenne que sa mère tient sans doute plus à elle qu'elle l'imagine.

—J'essayais simplement de relativiser pour que tu te sentes mieux.

—En m'expliquant que je surréagis ?

—Je n'ai jamais dit ça ! Je suggère simplement qu'il y a peut-être une explication plus profonde à son comportement. Tu ne surréagis pas. Si mes parents m'avaient fait un truc pareil, j'aurais pété un câble.

—Mais tu penses quand même que je ne devrais pas fuguer ?

Je sens bien ce qu'elle attend de moi. Elle voudrait que je lui dise qu'elle a raison de partir et d'être furieuse, qu'elle devrait faire souffrir sa mère autant que celle-ci l'a fait souffrir, que je trouverais normal qu'elle ne remette plus jamais les pieds chez elle.

Sauf que je pense sincèrement que sa fugue est une mauvaise idée. Quand on y pense, c'est fou, même. Qu'espère-t-elle accomplir de cette façon ? Cela ne réglera en rien ses problèmes avec les sociétés émettrices de cartes de crédit, cela n'arrangera pas la situation avec sa mère, cela ne l'aidera pas à reprendre le contrôle de la situation. Cette fugue ne me dit rien, mais alors vraiment rien de bon.

— Qu'en pense ton père ? me contenté-je de demander.

— Je ne lui ai rien dit.

— Pourquoi ?

— Parce que ce n'est… Je ne…

Frustrée, elle est incapable de terminer sa phrase, et son regard se perd dans le lointain.

— Écoute, reprends-je doucement. Je sais que c'est une situation horrible. Mais tu aurais peut-être dû rester chez toi cet été. Pour essayer d'arranger les choses. Ce n'est pas en t'installant en Caroline du Nord que tu pourras faire quoi que ce soit.

Elle prend une profonde inspiration et se remet à parler d'une voix tremblante :

— Je n'ai pas envie d'arranger les choses ni de faire quoi que ce soit. Pourquoi le devrais-je ?

— Parce que tu n'as pas le choix.

— Mais ce n'est pas ma faute.

— Peyton, beaucoup de choses désagréables t'arriveront, et tu n'y seras pour rien. Et pourtant il faudra bien que tu fasses quelque chose.

Comme ses yeux s'emplissent de larmes, je lui prends la main.

— Peyton, tout ceci est très sérieux. Si ça se trouve, on va te demander de rembourser cet argent.

— Tu penses que fuguer est la solution de facilité ?

— Je n'ai pas dit ça.

— Mais c'est ce que tu penses, répète-t-elle en s'adossant à sa banquette, les bras croisés.

Je mords dans mon sandwich pour me donner le temps de réfléchir. Je songe un instant à lui mentir et à lui dire ce qu'elle a envie d'entendre. Mais je ne peux pas.

—Je pense… je pense qu'essayer de faire du mal à tes parents tout en fuyant le plus loin possible de tes ennuis est une réaction normale. Malheureusement, tourner le dos à tes problèmes n'est probablement pas la meilleure solution à long terme.

Mais elle ne lâche pas le morceau.

—Réponds. À. Ma. Question.

—Quelle était ta question ? lui demandé-je en me frottant les yeux et en espérant vainement qu'elle la reformulera différemment.

—Est-ce que tu penses que fuguer est une solution de facilité ?

Je pousse un soupir.

—Franchement ?

—Oui, franchement !

—Franchement, je pense qu'il est toujours préférable d'affronter ses problèmes, de les prendre à bras-le-corps.

Elle secoue la tête en faisant glisser sa paille à travers le couvercle en plastique de son gobelet, ce qui produit des grincements désagréables.

—Je n'aurais jamais dû en parler avec toi.

Elle penche la tête sur le côté et se met à fixer le regard sur un point imaginaire situé au-dessus de mon épaule.

—Eh ! protesté-je, de plus en plus agacé. J'ai été gentil avec toi, et si tu ne voulais pas entendre mon opinion il ne fallait pas me la demander.

— Ben voyons…

Elle reprend son sandwich et se remet à manger. Quelques secondes plus tard, je fais de même.

Comme nous ressortons dans le parking, Peyton me tend la main.

— Quoi ?

— Les clés.

— Ah ! Oui.

Je les sors de ma poche et les lui tends en me demandant si c'est vraiment une bonne idée. Quand je lui ai dit qu'elle allait devoir conduire, j'étais affamé et fatigué ; désormais, j'ai rechargé mes batteries, et puis elle est en colère contre moi. Mais quand même. Je ne serais pas contre une sieste. Je sais que j'ai reproché à Peyton de vouloir dormir, tout à l'heure, mais le fait est que ce brunch a été organisé tôt et que je me suis couché très tard hier soir.

Nous montons à bord de la voiture. Hector entreprend aussitôt de renifler ma main, que je plonge dans le sac en papier aux couleurs de *Bojangles*, d'où je sors le sandwich au poulet que j'ai commandé pour lui en sortant.

Je le lui donne et il me bave joyeusement dessus.

— Eh ! eh ! doucement, lui dis-je.

Il ne m'écoute pas, évidemment. Deux secondes plus tard, il a tout englouti et me lèche les mains, ne cessant que lorsqu'il est absolument certain qu'elles ne contiennent plus rien. Je verse un peu d'eau minérale dans un gobelet vide. Hector lape avec enthousiasme avant de s'affaler sur la banquette arrière en poussant un soupir d'aise.

Je m'essuie les mains avec une serviette, que je jette dans le sac en papier, puis je pose celui-ci par terre. Il faudra que je pense à le jeter lorsque nous nous arrêterons la prochaine fois.

— Ça me fait bizarre, dis-je tandis que Peyton glisse la clé dans le démarreur.

— Quoi ?

— Être assis sur le siège passager de ma propre voiture.

Elle ne répond pas, lève les yeux au ciel et met le contact. Je sais ce qu'elle pense – je me plains d'être assis sur le siège passager de ma voiture, alors que sa vie à elle part en lambeaux. Je décide de tenir ma langue pendant quelque temps. Peut-être a-t-elle simplement besoin que je la laisse un peu tranquille.

Je pose la tête sur son oreiller et je ferme les yeux. Il est doux et confortable. Mmh… Et il sent bon. Les affaires des filles sont toujours comme ça. Son oreiller a la même odeur qu'elle. Il sent la vanille et…

— Eh ! m'écrié-je comme l'oreiller est arraché de sous ma tête. Qu'est-ce que tu fais ?

— Je range mon oreiller sur la banquette arrière, répond-elle en le posant délicatement dans son dos, comme s'il s'agissait d'un enfant.

Hector se l'approprie immédiatement, mettant sa tête dessus, satisfait.

— Tu ranges ton oreiller sur la banquette arrière ? répété-je, choqué.

— Oui. C'est mon oreiller. Et j'ai envie de le poser derrière moi.

— Mais j'étais couché dessus !

— Il n'est pas à toi.

Elle hausse les épaules, fourre la main dans son sac et en sort un paquet de chewing-gums. Elle en jette un dans sa bouche, puis semble considérer le paquet avec hésitation avant de me le tendre.

— Chewing-gum ? propose-t-elle.

— Non, je ne veux pas de chewing-gum. Ce que je voudrais, c'est que tu me prêtes ton oreiller. Il est super confortable !

— Tu ne peux pas utiliser mon oreiller.

— Pourquoi ?

— Parce que tu as la tête sale.

Cette fille est incroyable.

— Donc tu préfères que ce soit Hector qui dorme dessus ? Merde, mais c'est un chien ! En plus, j'ai la tête propre.

Elle se met à glousser.

— Vraiment ? fait-elle mine de s'étonner. Tu as la tête propre, Jace ?

— Et les idées claires… (Je secoue la tête, tends la main derrière moi et me saisis de l'oreiller.) J'ai besoin de cet oreiller.

— Sûrement pas, rétorque-t-elle en me l'arrachant des mains.

— Je te dis que si.

— Non !

Nous tirons tous les deux sur l'oreiller comme des enfants. C'est devenu une question de principe ; l'oreiller en lui-même n'est pas si important.

— Écoute, lui lancé-je. Tu es dans ma voiture, alors je te laisse le choix : soit tu me prêtes ton oreiller, soit tu me laisses le volant, et je serai heureux de retourner à la maison. Où je n'aurai plus besoin de ton oreiller, puisque je serai confortablement installé dans mon lit douillet et chaud.

Elle écarquille les yeux, apparemment choquée que je puisse proférer pareille menace. Pendant un instant, je crains qu'elle me prenne au mot, qu'elle sorte de la voiture et s'en aille. Je serais obligé de la rattraper, évidemment. Je ne vais tout de même pas l'abandonner dans un *Bojangles* perdu au milieu de… de nulle part, en fait, puisque je ne sais pas où nous sommes.

— D'accord, acquiesce-t-elle. Tu peux prendre l'oreiller. (Elle me considère du coin de l'œil en secouant la tête, comme si elle n'arrivait pas à croire qu'elle est en train de me céder.) Je n'aurai qu'à laver la taie avant de m'en servir de nouveau.

— Merci. C'est sympa.

Je glisse l'oreiller sous ma tête.

Peyton passe la marche arrière, lâche doucement le frein et entreprend de sortir de notre place de parking. Je ferme les yeux et m'installe confortablement. Je ne me doutais pas que le siège passager de ma voiture était si confortable. Cool. Si Hector se blottissait un peu contre moi, cela ne me dérangerait pas.

Soudain, un énorme bruit de ferraille retentit comme Peyton rentre dans une voiture qui passe derrière nous.

Jace

Avant

Samedi 24 juin, 18 h 17
Sarasota, Floride

— Tu écoutes ce que je te dis ? demande Evan. Je me répète : on va devoir revoir notre campagne de marketing.

— Notre quoi ?

Nous sommes assis devant un glacier *Crazy Cow*, où nous mangeons des sundaes au caramel chaud et tuons le temps en attendant de rejoindre Kari et Whitney pour aller faire du bateau tamponneur. Le bateau tamponneur, je trouve ça vraiment nul ; sans compter que je suis de mauvaise humeur, mais bon… Evan veut en faire, et les filles aussi, alors je ne vais pas leur dire que je trouve ça nul. Je suis un peu pénible, pas un connard fini.

— Quelle campagne de marketing ?

Je lèche ce qui reste de mon sundae au caramel avant de jeter le pot vide dans une poubelle proche de notre table.

— La campagne de marketing de mes vidéos.

Je résiste à l'envie d'enfouir mon visage dans mes mains.

— Pourquoi as-tu besoin d'une campagne de marketing ?

Evan plante sa cuillère dans son sundae comme une fourche dans du foin.

— Sérieusement, tu n'as pas écouté un mot de ce que j'ai raconté ! lance-t-il en s'adossant à la table de pique-nique et en fixant sur moi un regard accusateur.

— Mais si, je t'ai écouté, mens-je.

— Donc tu devrais savoir qu'aucune émission de qualité n'accepte de vidéo envoyée spontanément. Pour des raisons légales, si j'ai bien compris.

Il plisse le front comme si l'idée que des chaînes puissent ne pas accepter des vidéos envoyées par des jeunes faisant toutes sortes de choses en prenant des risques inconsidérés le dépasse complètement.

— C'est logique, lui dis-je. Ils ne veulent pas que des gens se blessent dans l'espoir de passer à la télé.

— Sans doute, concède Evan, frustré. Mais ça n'arrange pas mes affaires.

— Je croyais que tu voulais commencer par poster tes vidéos sur YouTube ?

— C'est ce que j'ai fait, mais il y a trop de concurrence. Il faut trouver un moyen de rendre le truc viral. D'où la nécessité d'une campagne marketing.

— Viral, répété-je, distrait.

— Bon, dis-moi ce qui ne va pas ! s'emballe-t-il soudain en arrachant sa cuillère du sundae et en mitraillant la table de gouttelettes blanches. Depuis la fin des cours, je te trouve bizarrement distant. Tu as peur pour la remise des diplômes ?

— Pourquoi est-ce que j'aurais peur ?

— Parce qu'elle signifie que la vraie vie commence. Fini, la glande. On va devoir penser à notre avenir.

— Toi, tu vas penser à ton avenir ? l'interrogé-je, sceptique.

— Pas le choix. Moi aussi j'ai des espoirs et des rêves, tu sais ?

— Je sais.

— Bon, tu vas me dire ce qui ne va pas ? insiste-t-il en me regardant avec sérieux, d'un ton totalement dénué d'humour.

— Je ne sais pas, réponds-je en secouant la tête. C'est… cette histoire débile avec Peyton. Je croyais que c'était fini mais, ces derniers temps, je n'arrête pas de penser à elle.

— Ah…, fait Evan en expulsant d'un seul coup tout l'air de ses poumons. J'ai compris.

— Quoi ?

— Mes craintes sont en train de se réaliser.

— Hein ?

— Réfléchis, Jace. Réfléchis bien.

J'obtempère, je réfléchis très fort.

— Tu vas cracher le morceau ? l'encouragé-je, perdant patience.

— Tu ne trouves pas ça un peu bizarre ? Ton obsession pour Peyton fait un retour en force au moment exact où tu commences à te rapprocher d'une autre fille…

— Je ne suis pas obsédé par Peyton, mens-je. Et je ne dirais pas que Kari et moi nous rapprochons.

Depuis que nous nous sommes embrassés, il y a deux semaines, Kari et moi sommes plus ou moins en couple. Après que le père de Whitney a failli nous attraper, nous avons attendu tous les quatre dans la chambre sans faire de bruit qu'il quitte la maison, puis nous nous sommes discrètement éclipsés pour aller au cinéma.

Là-bas, Kari et moi n'avons cessé de nous embrasser. C'était bien, je ne dis pas le contraire. Kari est mignonne, et je suis un garçon – évidemment que j'en ai profité. Cela m'a changé les idées, aussi. Mais une fois chez moi je me suis surpris à penser, non pas à Kari, mais à Peyton et à ce SMS. Pourquoi elle a choisi de m'écrire ce soir-là, ce que cela signifiait, comment nous allions réagir quand nous nous reverrions au mariage.

Bien sûr, je me suis senti mal. Ce n'était vraiment pas sympa pour Kari – si gentille, si drôle, si jolie. Je sors avec elle, mais je pense à une autre fille ! Attention, je n'ai pas fait exprès de sortir avec elle pour oublier Peyton. En plus, c'est elle qui m'a embrassé la première, mais quand même. Je n'étais pas fier de moi. Évidemment, je lui plais car, comme me l'a fait remarquer Evan, elle m'a poussé dans le placard avant de m'y rejoindre, alors même qu'elle est la seule personne que le père de Whitney aurait accepté de découvrir dans la chambre de sa fille.

— Ça fait environ deux semaines que vous traînez ensemble, reprend Evan. Ça s'appelle se rapprocher, non ?

— Sans doute.

Comme je l'ai dit, cela m'a plu, mais sans plus. Et, le plus bizarre, c'est que j'ai le sentiment qu'elle ressent la même chose que moi. Nous apprécions la compagnie de l'autre sans la trouver transcendante.

— Où est le problème, alors ? me demande Evan. Oublie cette Peyton, mec. Les filles comme elle n'apportent que des emmerdes.

— Comment ça, les filles comme elle ?

— Les filles qui te brisent le cœur.

— Oui, c'est vrai…

— Et qui habitent à des centaines de kilomètres. Si tu veux mon avis, fais tout pour que ça fonctionne avec Kari. C'est une fille bien.

— Tu as peut-être raison.

Kari est indubitablement une fille bien. Elle a une qualité que Peyton n'a pas : elle ne m'a jamais brisé le cœur.

— Bien sûr que j'ai raison, affirme-t-il avant de racler son sundae et de vider ce qui reste de la glace fondue directement dans sa bouche. Le problème avec toi, c'est que tu veux toujours rendre les choses plus compliquées qu'elles ne le sont. Tu es toujours là à analyser, à interpréter. C'est pourtant simple. D'un côté, tu as une fille qui ne t'aime pas et qui te rend triste ; de l'autre, une fille qui te rend heureux. C'est quand même pas compliqué !

Je me tourne vers lui et le considère d'un regard nouveau.

— Je crois que c'est le truc le plus intelligent que tu aies dit de toute ta vie.

— C'est vrai ? s'étonne-t-il en souriant. Merci, mec. Allez, viens, c'est l'heure de retrouver les filles, lance-t-il en jetant le pot vide dans la poubelle.

Quand nous arrivons devant les bateaux tamponneurs, Kari et Whitney sont déjà là. Je serre Kari contre moi, déterminé à nous donner une véritable chance. Au diable Peyton Miller !

— Evan, commencé-je en tendant l'argent pour deux tickets – un pour moi et un pour Kari – à la caissière. Pourquoi est-ce que je vois ton appareil photo dans ta poche arrière ?

— Hein, qu'est-ce que tu racontes ?

— Je l'ai vu, Evan. Dans ta poche arrière…

La caissière me tend deux bracelets en papier, et j'en donne un à Kari.

— Merci, me dit-elle en se l'enroulant autour du poignet.

— Bon, d'accord, avoue Evan dans un soupir. Je comptais vous en parler plus tard, sur les bateaux. En fait, je me disais que nous pourrions faire un *flash mob*.

Mon Dieu… Je ferme les yeux et me force à inspirer lentement deux fois pour me calmer.

— C'est quoi, un *flash mob* ? demande Whitney en souriant.

Apparemment, le fait qu'Evan soit complètement cinglé lui plaît beaucoup. C'est tant mieux pour Evan, mais c'est regrettable pour les gens qui croisent sa route.

— C'est quand les gens dansent ou font un truc en même temps, explique Kari. Dans un lieu public. Et que tout monde les regarde comme s'ils étaient fous, c'est ça ?

— Exactement, acquiesce Evan en opinant du chef.

— Non, interviens-je en secouant la tête. Je ne ferai pas de *flash mob*. Sûrement pas.

Devant l'entrée, une fille vérifie mon bracelet et me sourit.

— Salut, me dit-elle comme je passe le tourniquet.

Elle est jolie. Longs cheveux blonds, beau sourire.

— Salut, lui réponds-je.

Je me sens aussitôt coupable. Je suis venu avec Kari. Kari qui est gentille, drôle et jolie. Kari, avec qui je sors depuis des semaines maintenant. Kari qui m'accompagne aujourd'hui, avec qui j'avais rendez-vous, et qui n'apprécie probablement pas de me voir presque flirter avec la fille qui vérifie nos bracelets.

En tout cas, si cela la dérange, elle ne le montre pas.

— Une *flash mob*, ça peut être amusant, dit-elle soudain. Mais qu'est-ce qu'on peut faire sur un bateau tamponneur ? Et puis, normalement, ces choses-là se planifient longtemps à l'avance, non ?

Nous rejoignons la queue qui s'est formée devant les bateaux, attendant que le tour se termine. Je prends la main de Kari pour faire oublier le sourire adressé à cette fille quelques secondes plus tôt. Kari semble un peu étonnée que je la tienne par la main. Sans doute parce que notre coefficient d'EPA (étalage public d'affection) est encore modeste.

Honnêtement, c'est un peu maladroit. Nous sommes là, immobiles, à nous tenir la main comme des enfants. Nous ne sommes ni détendus ni romantiques ni rien… Nous nous agrippons mutuellement les doigts comme si nous avions treize ans. Étrange…

Soudain, le visage de Peyton emplit mon esprit tout entier. Peyton. Que je vais voir demain soir au mariage.

— Oui, techniquement, on est censés planifier le truc à l'avance, mais j'ai préféré ne rien dire pour ne pas faire flipper Jace, dit Evan avant de partir d'un interminable discours sur les *flash mobs*.

Je cesse de l'écouter et me demande pourquoi je suis si nerveux. Parce que je vais revoir Peyton demain ? Est-ce possible ? À cause de la remise des diplômes de dimanche ? *Ce n'est qu'un discours débile. Et c'est juste une fille stupide.* Je me sens aussitôt coupable d'avoir pensé cela. Oui, ce sera un discours débile, mais Peyton n'est pas une fille stupide.

— Jace ? m'appelle Evan.

— Oui ? réponds-je en m'efforçant de me rappeler le sujet de notre conversation.

— Tu écoutes ce que je raconte ?

Tandis que la queue avance, Evan et Whitney se donnent la main. Contrairement à nous, ils donnent l'impression d'en avoir vraiment envie. Whitney s'appuie contre son torse, et Evan lui caresse le dos de la main avec le pouce. Qui aurait pu prévoir qu'Evan serait aussi à l'aise avec les filles ?

J'imagine que ce n'est pas si difficile quand on sort avec une fille qu'on apprécie vraiment, une fille avec laquelle on peut être soi. Non pas que je ne puisse pas être moi-même avec Kari. Au contraire. Je veux dire, je n'ai rien à cacher. En dehors du fait que je ne peux pas m'empêcher de penser à une autre fille. Une fille que je vais voir demain.

— Bien sûr que je n'écoute pas, réponds-je en haussant les épaules et en faisant mon possible pour dédramatiser. Tu parles de faire une *flash mob* dans des bateaux tamponneurs. Je n'ai vraiment aucune raison d'écouter ce que tu racontes.

— Ça pourrait pourtant te rendre célèbre, rétorque Evan. Je suis sûr que Peyton ne manquerait pas de le noter…

Il se rend tout de suite compte de son erreur, mais il est trop tard.

— Qui est Peyton ? s'enquiert Kari en fronçant les sourcils.

— Personne, répond aussitôt Evan.

Whitney plisse les yeux, et je devine qu'elle le passera à la question plus tard. Les filles sont tellement protectrices quand il s'agit de leurs copines. Les garçons sont différents. On se soucie les uns des autres, bien sûr, mais on sait aussi ne pas s'occuper des affaires d'autrui. *Fait chier. Evan, je vais te tuer...*

— Bon, d'accord, je vais vous le dire, reprend-il à ma grande stupéfaction.

— Evan...

— Je parlais de Peyton Manning.

Kari éclate de rire, alors que Whitney semble ne pas comprendre.

— C'est un *quarterback*, explique Evan. Il n'arrête pas de se blesser, et il commence à... comme qui dirait... vieillir...

— C'est vrai, viens-je à son secours, surpris par la vitesse à laquelle il a trouvé cette histoire. Je suis obsédé par ce type.

— Ce pauvre Jace s'acharne à lui écrire des lettres et des tweets, continue Evan en hochant tristement la tête, mais Peytie Pie n'en a rien à cirer, hein, Jace ?

— Il a autre chose à faire, j'imagine. Bon, et cette *flash mob...*

— Jace a même songé à écrire à l'association Make-A-Wish dans l'espoir de le rencontrer, pas vrai Jace ?

— N'importe quoi, rétorqué-je en serrant les dents.

— Mais si, insiste-t-il. C'était juste après que tu m'as demandé de te filmer en train de courir dans les couloirs du lycée avec l'inscription « J'AIME PEYTON MANNING » sur le torse.

— Tu voulais vraiment faire ça ? me demande Whitney en gloussant.

— Bien sûr que non. C'était juste une idée comme ça. Une blague...

— J'avais pourtant l'impression que tu étais sérieux, commente Evan en haussant les épaules.

Par chance, la queue se remet en branle, et on nous dirige vers nos bateaux. Je m'assieds à côté de Kari.

— Tu peux conduire, lui dis-je.

— Oh ! non, je suis nul à ce truc.

J'attends donc qu'elle m'enjambe et s'installe sur le siège passager.

— Eh, Jace, elle te grimpe dessus ! crie Evan depuis le bateau voisin en klaxonnant plusieurs fois.

Un père accompagné de deux enfants nous regarde avec nervosité, et je vois bien qu'il se dit qu'il n'aurait pas dû venir ce jeudi soir, surtout vu l'état de la jeunesse d'aujourd'hui.

— Evan, calme-toi, s'il te plaît, interviens-je. Il y a des enfants, ici.

Il prend un air contrit avant de murmurer de nouveau :

— Elle te grimpe dessus !

— Désolé, m'excusé-je auprès de Kari. Ce type est fou.

— C'est vrai, mais ça ne me dérange pas, me dit-elle dans un sourire. Avec lui, on ne s'ennuie jamais.

Elle est juste à côté de moi et, bien que le bateau soit vraiment très petit, quelques centimètres séparent encore nos jambes. Kari se tient bien droite, raide comme un piquet, et je me rends compte que je suis crispé moi aussi. Nous devrions tous les deux être plus détendus, vu les circonstances.

Je change discrètement de position afin de coller ma jambe contre la sienne. Nous sommes l'un contre l'autre, désormais, mais nous nous sentons toujours aussi bêtes. Nos jambes se touchent jusqu'à ce que, quelques secondes plus tard, Kari s'éloigne imperceptiblement.

Le tour commence avant que j'aie le temps d'en conclure quoi que ce soit, et nous nous retrouvons aussitôt aux trousses d'Evan dans l'énorme bassin. Evan pilote comme un fou, décrivant des boucles erratiques et fonçant dans les parois sans se soucier d'imbiber ses vêtements et ceux de Whitney.

Celle-ci n'y voit apparemment aucun inconvénient ; au contraire, elle semble beaucoup s'amuser. Je commence à me demander si elle n'est pas aussi folle que lui.

— Je vais vous grimper dessus ! hurle Evan en nous fonçant dedans.

Les passagers des autres bateaux nous lancent des regards méprisants et écœurés. Au moins les laissons-nous tranquilles et nous focalisons-nous sur nous. C'est déjà bien, car tout le monde ne se comporte pas de façon aussi exemplaire. Un jour, j'ai vu un type en marcel Budweiser terroriser les gosses, le visage déformé par un sourire maniaque. Il a même réussi à faire pleurer une petite fille.

— Sûrement pas ! s'écrie Kari. C'est nous qui allons vous grimper dessus !

— Oh ! mademoiselle cherche la bagarre ! lance Evan.

Il nous contourne en naviguant à contresens et prend son élan pour nous attaquer de front, ce qui, comme il le sait pertinemment, est interdit.

Juste avant qu'il nous touche, je donne un grand coup de volant, et nous parvenons à les éviter, mais heurtons le mur.

— Ha-ha ! crie-t-il derrière nous, heureux que je me sois dégonflé. Bande de nases !

— Pourquoi tu as fait ça ? me demande Kari, apparemment déçue.

— Je ne voulais pas les heurter de plein fouet, expliqué-je. Nous aurions été tout trempés.

— Nous sommes à bord d'un bateau tamponneur, me fait-elle remarquer. C'est un peu le but de la manœuvre.

— Ouais, mais on n'est pas censés se foncer dedans comme ça.

— Sans doute…

Un silence maladroit s'installe, et je me demande pourquoi ce jeu est si important pour elle. Et pourquoi je suis si coincé. C'est à cause de mon humeur, probablement. Cela m'arrive de temps en temps ; je suis d'une humeur massacrante et je fais tout pour casser l'ambiance.

Mais cela ne va pas durer. J'en ai plus qu'assez d'être tout retourné à cause de Peyton. Je vais la revoir demain ? La belle affaire ! Cela ne vaut vraiment pas le coup de se casser la tête. Dimanche, ce sera la remise des diplômes, et après j'aurai l'été tout entier devant moi avant la rentrée universitaire, en automne. Et quand je serai à Georgetown je ne penserai plus à Peyton. Peyton : une fille que j'aurai connue au lycée.

— Ne t'inquiète pas, dis-je à Kari en mettant la marche arrière pour m'éloigner du coin du bassin où nous sommes coincés. On va les avoir.

C'est une attaque furtive. Nous arrivons derrière Evan et Whitney et leur fonçons dedans, projetant une grande gerbe d'eau qui éclabousse l'arrière de leur bateau et ses passagers.

— Ah, vous voulez la guerre ?! lance Evan en me regardant avec colère tandis que Whitney pousse un cri de ravissement.

Nous passons l'heure qui suit dans ces bateaux tamponneurs, et je fais mon possible pour m'amuser, pour ne pas penser à Peyton. Et comme la soirée touche à son terme j'ai l'impression que cela fonctionne.

Enfin. Presque.

Peyton

Avant

Jeudi 24 juin, 17 h 02
Greenwich, Connecticut

— Tu as pris un maillot de bain ? me demande ma mère comme je tire ma valise à roulettes dans le couloir.

Nous sommes la veille du mariage et nous devons nous rendre à l'aéroport. Mon père était censé mettre nos bagages dans la voiture, mais ma mère et lui se sont violemment disputés quelques minutes plus tôt, aussi est-il déjà assis derrière son volant et attend-il en boudant que nous chargions nos valises.

— Oui, je l'ai, réponds-je.

En fait, j'en ai pris trois. Parce que je vais passer l'été en Caroline du Nord, ce que ma mère ignore encore.

Brooklyn et moi avons élaboré notre plan ces deux dernières semaines. Un plan qui nous permettra de fuir le Connecticut pour l'été. Un plan destiné à m'éloigner de mes parents et de leur potentiel divorce, de ma mère et de ses mensonges, de mon obsession pour Jace. (Rien ne me dit d'ailleurs que cette dernière disparaîtra en Caroline du Nord, mais cela vaut le coup d'essayer.)

Notre plan, le voici…

Étape un : Je me rendrai au mariage en faisant croire que tout va bien. Je poserai pour la photo comme une gentille fille, je ferai semblant de m'amuser. Si Jace m'approche, je sourirai et me comporterai comme si nous sommes de vagues connaissances, faisant abstraction du fait qu'il m'a brisé le cœur. Je serai une Peyton de pierre, je ne laisserai rien paraître de mes véritables émotions.

Étape deux : Le lendemain de la cérémonie, Brooklyn prendra l'avion pour la Floride et me retrouvera à l'aéroport de Sarasota. Là, nous louerons une voiture pour nous rendre en Caroline du Nord, où nous avons réservé un appartement pour l'été. (Enfin, où Brooklyn a réservé un appartement car, de nous deux, elle est la seule à avoir dix-huit ans. Mon nom figure néanmoins sur le bail.)

C'est un plan étonnamment simple. Et je n'ai eu aucun mal à convaincre Brooklyn de se joindre à moi. Je lui ai simplement dit que mes parents se disputaient de plus en plus et que j'avais besoin de penser à autre chose qu'à Jace. C'est même elle qui a eu l'idée de la Caroline du Nord – elle connaît un garçon là-bas, et je crois qu'elle a envie d'avoir une aventure avec lui.

Bien sûr, nous allons devoir trouver du travail, ainsi qu'un moyen de rentrer – nous ne pourrons pas nous permettre de garder la voiture plus de quelques jours.

Mais je refuse de penser à tout cela pour l'instant. Je suis incapable de réfléchir à long terme. Pour le moment, j'ai besoin de me concentrer sur le court terme, de traverser l'épreuve de ce mariage et d'arriver en Caroline du Nord. Pour le reste, on verra plus tard.

— Pourquoi emportes-tu tant de bagages ? me demande ma mère en avisant mes sacs. Tu en as encore plus que moi, ajoute-t-elle d'un ton légèrement accusateur, comme si j'essayais de l'humilier.

C'est complètement ridicule, évidemment. Je me moque bien de savoir qui a le plus de bagages.

— Je veux être sûre d'avoir ce qu'il faut pour visiter les universités.

Mes parents pensent qu'après le mariage Brooklyn et moi allons faire le tour des universités de Floride. Ils ne se doutent pas que je compte me rendre en Caroline du Nord pour ne pas rentrer chez moi.

— Nous avions pourtant choisi toutes les deux toutes tes tenues..., soupire-t-elle.

Quelques jours plus tôt, nous avons effectivement passé en revue ma garde-robe, et elle avait choisi pour moi les vêtements que je porterais lors de ces visites d'universités imaginaires. Cet exercice n'a servi à rien, bien sûr, mais je m'y suis pliée, passant pour elle diverses tenues habillées et élégantes, tournant sur moi-même, jouant le rôle de sa poupée Barbie.

Pendant tout ce temps, j'ai vraiment eu beaucoup de mal à me retenir de lui crier après, de lui demander pourquoi elle a fait ce qu'elle a fait. Mais si je dois en arriver là un jour je ne sais pas comment cela se terminera. Peut-être qu'elle niera, peut-être qu'elle me demandera pardon à genoux, peut-être qu'elle me dira que je suis bête ou qu'elle offrira de rembourser ses dettes. Peu importe, à vrai dire. Dans tous les cas, il faut que je parte d'ici.

— Oui, nous avons choisi mes tenues, mais j'ai pris quelques autres trucs, des habits plus décontractés, au cas où Brooklyn et moi passerions un peu de temps avec d'autres étudiants.

Ma mère hoche la tête, comme si elle comprend.

— D'accord. S'il te plaît, évite de boire, me supplie-t-elle en frissonnant. Les étudiantes d'aujourd'hui n'arrêtent pas de se soûler et de faire n'importe quoi. Et ne parlons même pas des étudiants. Ils n'hésitent pas à mettre de la drogue dans ton verre.

— Merci pour la leçon de morale, dis-je, sarcastique.

Sarcastique et un peu plus dur que prévu, si bien qu'elle se fige et relève la tête (Elle était en train de nouer les lacets de ses baskets Coach, un modèle à 200 dollars acheté uniquement pour prendre l'avion – sérieusement, qui achète des baskets uniquement pour prendre l'avion ?)

— Qu'est-ce que tu veux dire par là ? me demande-t-elle.

— Rien, réponds-je dans un haussement d'épaules.

Maintenant que j'y pense, c'est sans doute moi qui lui ai acheté ces chaussures. Vous voyez ce que je veux dire ? Vu qu'elle les a payées avec sa/ma carte de crédit. Cette pensée fait naître en moi un gloussement hystérique.

Ma mère fronce les sourcils et ouvre la bouche pour dire quelque chose mais, à ce moment-là, mon père apparaît et attrape plusieurs sacs avant de ressortir en claquant la porte et de retourner dans la voiture. Argh ! il en avait assez d'attendre.

— Merci, Joe ! s'écrie ma mère, sarcastique, en secouant la tête. Bon, tout est chargé, je crois. J'ai l'impression que nous sommes prêts.

— Ouais, je suppose, acquiescé-je.

Je sors lentement, j'enfonce les écouteurs de mon iPod dans mes oreilles et je m'évade pendant tout le trajet vers l'aéroport.

Je n'ai jamais trop aimé prendre l'avion. Être coincée sur mon siège sans savoir si on va rencontrer des turbulences, à me demander ce qui se passera si on s'écrase, les jambes recroquevillées par manque de place, à côté d'un voisin qui risque de s'endormir et de me baver sur l'épaule… Bref, c'est un ensemble de choses, et je n'aime pas.

À moins de voyager en première classe, comme le souhaite ma mère, ce que nous faisions avant que notre situation financière décline et que mon père nous serre la vis. Comme je m'y attendais, ma mère commence à se plaindre dès que nous sommes à bord de l'appareil.

— Si seulement tu nous avais permis de voler en première, Joseph…

Mon père déteste quand elle l'appelle Joseph, ce que ma mère fait systématiquement quand elle veut l'humilier ou l'agacer.

— Si tu décidais de travailler pour nous payer des billets de première classe, je serais heureux de voyager dans le confort.

Je décide de ne plus les écouter – cela m'arrive de plus en plus souvent, et j'y arrive de mieux en mieux. Je me demande pourquoi mon père nous accompagne – quoique, non, je ne me le demande pas. Je sais pourquoi il est venu. Parce que son absence ne passerait pas inaperçue. Les gens poseraient des questions.

Et alors ? Personnellement, je m'en fiche. *Caroline du Nord, Caroline du Nord, Caroline du Nord*, chantonné-je en esprit en me dirigeant vers ma place. Je suis assise près du hublot, quelques rangées devant mes parents. Ouf ! Il n'y avait sans doute plus de places groupées lorsqu'ils ont réservé nos billets. Malheureusement, je suis installée à côté de deux petites filles dont les parents sont assis derrière nous. Eux non plus n'ont pas pu obtenir des sièges voisins.

Je n'arrive pas à comprendre qu'ils aient laissé leurs deux petites seules – des gamines qui n'ont pas plus de trois ou quatre ans –, pour pouvoir rester ensemble. Il aurait été plus logique que chacune des petites soit installée à côté d'un de ses parents, non ?

— Excusez-nous, me dit leur mère, dans mon dos, comme si elle avait lu dans mes pensées. Elles voulaient être ensemble.

— Elles sont sœurs, enchérit leur père. Non pas jumelles, mais elles ont une très petite différence d'âge. Des jumelles irlandaises, comme on dit !

Il arbore un grand sourire et fixe sur moi un regard plein d'espoir, comme s'il attend une réaction.

J'arbore une mine totalement neutre.

— Vous savez, elles n'ont que onze mois d'écart…

Je suppose que c'est une blague fondée sur les prétendues habitudes sexuelles des Irlandais, qui ne peuvent pas cesser de faire des gosses. Je n'en suis pas certaine et je m'en moque. Quand on y pense, c'est un préjugé racial. D'autant que la famille en question n'a pas vraiment le profil irlandais. Cheveux et yeux noirs, peau olive.

— Je m'appelle Sophia, me dit une des deux petites.

— Et moi Aleah.

Elles portent la même robe d'été en vichy violet, avec des chaussures et des serre-têtes assortis.

— Moi, c'est Peyton, réponds-je en fourrant mon sac au-dessus de leur tête et en me faufilant jusqu'à ma place.

Je m'affale sur mon siège, rallume mon iPod et monte le volume en essayant de me calmer. Je suis nerveuse, et ce n'est pas seulement à cause de l'avion et des gamines. Il y a tout le reste, aussi. Le mariage. Jace. Ma fugue.

Pourquoi n'ai-je pas simplement pris un Xanax ou un Ativan comme le font les gens normaux quand ils sont à cran et sur le point de craquer nerveusement ? Ç'aurait été tellement plus facile. Sauf que je me méfie de tous ces cachets qui vous font perdre le contrôle. Même si on dit que ce n'est pas vraiment le cas de ceux-là, qu'ils ont uniquement un effet calmant, dont j'aurais certes bien besoin. Si j'avalais une pilule de ce genre, me connaissant, je flipperais de faire une réaction bizarre, une allergie. Je suis anxieuse à l'idée de prendre des cachets contre l'anxiété ? Mmh… ça fiche les jetons.

— Peyton ?

Une des presque-jumelles me tapote sur l'épaule. Je ferme aussitôt les yeux pour faire semblant de dormir. « Tap, tap, tap ! »

— PEYTON !

Puis vient un petit coup dans les côtes. Et alors, à ma grande stupéfaction, une des gamines arrache un des écouteurs de mon oreille. C'est vraiment n'importe quoi !

Je lui lance un regard noir, mais elle me sourit du sourire le plus mignon qui soit.

— Dézzzolée, me dit-elle, mais tu ne m'entendais pas. Tu pourrais m'aider à ouvrir ça, ajoute-t-elle en me tendant une briquette de jus de fruit, le nez plissé. La paille est collée.

— Bien sûr.

Je prends la briquette et règle ce problème de paille.

Je remets l'écouteur dans mon oreille, d'où il est de nouveau arraché cinq secondes plus tard.

— Peyton, tu pourrais m'aider ? me demande sa sœur. J'ai perdu mon crayon violet. Le violet, c'est ma couleur préférée. Et toi, c'est quoi ta couleur préférée ?

Je pousse un soupir. Que ce vol va être long…

Lorsque l'avion se pose à Sarasota, je suis encore plus soulagée que d'habitude. J'en ai ma claque de faire la baby-sitter. Car cela a continué pendant tout le vol. Nouer des lacets. Colorier des dessins. Répondre à des questions sur le vol et sur ce que fait le pilote. (Comme je ne connaissais pas toujours la réponse, j'ai un peu inventé, mais ce ne sont que des gamines et elles ont tout gobé.)

— Eh bien, commencé-je comme nous nous préparons à débarquer, j'ai été heureuse d'avoir fait votre connaissance, les filles.

Je lance un regard appuyé à leurs parents. J'espère au moins qu'ils vont me remercier de m'être occupée de leurs gosses pendant qu'eux lisaient et se détendaient. (Une fois, j'ai regardé par-dessus mon épaule, et j'ai surpris le père en train de lire *Marley et moi*. *Marley et moi !* Je ne sais pas trop pourquoi, mais ça m'a mise en rogne. Ce bouquin est sorti il y a une dizaine d'années. Il aurait pu profiter du fait que je m'occupais de ses gamines pour lire quelque chose de plus récent, non ?)

Mais les parents ne disent rien. Ils ne me sourient même pas. Ils sont trop occupés à récupérer leurs bagages à main.

Eh bien…

Mon Dieu ! cela ne va pas arranger mon humeur.

— On se retrouve au tapis roulant à bagages ? dis-je à ma mère comme nous débarquons.

Elle porte un caleçon de yoga, un polo Ralph Lauren rose à manches courtes et d'énormes lunettes de soleil Dolce & Gabbana remontées sur ses cheveux nouvellement méchés. Elle n'a pas besoin de lunettes de soleil. Il fait nuit. Je me retiens de les lui arracher de la tête. Peut-être avec quelques cheveux en prime.

— Pourquoi ? me demande-t-elle en mettant son sac sur son épaule. Tu as un maximum de bagages, me fait-elle remarquer. Tu devrais être aux premières loges pour les récupérer.

— Je compte bien les récupérer, marmonné-je. J'aimerais juste acheter un café avant.

Le café me fait du bien quand je suis de mauvaise humeur.

— Bien sûr, ma puce, intervient mon père, non pas parce qu'il est de mon côté, mais parce qu'il veut énerver ma mère. On récupérera tes bagages. Tu as pris l'ensemble Louis Vuitton ?

— Ouais.

Et si je le revendais pour rembourser les organismes de crédit ?

Je fais la queue devant le *Starbucks* au lieu d'être servie directement chez *Dunkin' Donuts* parce que j'ai besoin de quelque chose de costaud pour, je l'espère, améliorer mon humeur.

La queue avance très doucement, et je tape du pied avec impatience. Je sors mon téléphone et tape un SMS à Brooklyn pour penser à autre chose.

C'est toujours bon ?

Elle me répond presque instantanément : Ouais ! Arrête de flipper pour rien !

Ma plus grande crainte, c'est que Brooklyn change d'avis. Pour l'instant, elle n'a rien dit qui laisse croire que sa volonté vacille, mais sait-on jamais ? Elle pourrait attraper une angine. Ou une gastro. Ou se casser la cheville. Les gens annulent tout le temps des trucs. Surtout moi. Je suis une spécialiste de l'annulation. Et j'espère ne pas être victime de celle de Brooklyn. À cause d'un mauvais karma ou d'un truc comme ça.

Quand arrive mon tour de passer ma commande, je décide de prendre un moka glacé. Un petit, car, si je dois voir Jace, je ne veux pas être toute boursouflée. Évidemment, tous les hamburgers que j'ai mangés ces deux dernières semaines ne vont pas me faciliter la tâche, mais tant pis.

Je ne veux impressionner personne. Quand je serai en Caroline du Nord, je rencontrerai un autre garçon. Un garçon qui me fera tout le temps livrer des fleurs, qui m'invitera dans des restaurants chic et m'offrira des tas de cadeaux, comme des bijoux ou des iPad. Et pas d'une manière bizarre, comme ces garçons qui se sentent coupables ou qui veulent montrer qu'ils ont de l'argent.

En fait, non, oubliez tout cela. Pas question que je me fasse embobiner par un étalage de richesses. Mieux vaut que je fasse la connaissance d'un garçon désargenté. Je n'ai pas l'intention de répéter les erreurs de ma mère. J'ai d'ailleurs l'impression que Jace et sa famille sont plutôt à l'aise financièrement, et il me faut un anti-Jace.

Mais un anti-Jace pourra aussi m'offrir plein de cadeaux. Des fleurs qu'il aura fait pousser tout seul. Des mots qu'il aura écrits sur de jolies feuilles de papier coloré. Des cookies qu'il aura préparés ou des livres qu'il aura achetés chez des bouquinistes – des livres qu'il voudra me faire lire parce qu'ils lui rappelleront notre histoire.

Qui a besoin de Jace Renault, franchement ? Ça y est, je suis en train de l'oublier, la la la ! Ça y est, il est en train de disparaître de mon esprit !

— Un petit moka *latte*, annonce la vendeuse !

Je récupère ma boisson, enthousiasmée par mon attitude nouvelle et par la perspective d'avoir ma dose de caféine.

Je reçois un nouveau SMS de Brooklyn.

Hâte de te voir ! À nous la Caroline du Nord, baby !

Je souris et range mon téléphone dans mon sac en fendant la foule pour rejoindre mes parents près du tapis roulant à bagages.

Quelques secondes plus tard, cependant, je me fige.

Arrivant de la direction opposée, Jace arpente le hall de l'aéroport. Il porte un tee-shirt argenté, ses cheveux sont rejetés en arrière, il est décontracté, les mains dans les poches et, oh-mon-Dieu, qu'est-ce qu'il est craquant, et qu'est-ce que je vais faire s'il me voit ?

Je n'ai pas le temps de tourner les talons ni de m'enfuir. Je n'ai le temps de rien. Mon cœur bat la chamade et le hall tourbillonne autour de moi et mes joues me brûlent et je ne…

Oh !

Attendez.

Ce n'est pas Jace. Mais un type avec un piercing sur la lèvre et les cheveux coiffés en pointes. Un mec qui ne ressemble pas du tout à Jace. Bon. D'accord. Parfait. Fausse alerte. De toute façon, je n'avais pas envie de le voir.

Je continue à traverser le hall de l'aéroport tandis que mon rythme cardiaque redevient normal. J'ai l'impression que Jace n'est pas encore près de disparaître de mon esprit. Soupir.

Jace

Avant

Vendredi 25 juin, 10 h 07
Sarasota, Floride

La veille du mariage, je suis incapable de fermer l'œil. Je sais que c'est ridicule. Je sais que c'est nul. Je sais que c'est complètement stupide. Je sais que c'est à cause de Peyton.

Je m'agite et me retourne, m'agite et me retourne. Vers 3 heures, j'abandonne. Je surfe un peu sur le Net, mais je m'ennuie rapidement. J'essaie de lire, mais je n'arrive pas à me concentrer. Je bosse sur mon discours, mais j'ai déjà passé tellement de temps sur ce truc débile que je crains de le rendre moins bon au lieu de l'améliorer. Je finis par sombrer vers 5 heures après avoir regardé quelques épisodes de *The Office* sur Netflix.

Ma mère me réveille vers 10 heures en frappant à ma porte.

— Jace ?

Je me retourne et regarde l'horloge en clignant des yeux et en me demandant ce qui se passe. Ma mère ne me réveille jamais parce qu'elle pense que je suis le fils parfait et qu'elle n'a pas besoin de penser à mon réveil. (C'est tout à fait vrai, d'ailleurs. Je suis le fils parfait. Et je me réveille toujours seul, à l'heure prévue. Soit jamais avant 11 heures. Arf, arf, arf!)

— Oui ?

— Quelqu'un voudrait te voir.

Peyton. C'est le premier nom qui me vient à l'esprit. Elle doit être arrivée en Floride à l'heure qu'il est, non ? Le mariage a lieu ce soir à 19 heures, aussi est-elle probablement arrivée hier soir. Peut-être est-elle venue chez moi pour…

— C'est Evan, annonce ma mère. Il paraît un peu… tracassé.

Je soupire, bascule mes jambes à l'extérieur du lit, puis enfile un sweat-shirt par-dessus mon tee-shirt et mon short. Je descends et retrouve Evan sous le porche. Les mains dans les poches de son pantalon de treillis, il piétine nerveusement. Il lance des regards nerveux autour de lui et réussit à me rendre nerveux, moi aussi. Je n'ai pas la moindre idée de ce qui lui arrive, mais j'ai bien assez de soucis personnels : une remise de diplômes, un mariage, Peyton…

— Eh ! commencé-je.

— Salut ! répondit-il en arborant aussitôt un large sourire. Enfin, mon meilleur ami !

Mon Dieu…

— Qu'est-ce que tu as fait ? m'enquiers-je sans perdre de temps.

— Pourquoi tu me demandes ça ? s'offusque-t-il.

— Pourquoi ? Tu me demandes pourquoi ? m'étonné-je en croisant les bras sur le torse.

— Oui, je te demande pourquoi, insiste-t-il, le menton relevé. Parfaitement. Toute ma vie, j'ai été super sympa avec toi et…

— Je n'ai jamais dit le contraire. En revanche, je ne comprends pas que tu t'offusques de me voir me demander dans quel pétrin tu t'es encore mis pour te pointer inopinément chez moi un matin à 10 heures.

— Comment ça, dans quel pétrin je me suis *encore* mis ? s'emporte-t-il, choqué.

— Tu te rappelles la fois où tu t'es porté volontaire pour vendre du papier d'emballage afin de collecter des fonds pour les terminales et où tu as fini par dépenser tout l'argent pour toi ?

— J'avais besoin de cet argent ! Sinon, je n'aurais pas pu me payer mon entrée pour la fête de fin d'année ! En plus, j'ai fini par tout rembourser.

— Et la fois où tu as été impliqué dans ce projet de vente pyramidale de vitamines ? Tu as failli finir en prison pour avoir essayé de vendre des pilules de régime aux filles du lycée.

— Je ne pouvais pas savoir qu'il fallait avoir dix-huit ans pour les prendre ! Et je te ferai remarquer que je m'en suis pris une belle dans la tronche à cause de ça, ajoute-t-il en se frottant machinalement la mâchoire.

— Évidemment, tu ne peux pas demander à une fille si elle veut des pilules de régime impunément ! On pouvait s'attendre à leur réaction.

— Ce n'était pas ce que…

— Stop ! l'arrêté-je en levant la main, car je commence à m'en vouloir. Laisse tomber. Je n'aurais pas dû remettre cette histoire sur le tapis.

— Tu n'aurais pas dû, effectivement, acquiesce-t-il en hochant la tête. Tout ça, c'est du passé, et j'ai beaucoup changé. Surtout depuis que je suis avec Whitney.

Je le regarde avec des yeux ronds.

— Euh… vous n'êtes ensemble que depuis quelques semaines.

— Quelques semaines, ça suffit largement. À condition d'être motivé, on peut changer comme ça ! explique-t-il en claquant des doigts.

— Sans doute, concédé-je, sceptique. Bon, alors, qu'est-ce que je peux faire pour…

Je suis interrompu par un jappement venant de la cour. Je fronce les sourcils.

— Qu'est-ce que c'était que ça ? demandé-je. Si le chien du voisin massacre encore une fois les parterres de fleurs de ma mère, elle ne s'en remettra pas.

Je regarde autour de moi, mais ne vois aucun chien.

— Justement, je suis venu te parler de ça…, commence Evan d'un air contrit.

— Des parterres de fleurs de ma mère ? m'étonné-je dans un éclat de rire.

Il secoue la tête, et alors je comprends.

— Oh, non ! Evan, s'il te plaît, ne me dis pas que…

— J'ai pris un chien.

Il fait un pas de côté pour me permettre de voir sa voiture garée dans l'allée. Il y a un chien sur la banquette arrière. Comme il voit que nous le regardons, il se met aussitôt à geindre et à pleurer.

— Oh ! Evan, tu n'as tout de même pas…, bafouillé-je.

— Et pourquoi pas ?

— Tu ne peux pas t'occuper d'un chien. Tu es trop… (je suis sur le point de dire « irresponsable », mais cela ne lui plairait pas) impulsif.

— Merci pour le vote de confiance, Jace, se plaint-il en levant les yeux au ciel comme si l'idée qu'on puisse le trouver impulsif lui semble complètement saugrenue. Dans ce cas, tu seras heureux d'apprendre que ce chien n'est pas pour moi mais pour Whitney, ajoute-t-il en bombant le torse.

— Ah…

Je regarde la bête avec circonspection. Il n'a pas vraiment l'air d'un cadeau. Les chiens qu'on offre en cadeau se doivent d'être propres et d'avoir l'air amical. Et d'avoir les oreilles dressées sur la tête ainsi qu'un foulard autour du cou. Ce chien-ci me semble… hirsute, miteux. Mais bon, si Evan est content, je suis content.

— C'est cool, Evan. Je suis sûr que ça lui fera plaisir.

— Eh bien, justement…

Je ferme les yeux pour attendre la fin de sa phrase.

— … elle est allergique aux chiens.

— Pourquoi diable lui as-tu acheté un chien si tu savais qu'elle était allergique ?

— J'ignorais qu'elle était allergique quand je me suis procuré le chien, évidemment. Mais bon, ce qui est fait est fait, ajoute-t-il dans un haussement d'épaules résigné.

— Tu n'as qu'à le rendre.

— Je ne peux pas.

— Pourquoi ?

— Parce que je suis allé le chercher dans un refuge.

— Et le refuge refuse de te le reprendre ?

Comment leur en vouloir, d'ailleurs ? Si j'étais parvenu à me débarrasser d'un chien avec cette tête, je ne serais pas trop chaud à l'idée de le récupérer. Je sais que c'est horrible à dire, mais c'est vrai. Puis il me vient une idée.

— Dis-moi, tu n'as pas payé pour avoir ce chien ?

— Il y a quand même des frais d'adoption, Jace. Les refuges subsistent grâce aux dons et aux frais d'adoption. Maintenant que j'y pense, quand est-ce que tu as donné du temps pour une œuvre de charité, la dernière fois ?

— Euh… et toi ?

— Mmh… D'accord, changeons de sujet.

— Qu'est-ce que tu comptes faire de lui ?

Le chien a entrepris de gratter la vitre avec ses pattes de devant, laissant des traces de boue sur le verre.

— Il était dans cet état quand tu l'as offert à Whitney ? lui demandé-je. Regarde-le, il est tout sale. Je suis sûr qu'elle n'est même pas allergique. Elle ne voulait pas d'un clébard crasseux, c'est tout.

— Je ne le lui ai même pas montré, répond Evan en jetant ses clés dans les airs et en les rattrapant. Je lui ai simplement dit que j'arrivais avec une surprise, et elle m'a répondu en plaisantant : « J'espère que ce n'est pas un chiot, je suis allergique… »

— Et qu'est-ce que tu lui as dit ?

— « Bien sûr que je ne t'ai pas acheté un chiot. Je ne t'amènerais jamais un animal sans t'en parler avant… »

— Bon, ne tergiverse pas, ramène-le au refuge.

Il pousse un soupir.

— Jace, je viens de t'expliquer que ce n'était pas possible.

— Tu ne m'as rien expliqué du tout.

— Eh bien, ils ont bien précisé que les animaux n'étaient pas repris.

— Ils ne sont pas repris? C'est complètement débile, dis-je en secouant la tête. C'est un refuge pour animaux de compagnie, pas un magasin *Sears*.

— Bon, d'accord, ce n'est pas vraiment ce qu'ils ont dit, avoue-t-il en cessant de jeter ses clés en l'air pour me regarder dans les yeux avec sérieux. Mais je ne peux pas le rendre, Jace. Personne ne veut de lui. Ils vont le piquer. C'est pour ça que je l'ai pris. Il était le premier sur la liste des chiens dont c'était la dernière chance.

Il prononce cette dernière phrase à voix basse. Il veut sans doute cacher la vérité au chien...

— Qu'est-ce que tu vas faire, alors?

— Lui trouver une maison.

— Bonne chance, lui dis-je en lui donnant une tape sur l'épaule et en tournant les talons sans lui laisser le temps d'essayer de m'impliquer dans un de ces plans dont il a le secret et qui viserait à trouver une nouvelle maison à ce chien.

De toute façon, je ne peux pas l'aider. Je ne connais personne qui veuille d'un chien, et encore moins d'un clebs hirsute de ce genre.

— Sauf que..., poursuit-il en me suivant chez moi, je ne peux pas lui trouver une maison aujourd'hui.

— Pourquoi?

— Parce que, trouver un foyer à un chien, ça prend beaucoup de temps. C'est d'ailleurs pour ça qu'il a fini dans ce refuge.

— Tu aurais dû penser à ça avant de l'adopter. Et puis, tu n'as qu'à le garder chez toi.

J'entre dans la cuisine et je sors le jus d'orange du réfrigérateur.

— Je peux en avoir un ? me demande Evan en s'affaissant sur un tabouret de bar.

— Ça dépend. Combien de temps te faudra-t-il pour foutre le camp une fois que tu l'auras bu ?

Il prend un air blessé et soupire. Le fait qu'il ait voulu faire un cadeau à sa copine ne m'oblige pas à me comporter comme un con avec lui.

— Je plaisante, le rassuré-je en lui versant un grand verre de jus.

— Merci. (Il en boit plusieurs gorgées bruyantes.) Je vais vraiment trouver une maison à ce chien, Jace. Je vais travailler dur et je vais y arriver. Je vais coller des affiches, poster des annonces sur Internet. Je ferai même du porte-à-porte s'il le faut.

— Cool.

— Mais je ne peux pas commencer aujourd'hui.

— Pourquoi ?

— Parce que je suis censé me rendre chez Whitney avec un cadeau.

— Ouais, mais tu viens de m'expliquer qu'elle est allergique à ton cadeau.

J'ouvre la boîte à pain et j'en sors deux tranches de pain complet que je mets à griller. Evan ouvre le garde-manger, attrape une boîte de céréales et s'en sert un bol.

— Ouais, mais elle ne le sait pas. Donc il faut que je lui apporte autre chose mais, entre-temps, j'ai besoin de laisser le chien quelque part.

— Laisse-le chez toi.

— Ouais, c'est ça, comme si mes parents allaient me le permettre. Bref, je me disais que tu pourrais peut-être me le garder un peu…, lâche-t-il en s'affaissant sur son tabouret et en avalant une bouchée de céréales avec un bruit humide écœurant.

— Non, réponds-je en secouant la tête. Ma mère n'acceptera jamais.

— Ta mère n'acceptera jamais quoi ? demande justement celle-ci en nous rejoignant dans la cuisine.

— Que Jace ait un chien, explique Evan.

— C'est tout à fait vrai, acquiesce-t-elle. J'aime beaucoup les chiens mais, vu que Jace va bientôt s'installer dans un campus, le moment ne serait pas forcément très bien choisi.

— Oh ! il ne s'agirait pas de l'adopter, reprend Evan. Je demandais simplement à Jace de garder un peu un chien pour moi.

— Ce serait du *dog-sitting*, en quelque sorte ?

Ma mère prend un bol et se sert des mêmes céréales qu'Evan. Je pousse un soupir.

— Non, interviens-je. Ce ne serait pas du *dog-sitting*. D'ailleurs, ce n'est même pas vraiment son chien.

— Ah bon ? s'étonne ma mère en fronçant les sourcils. À qui appartient-il, alors ?

— Il n'a pas de maison, dit tristement Evan, les yeux humides.

Il joue la comédie, bien sûr. Ce mec ne pleure jamais, et il ne verserait sûrement pas la moindre larme pour une bête dont il vient à peine de faire la connaissance.

— Je l'ai récupéré dans un refuge, poursuit-il. Ils s'apprêtaient à le piquer.

— Mais c'est terrible ! s'écrie ma mère en reposant sa cuillère, la main sur le cœur.

— Mais non, ils ne s'apprêtaient pas à le piquer, tenté-je de dédramatiser en étalant du beurre de cacahouète sur mon toast.

— Bien sûr que si, insiste Evan. Ce refuge peut être comparé à un abattoir. Tout chien qui ne trouve pas un nouveau maître est éliminé.

— La facilité avec laquelle certaines personnes se débarrassent de leur chien, de nos jours, est vraiment horrible, dit ma mère en secouant la tête et en s'asseyant à côté d'Evan avec son bol. À moins d'être équipé et bien décidé à s'en occuper, on ne devrait jamais prendre de chien.

— C'est très vrai, acquiesce Evan alors qu'il vient justement d'adopter une bête sans être ni équipé ni décidé à s'occuper d'elle.

— Enfin bref…, interviens-je de nouveau avant de vider d'une traite mon verre de jus d'orange. C'est sympa d'être passé, et bon courage pour le chien. Il faut que je bosse un peu sur mon discours de dimanche.

— Je croyais que ton discours était prêt…, panique ma mère.

Ma mère craint que je monte sur l'estrade et qu'il y ait un grand blanc, que j'aie un trou de mémoire. Cela lui fiche carrément la trouille, ce qui est complètement débile vu que je vais le lire, ce discours.

— Il me reste juste à le peaufiner, à m'entraîner à le dire à voix haute, mens-je.

— Il ne faut surtout pas que ça sonne trop travaillé, Jace, me conseille ma mère.

— Vous avez tout à fait raison, confirme Evan en avalant une dernière cuillerée de céréales et en posant son bol dans l'évier. Si ta diction est trop mécanique, les gens cesseront vite de t'écouter. En fait, ils cesseront vite de t'écouter de toute façon, mais ton rôle consistera à leur rendre ce moment le moins désagréable possible.

— Merci ! m'offusqué-je en levant les yeux au ciel.

— Bon, je peux vous laisser mon chien, alors ?

— Non, réponds-je en même temps que ma mère dit « oui ».

— Hein ? faisons-nous de concert en nous regardant.

— Pourquoi accepterais-tu que j'aie un chien maintenant ? m'enquiers-je. Je n'ai pas arrêté de demander un chien quand j'étais petit, et tu n'as jamais voulu.

— Tu n'étais pas prêt pour assumer une telle responsabilité. Vu que ton père et moi travaillions tout le temps, ce n'aurait pas été très juste.

— Je ne suis toujours pas prêt ! tenté-je. Je suis carrément irresponsable, même ! Regarde ce verre vide. Eh bien, je laisse toujours traîner mes verres vides sur le comptoir. Les responsabilités et moi, ça fait deux.

— Bien sûr que nous allons recueillir ce chien, affirme-t-elle en agitant la main pour me faire taire. Combien de temps devra-t-on le garder ?

— Juste deux ou trois jours, madame, s'empresse de répondre Evan. Merci beaucoup, madame Renault. Je n'arrête pas de répéter à Jace qu'il a beaucoup de chance d'avoir une mère aussi cool que vous.

Un mensonge de plus. Enfin, un demi-mensonge. Il lui arrive de le dire, c'est vrai, mais uniquement parce que ses parents sont très stricts et que, en comparaison, les miens ne peuvent qu'être cool.

— Et le mariage ! lancé-je dans un effort désespéré pour faire capoter cet horrible plan. Qui s'occupera du chien pendant qu'on sera au mariage ?

La cérémonie a lieu le soir dans un luxueux complexe hôtelier, où nous allons passer la nuit. Le lendemain matin, il y aura un grand brunch auquel ma mère a tenté en vain de se soustraire. Comme il est facile de la faire culpabiliser, elle a fini par accepter d'y participer, ce qui signifie que j'y serai moi aussi. Je peux donc faire une croix sur la soirée qui précédera la cérémonie de remise des diplômes.

— On n'aura qu'à l'emmener, propose ma mère. On le laissera à l'hôtel.

Génial. Un clébard dans ma chambre d'hôtel.

Manquait plus que cela.

Peyton

Le voyage

Samedi 26 juin, 15 h 37
Ocala, Floride

Lorsque la voiture de Jace fonce dans ce qui se trouve derrière elle, il me faut une grosse seconde pour comprendre ce qui vient de se passer. On dirait que mon cerveau a du mal à appréhender ou refuse d'accepter le fait que j'aie heurté quelque chose. J'appuie de toutes mes forces sur la pédale de frein, ce qui est ridicule vu que nous nous sommes déjà arrêtés.

Sur la banquette arrière, Hector lâche un petit couinement.

Je ferme les yeux.

— Qu'est-ce qui s'est passé ? coassé-je.

— À ton avis ? hurle Jace. Tu as foncé dans quelqu'un !

— Est-ce que… est-ce qu'il est mort ? chuchoté-je.

— Non, il n'est pas mort. Tu as foncé dans sa voiture.

Il défait sa ceinture et sort du véhicule. Derrière nous se tient un homme à la calvitie naissante vêtu d'une chemise boutonnée jusqu'à la pomme d'Adam. Son visage écarlate exprime une telle fureur que je crains un instant qu'il se métamorphose en supernova.

Je gare la voiture, défais à mon tour ma ceinture et prends une profonde inspiration. Assis derrière moi, Hector ne fait pas le moindre bruit. Avant de sortir, je me retourne vers lui pour voir s'il va bien. Physiquement, il n'a pas l'air d'avoir de souci. Tant mieux. Sauf qu'il reste assis sans bouger, ce qui me déstabilise un peu. D'habitude, il ne cesse pas de gémir et de se tortiller dans tous les sens. Son silence est la preuve qu'il a compris qu'il s'est passé quelque chose de désagréable.

— Tout va bien, mon beau, chuchoté-je, le visage enfoui dans sa fourrure, regrettant de ne pouvoir rester là avec lui.

Comment ai-je pu percuter un autre véhicule ? En fait, je sais comment. J'étais distraite, voilà tout. Je pensais à ce que Jace m'avait dit au restaurant, au fait que ma fugue ne réglerait aucun de mes problèmes. En mon for intérieur, je sais qu'il a raison. Ma fuite ne changera rien à ma situation. Elle ne m'aidera pas à déterminer combien d'argent je dois à ces organismes de crédit. Ni à trouver le courage d'affronter ma mère.

Cela veut-il dire que je suis une poule mouillée ? Est-ce ce que Jace pense de moi ?

— Un été, c'est tout ce dont j'ai besoin, murmuré-je à l'oreille d'Hector. Un été de tranquillité. Je m'occuperai de tout ça après, promis.

Hector gémit, tourne la tête, pose ses pattes avant sur la lunette arrière et se met à gratter.

Je soupire. Je sais que je devrais sortir pour voir ce qui se passe. J'inspire profondément une nouvelle fois avant de sortir de la voiture.

— Regardez ce que vous avez fait à ma bagnole ! hurle aussitôt l'autre conducteur.

Jace ne lui répond pas, se contentant de regarder les deux véhicules, d'évaluer l'ampleur des dégâts. Et il y en a pas mal. J'ai l'impression, en tout cas. Le pare-chocs arrière de la voiture de Jace est décroché. Je fonds immédiatement en larmes. Une pièce comme celle-là coûte cher, très cher. Les travaux de carrosserie coûtent des milliers et des milliers de dollars. Je le sais parce qu'une fois ma mère a eu un accrochage et que les réparations nous ont coûté 2 000 dollars. Mon père était tellement en colère qu'il a menacé de revendre la Navigator et de lui acheter quelque chose comme une Corolla, bref un véhicule moins cher à assurer.

— Pourquoi est-ce que vous pleurez ? gronde l'homme lorsqu'il me voit immobile et en larmes. Vous avez bousillé ma caisse ; c'est moi qui devrais être en train de pleurer.

Il agite les bras dans tous les sens, et son visage est tout rouge et transpirant. Mon Dieu qu'il me fait peur ! Je me tourne vers sa voiture et ne constate aucun dégât.

— Elle n'a rien, votre voiture, lance Jace, qui inspectait le véhicule pendant que je pleurais. Vous pouvez y aller.

— Je ne bougerai pas d'ici ! hurle l'homme. Je vais appeler la police !

— Calmez-vous un peu. C'est juste un accrochage de rien du tout. Je vais vous donner les coordonnées de mon assurance.

Jace retourne dans la voiture chercher sa carte d'assuré.

— C'est vous qui conduisiez, mademoiselle ? demande l'homme.

J'ouvre la bouche pour répondre, mais je me ravise. Il veut probablement me piéger, invoquer une clause technique bizarre pour m'obliger à tout payer de ma propre poche.

— Parce que, si c'est vous qui étiez au volant, vous avez vraiment besoin de leçons de conduite. La première chose à faire avant d'enclencher la marche arrière – et je le répète tout le temps à ma fille –, la première chose, c'est de regarder dans le rétroviseur. Vous n'avez donc pris aucune leçon de conduite !

J'ai pris des leçons de conduite, mais elles ne m'ont pas été d'une grande utilité. On était quatre dans la voiture, si bien que j'ai passé plus de temps à attendre mon tour qu'à conduire vraiment. Sur une heure de cours par semaine, je ne conduisais qu'une quinzaine de minutes.

Au bout de six semaines, j'ai eu droit à un pourcentage de réduction sur ma police d'assurance, ce qui me sera utile très bientôt. Car mon assurance va devoir payer, j'imagine. Ou bien celle de Jace prendra-t-elle tout en charge ? Mon Dieu ! peut-être que je devrais appeler mon père. Il est plus informé que moi sur ce genre de truc. Évidemment, je vais devoir inventer une histoire, prétendre que je conduisais une voiture de location en compagnie de Brooklyn. Il ne sera pas content, surtout après le...

— Voilà, lance Jace en fourrant un morceau de papier chiffonné dans la main de l'homme. Mon numéro d'assuré et le reste.

Jace dégaine son téléphone portable et prend quelques photos des deux véhicules. L'homme fait de même en marmonnant quelque chose sur « les bonnes femmes au volant », puis remonte dans sa voiture et s'en va. Quelle impolitesse ! Il aurait pu se plaindre des « adolescents au volant », je ne sais pas moi… Pourquoi s'en prendre tout de suite aux femmes ? Je suis une excellente conductrice. Enfin, d'habitude. C'est mon tout premier accident.

Quand vient le moment de remonter à bord de la voiture de Jace, je ne me fais pas prier pour ouvrir la portière côté passager. Hector geint un peu, puis se couche sur la banquette arrière et garde le silence. Jace s'installe au volant, le visage crispé, la mine sombre.

— Je suis vraiment désolée, commencé-je. J'aurais dû regarder derrière moi.

Il ne dit rien, se contentant de regarder droit devant lui en agrippant le volant.

— Je paierai les réparations, ajouté-je.

Toujours pas de réaction.

— Je te promets de te rembourser jusqu'au dernier cent.

Le silence, toujours.

Mes yeux s'emplissent de nouvelles larmes. Une seconde plus tard, Hector pose ses pattes sur le dossier de mon siège et se met à me lécher le visage. Je suis trop mal pour me soucier de tous ces dégoûtants microbes canins dont il me badigeonne la face.

— Tu peux me ramener à l'hôtel, si tu veux. Je comprendrai, si c'est ce que tu veux faire. Ou alors tu peux me déposer chez Courtney ; elle m'aidera à rentrer chez moi.

Je vois bien qu'il est fou de rage. Quelques secondes plus tard, il met le contact, règle ostensiblement le rétroviseur intérieur et sort de sa place de parking.

Lorsque nous atteignons l'entrée de l'autoroute, je suis persuadée qu'il va prendre la direction de Siesta Key. Au lieu de quoi il continue vers le nord et les Caroline.

Jace ne prononce pas un mot comme nous traversons la Floride et entrons en Géorgie. Je dois avouer que c'est énervant. Je ne sais pas ce qu'il pense. Ni ce qu'il a prévu de faire. Je crains presque qu'il ait décidé de m'abandonner quelque part, sur une aire d'autoroute, m'obligeant à finir mon voyage en stop.

Quand Hector se met à gémir derrière nous, nous signifiant apparemment qu'il a besoin de faire pipi, je suis soulagée. J'ai moi aussi besoin de passer aux toilettes, mais je suis bien trop nerveuse pour le dire.

Jace décroche le GPS de son support sur le pare-brise et pianote quelque chose dessus. Sans doute cherche-t-il un endroit où s'arrêter.

— Je peux le faire, proposé-je d'un ton mêlant excuses, gratitude et bonne volonté. Ce serait plus sûr. Je veux dire, vu que tu conduis et tout ça.

Il a un reniflement méprisant. Et justifié, il faut le dire. Qui suis-je, en effet, pour lui parler de sécurité ? Ne suis-je pas la fille qui vient d'avoir un accident avec une voiture qui ne lui appartient pas avant même d'avoir eu le temps de la conduire ? Apparemment, il a trouvé ce qu'il cherchait car il remet le GPS sur son support.

Dix minutes plus tard, nous faisons une pause, et il n'a toujours pas décroché un mot. Il sort de la voiture et promène

Hector dans l'herbe. Comme je ne suis pas certaine de ce que je suis supposée faire, j'attends une minute avant de défaire ma ceinture, de sortir à mon tour et de me diriger vers les toilettes.

Une fois ma vessie vidée, je décide d'acheter quelque chose à manger. Ce qu'il y a de moins cher. Un petit paquet de chips et un Cola Light générique. Coût total : 3 dollars. Au dernier moment, j'ajoute un autre sachet de chips et une bouteille d'eau pour Jace. Je veux bien doubler mon budget si cela peut le rendre heureux.

Enfin, *heureux*, je me comprends. Je suis peut-être bête, mais je sais qu'un paquet de chips ne peut pas compenser une voiture détruite. Mais – qui sait ? – peut-être parviendrons-nous à dépasser tout cela. Peut-être serons-nous un jour capables de raconter l'épisode de l'accident en riant. Peut-être le verrons-nous comme une péripétie amusante. Le genre de truc qu'on raconte pour faire rire ses amis en soirée. Ha ha !

Toutefois, quand je reviens à la voiture, Jace est en train d'examiner le pare-chocs arrière cabossé d'un air sérieux.

— Je t'ai pris un truc à grignoter, dis-je.

Il me prend la bouteille d'eau des mains, dévisse le bouchon et boit longuement. Puis il saisit les chips.

— Il n'y a pas de quoi, dis-je.

Il ne répond toujours pas, se contentant d'examiner son pare-chocs.

— Bon… Si j'ai bien compris, tu vas continuer à m'ignorer jusqu'à la fin du trajet.

— Je ne t'ignore pas.

— Ah, bon ? On dirait, pourtant.

— Pourquoi tu dis ça ?

— Parce que tu n'as pas décroché un mot depuis quatre heures !

— Tu as détruit ma voiture.

— Je n'ai pas *détruit* ta voiture. Elle roule toujours, il me semble.

— Je ne sais pas…

Il attrape le pare-chocs et le pousse contre la carrosserie, tentant de le remettre en place. Quand il le tient comme cela, on a presque l'impression qu'il suffirait de le recoller pour que tout redevienne comme avant. Avec un peu de chance, on trouvera une colle spéciale dans une boutique de pièces détachées pour une petite dizaine de dollars. C'est un peu ce qui est arrivé à Brooklyn quand elle a dû changer ses plaquettes de freins. Si elle avait confié sa voiture à un garage, elle en aurait eu pour 400 dollars, au lieu de quoi elle s'est procuré les pièces chez *AutoZone*, et un garçon de sa classe a fait le boulot pour 80 dollars.

— Si ça se trouve, on peut réparer ça nous-mêmes, reprends-je en m'accroupissant.

Je soulève une extrémité du pare-chocs mais, aussitôt, l'autre extrémité retombe en rayant la peinture. Oups…

— Ne touche à rien ! lance Jace en se passant la main dans les cheveux. Fait chier !

— Désolée…

Je sens mes yeux s'emplir de larmes. Je cligne plusieurs fois des paupières car je ne veux pas qu'il voie qu'il me fait cet effet-là.

— Non, c'est moi qui suis désolé, dit-il dans un soupir. J'ai été con. Tu n'as pas fait exprès de casser ma voiture.

— Oui, je n'ai pas fait exprès, je te le jure, confirmé-je en secouant fortement la tête. J'aurais dû mieux regarder. C'était un accident. Et je te promets que je vais tout te rembourser. Je t'enverrai tout l'argent qu'il faudra.

En réalité, je n'ai pas la moindre idée de la manière dont je vais réunir cet argent, mais j'ai tellement envie qu'il ne soit plus furieux contre moi que je serais prête à promettre n'importe quoi. Par ailleurs, la moindre des choses serait effectivement que je le rembourse.

— L'assurance paiera tout, je suppose, reprend-il en faisant rouler sa tête pour s'étirer le cou. Bon, nous devrions chercher un endroit où passer la nuit.

— Un endroit où passer la nuit ?

Comme Hector commence à me gratter les jambes, je m'accroupis et lui caresse la tête jusqu'à ce qu'il se calme un peu.

— Ouais, un hôtel. Je suis épuisé, et il n'est pas question que je te laisse conduire.

— Je comprends, acquiescé-je dans un hochement de tête avant de prendre une profonde inspiration. On peut choisir un endroit bon marché ?

— Bien sûr.

Je suis tentée de lui demander si je suis censée payer sa chambre à lui aussi, mais je me retiens. S'il répond oui, je ne sais pas comment je vais faire.

Nous remontons à bord de la voiture. Cette fois, Hector vient sur mes genoux. Il ne sent pas très bon, mais je m'en fiche. Sa présence est réconfortante. En plus, ce n'est qu'un chien. Il ne peut pas savoir que ma vie est un désastre, que je suis en train de voyager avec un type que je ne supporte pas et que ma mère m'a fait un truc vraiment horrible. Tout ce qu'Hector sait, c'est que nous sommes dans cette voiture et que je le caresse pendant que nous roulons.

Cela suffit pour le rendre heureux.

Dommage que je ne me contente pas d'aussi peu.

Une demi-heure plus tard, Jace s'arrête devant le *Residence Inn* de Savannah. Ce n'est pas ce qu'il y a de moins cher, mais l'établissement se trouve dans un quartier pas trop craignos, assez près de l'autoroute, et il accepte les animaux.

Nous entrons dans le hall, et Jace se dirige directement vers la réception.

— Euh… nous aurions besoin de deux chambres, commence-t-il en se tournant vers moi pour avoir ma confirmation. Et nous avons un chien.

— Avec qui le chien passera-t-il la nuit ? demande joyeusement la réceptionniste qui, à en croire son badge, s'appelle Mia.

— Avec moi, répond-il.

Je suis sur le point de protester car j'aurais bien envie qu'Hector passe la nuit pelotonné contre moi, mais alors la réceptionniste annonce que le supplément pour un animal de compagnie s'élève à 75 dollars. Jace tend sa carte de crédit et paie les deux chambres ; je suis sans doute censée le rembourser plus tard.

— Si vous désirez manger quelque part, reprend Mia en glissant la carte de Jace dans le lecteur et en souriant, je vous recommande *La Distillerie*. C'est au coin de la rue et c'est délicieux.

— Merci, réponds-je.

Jace signe le reçu que lui tend la réceptionniste, puis ressort chercher Hector pendant que j'attends dans le hall avec nos sacs.

Quand il est de retour, nous traversons le bar de l'hôtel et nous dirigeons vers nos chambres en silence. Même Hector semble impressionné ; il trotte, obéissant, à côté de Jace, sans même remarquer les clients de l'hôtel qui lui sourient et se disent à quel point il est mignon.

— Bon, eh bien…, commencé-je.

Je glisse ma carte dans la serrure de la porte de ma chambre. Une petite lumière verte s'allume avec un « bip ! »

— Euh… on se revoit demain matin, alors ? Je te rembourserai pour la chambre à ce moment-là.

— Ouais, confirme-t-il en glissant sa carte dans la serrure de la porte d'en face. On se revoit demain matin.

Il disparaît dans sa chambre, et je reste là, immobile, pendant quelques secondes. Je me rends compte qu'il me manque déjà. Je secoue la tête pour m'éclaircir les idées et j'entre dans ma chambre.

Jace

Le voyage

Samedi 26 juin, 19 h 45
Savannah, Géorgie

Je n'en voulais pas tant que cela à Peyton d'avoir cassé ma voiture. Je le jure. Franchement, j'aurais pu faire la même connerie. J'ai été impliqué dans deux ou trois accrochages depuis que j'ai mon permis, et ce n'est pas dramatique. Je veux dire, qu'est-ce que ça peut faire ? Personne n'a été blessé. Et mon assurance va tout prendre en charge, donc cela ne va pas me coûter grand-chose.

Donc, non, je n'étais pas en colère contre Peyton. J'étais en colère contre moi-même.

Car quand elle a foncé dans cette bagnole, derrière nous, je me suis rendu compte d'une chose : *Je ne voulais pas mettre un terme à ce voyage.* Ma voiture était cassée, Peyton se comportait comme une sale gosse, et j'allais probablement rater la remise des diplômes à cause d'elle, mais *je ne voulais pas mettre un terme à ce voyage.*

Plus j'y pensais et plus je me disais qu'il ne pouvait y avoir qu'une seule explication à cet état de fait : je voulais rester avec Peyton.

Peyton qui se comporte comme si elle ne peut pas me voir en peinture ; Peyton qui ne peut pas me blairer ; Peyton qui vient d'avoir un accident avec ma voiture et à cause de qui le montant de ma police va crever le plafond… Malgré cela, je veux rester avec elle. Sérieux, mais qu'est-ce qui m'arrive ?

C'est le genre de chose qui me passe par la tête tandis que je suis allongé sur mon lit, dans ma chambre d'hôtel. Quand j'en ai assez de gamberger, je me lève, j'attrape la laisse et je décide de promener Hector.

De l'autre côté de la rue, il y a un genre de champ, avec de l'herbe. Apparemment, il a plu à Savannah, aujourd'hui, car l'herbe est humide. Au bout de quelques minutes, les pattes d'Hector sont trempées et couvertes de boue.

Je remercie le ciel que ma chambre soit dotée de deux lits. J'épongerai Hector avec une serviette, histoire qu'il ne goutte pas partout, puis je le coucherai dans l'autre plumard. C'est juste de la terre, après tout. Cela partira au lavage, non ? Évidemment, les draps sont d'un blanc immaculé, alors…

Mon téléphone sonne. Je pousse un soupir et le sors de ma poche. Ma mère, sans doute. Elle a déjà appelé plusieurs fois, mais je n'ai pas voulu répondre. Pas envie de l'entendre me répéter encore et encore que je n'ai pas intérêt à être en retard à la remise des diplômes de demain. Je n'arrive pas à comprendre pourquoi cette cérémonie est si importante pour elle. Je suis déjà major de ma promo, alors pourquoi se tracasse-t-elle avec cette histoire de discours ?

Ce n'est pas ma mère. C'est un numéro que je ne reconnais pas.

— Allô ?

Je coince le téléphone entre mon oreille et mon épaule, et je tire sur la laisse d'Hector à deux mains. Le vent fait voleter une feuille tout près de nous et, apparemment, cela le tracasse énormément car il ne peut s'empêcher de lui courir après. Il risque de me disloquer le bras, mais il s'en moque.

— Jace ! s'écrie une voix féminine. Merci, mon Dieu ! On te croyait mort !

— Qui me croyait mort ?

— Je ne sais pas… Ta mère. Moi, j'étais persuadée que tu n'avais rien.

— Qui est à l'appareil ?

— Courtney !

— Oh ! désolé. Je n'ai pas reconnu le numéro.

— J'appelle avec le téléphone de Jordan. Écoute, poursuit-elle à voix basse, je ne sais ni où tu es ni ce que tu es en train de faire, mais ta mère est vraiment très inquiète. Elle dit que ta cérémonie de remise de diplômes a lieu demain soir et qu'elle n'arrive pas à te joindre. Franchement, elle est à deux doigts d'appeler la police.

— Je sais qu'elle n'arrive pas à me joindre, puisque je la renvoie vers ma boîte vocale chaque fois qu'elle appelle. (Je m'interromps, attendant que Courtney me fasse la morale, mais elle se tait.) De toute façon, je lui ai dit que je n'irais pas à cette cérémonie, alors je me demande pourquoi elle en fait tout un plat.

—D'accord…, se contente de dire Courtney avant de sombrer dans un long silence tandis que je regarde Hector renifler des trucs, creuser et manger de l'herbe. Qu'est-ce que je dois lui dire si elle me rappelle ?

—Parce qu'elle t'appelle !?

—Ouais. Elle s'inquiète pour toi. Elle pensait qu'on traînait ensemble, avec mes potes.

—Je n'y comprends plus rien. Je l'ai pourtant prévenue que… (Je m'interromps pour secouer la tête de frustration.) Bref, dis-lui juste que je vais bien, d'accord ? Et que je rentre bientôt.

—Ça marche… Euh… Jace ?

—Quoi ?

—Tu es avec Peyton ?

J'hésite. Je n'ai pas envie de mentir, mais je n'ai pas non plus envie que Courtney révèle trop de détails à ma mère. Moins maman en saura, mieux ce sera. Voilà pourquoi je refuse de parler à ma mère.

—Je vais te répondre, mais c'est du off, d'accord ?

—Du quoi ?

—Tu ne répéteras pas à ma mère ce que je vais te dire.

—Non, non. Je lui dirai juste que tu vas bien et que tu rentres bientôt, c'est tout.

—Oui, je suis avec Peyton.

—C'est bien ce que je pensais.

Et je suis quasi sûr d'entendre un sourire dans sa voix.

Je promène Hector pendant une demi-heure supplémentaire, décidant qu'il est plus sage de le fatiguer un peu avant de rentrer à l'hôtel. En plus, le pauvre a passé toute la journée coincé dans la voiture. Il n'a pas l'air de m'en vouloir, au contraire. Il semble parfaitement heureux, agitant la queue et tentant de faire la connaissance de toutes les personnes que nous croisons.

Pour retourner à l'hôtel, nous devons retraverser l'étendue herbeuse, aussi, le temps d'arriver sur le parvis, les pattes d'Hector sont-elles toutes boueuses et laissent des traces sur le béton. Le nettoyage à la serviette que j'avais prévu ne suffira pas. Et s'il saute sur le lit dans cet état, ce sera un massacre.

Je ne vois pas comment je pourrais l'obliger à rester par terre. La nuit dernière, dans ma chambre de Siesta Key, il a sauté sur le lit dès que j'ai éteint la lumière pour fourrer sa truffe sous mon oreiller. Ne me demandez pas comment il a pu trouver cette position confortable ni pourquoi il lui est arrivé de se retourner pour dormir sur le dos. Les chiens sont vraiment bizarres.

—Je n'ai pas, mais alors pas du tout envie de te donner un bain, dis-je à Hector en faisant glisser ma carte dans la serrure de l'entrée principale de l'hôtel, mais j'ai l'impression qu'on ne va pas y couper. Tu aimes l'eau, Hector ?

Il agite la queue en me regardant joyeusement, mais je parie qu'une fois dans la baignoire ce sera la débandade. Peut-être devrai-je le laisser dans cet état. Je peux m'accommoder de ce genre de saleté. Il me suffira de laisser un gros pourboire à la femme de chambre, histoire qu'elle ne…

—Aaahhh !

C'est Peyton. Elle tire sur la porte en même temps que moi.

— Oh ! fait-elle en constatant qu'il s'agit de nous. Salut.

— Qu'est-ce que tu fais ? lui demandé-je d'un ton soupçonneux.

— Je vais faire un tour, me répond-elle dans un haussement d'épaules. Il y a peut-être une station-service dans le coin. J'aimerais m'acheter un truc à grignoter.

— Parce que tu as envie de manger de la bouffe de station-service ?

Elle n'en a pas envie, mais elle n'a pas le choix, comprends-je. Elle est fauchée comme les blés. Ce qui explique qu'elle ait acheté des chips et une bouteille d'eau lors de notre pause, un peu plus tôt. Elle n'avait pas les moyens de s'offrir quelque chose de plus consistant.

— Qu'est-ce qui lui est arrivé ? me demande-t-elle en regardant Hector et en évitant de répondre à ma question. On dirait qu'il s'est roulé dans la boue.

— Il ne lui est rien arrivé, me défends-je en tirant sur la laisse pour attirer le chien à moi. On a juste fait une promenade. Il arrive aux chiens de se salir un peu quand ils se promènent, lui expliqué-je comme si elle n'y connaît vraiment rien en chiens.

— Il est sale, effectivement, et pas qu'un peu.

Elle s'agenouille sur le trottoir. Hector se rapproche d'elle, pose ses pattes avant sur ses cuisses et lui lèche le visage.

— Tu l'as fait nager dans une mare de boue, ma parole, reprend-elle.

— Mais non… Enfin, bref, je vais lui faire prendre un bain.

— Un bain ?

— Oui, un bain. Les chiens aussi prennent des bains, Peyton. Quand ils sont sales.

— Je sais que les chiens prennent des bains, affirme-t-elle en se levant et en me souriant. Je suis étonnée, c'est tout.

— Par quoi ?

— Je suis étonnée que tu veuilles lui faire prendre un bain.

— Pourquoi ça ? m'enquiers-je, me sentant insulté.

— Je ne sais pas, avoue-t-elle dans un haussement d'épaules. Je ne t'imaginais pas lavant un chien.

— C'est pourtant ce que je vais faire.

— D'accord.

— Ouais.

Nous restons là à nous regarder pendant quelques instants.

— Bon, eh bien, finit-elle par reprendre, n'hésite pas à m'appeler si tu as besoin d'aide.

— Je n'aurai pas besoin d'aide.

— On ne sait jamais.

— Je te le ferai savoir. Si j'ai besoin d'aide. Mais je n'en aurai pas besoin.

— D'accord. À demain, alors.

Elle sort de l'hôtel et, même si elle m'agace énormément, même si je ne supporte pas qu'elle me parle comme si je n'étais même pas capable de donner un bain à un chien, je suis obligé de résister à l'envie de la prendre par la main et de l'attirer contre moi.

Je secoue la tête avant d'entraîner Hector dans le hall, puis vers le couloir et notre chambre. Cette fois, les quelques clients que nous croisons plissent le nez et ont l'air de trouver Hector vraiment dégoûtant. Bon, d'accord, il est vraiment dégoûtant, mais quand même, les gens pourraient être un peu plus agréables.

Après son bain, il sera parfait. Un bain que je lui donnerai moi-même, merci. Et sans l'aide de Peyton, évidemment.

Peyton

Le voyage

Samedi 26 juin, 20 h 17
Savannah, Géorgie

La station-service est étonnamment bien approvisionnée et bon marché. J'ai déjà entendu dire que tout était moins cher dans le Sud. Quoi qu'il en soit, j'ai pu m'acheter des Oreo, un Coca Light, deux sachets de chips et des *nachos* au fromage pour seulement 6 dollars. Six dollars ! Joli score.

Les prix étaient si bas que j'ai d'abord cru qu'ils vendaient des produits périmés, mais j'ai vérifié les dates, et ce n'était pas du tout le cas. Vive les snacks non périssables du Sud !

Je retourne rapidement vers l'hôtel en mangeant des chips. La promenade est agréable. Il ne fait pas encore tout à fait nuit, et l'atmosphère de la Géorgie est chaude et légèrement humide sur ma peau. Je décide de contourner le bâtiment pour entrer par le hall principal et non la porte latérale. Pour la première fois depuis quelques jours, je commence à me sentir heureuse. *Ça va fonctionner, finalement*, me dis-je en passant les portes automatiques. *Tout va bien se passer.*

La fille de la réception, Mia, a mis les écouteurs de son iPod dans ses oreilles et danse en pianotant sur son ordinateur. Elle me sourit et me fait un signe de la main.

—Votre chambre vous plaît ? me demande-t-elle.

—Elle est parfaite, merci !

Elle sourit de nouveau, découvrant des dents du bonheur.

—Si vous avez besoin de quelque chose, faites-le-moi savoir.

—Je n'y manquerai pas.

Tout le monde semble si détendu et amical, ici ! En me dirigeant vers ma chambre, j'avise quelques personnes, au bar. On rit, on plaisante. Une femme me fait un signe de la main lorsque je passe à côté d'elle. Je réponds à son geste. C'est la fameuse hospitalité du Sud, j'imagine. Je me demande si ce sera pareil en Caroline du Nord.

Je l'espère, en tout cas. On s'habitue vite à ce genre d'attitude.

Je pousse la porte de ma chambre et lâche mes achats sur le lit. Je décide de prendre une longue douche bien chaude avant de manger en regardant des rediffusions de *Jersey Shore* par exemple. En tout cas, quelque chose de pas prise de tête.

Je sors un pantalon en polaire et un débardeur de ma valise, et vais dans la salle de bains. Je me déshabille et je fais couler la douche à pleine puissance. L'eau est brûlante, aussi chaude que je puis le supporter, et elle s'écoule sur mon corps en emportant mon stress. Je reste dans la cabine pendant un long moment, et, quand je finis par fermer le robinet, je suis calmée et détendue.

Pourquoi ne le serais-je pas, effectivement ? Je ne suis plus qu'à une journée de voyage de la Caroline du Nord, à une journée de mon nouvel appartement et de ma nouvelle vie. Et je me moque de ce que les gens diront ou penseront. Peut-être suis-je sur le point de faire une grosse erreur. C'est probablement ce que les gens disaient de Bill Gates quand il a laissé tomber ses études. *Idem* pour Mark Zuckerberg. Bien sûr, ces gars étaient des génies qui bossaient sur des projets qu'ils s'apprêtaient à mettre sur le marché, comme on dit. En tout cas, ils apportaient quelque chose de nouveau.

Et si je faisais la même chose ? Une fois, quand j'étais en troisième, on a organisé une vente de gâteaux et j'ai préparé de délicieux brownies en modifiant sans le faire exprès la recette qui se trouvait derrière le sachet de pépites de chocolat. Les gens ont adoré. Je pourrais ouvrir une boutique de brownies. Avant de m'agrandir pour vendre des cookies et d'autres gâteaux. J'ai toujours voulu apprendre à préparer des cookies et des gâteaux originaux. Comme dans ces émissions où on prépare des pâtisseries ressemblant à des personnages de dessins animés. Ouais, je pourrais faire la même chose.

La perspective de commencer une nouvelle vie de vendeuse ou d'entrepreneuse du Net m'enthousiasme tellement que je n'arrête pas de chantonner en sortant de la douche et en m'habillant.

Je suis sur le point d'allumer la télé lorsque quelqu'un frappe à la porte. Je décide de faire comme si je n'avais pas entendu, pensant que c'est sans doute une femme de ménage avec son balai, ou bien la fille sympa de la réception qui vient déposer un chocolat sur mon oreiller ou un truc comme ça. C'est le genre de chose qu'on doit faire dans le Sud.

J'ouvre mon sachet de *nachos* au fromage et j'en mets un dans ma bouche.

On frappe de nouveau. Merde ! ces gens du Sud devraient savoir qu'une attitude n'est amicale que si, en face, la personne est réceptive.

— Peyton ?

Oh ! Jace. Je comprends mieux. L'hospitalité des gens du Sud et lui, cela fait deux. Et avec celle des gens du Nord, cela fait trois.

Je m'approche de la porte sans faire de bruit et je jette un coup d'œil dans le judas. Il est là, en tee-shirt blanc et bas de survêtement vert. Ses cheveux sont en désordre, et il a une grande tache de boue sur le torse.

Hector est à côté de lui, qui agite la queue.

— PEYTON ! insiste-t-il en frappant encore. Est-ce que tu es là ?

Je pousse un soupir et déverrouille la porte.

— Bien sûr que je suis là. Où veux-tu que je sois ?

— Ça fait quarante-cinq minutes au moins que j'essaie de t'appeler et ça ne répond pas. Tu étais où ?

Il lance un regard soupçonneux par-dessus mon épaule comme s'il s'attend à moitié à ce que je donne une fête dans son dos ou à découvrir un *escort boy*.

— Je suis allée à la station-service, tu te rappelles ?

— Et ça t'a pris une heure ?

— Non, réponds-je, même si je suis restée un très long moment dans la boutique car j'avais du mal à choisir parmi une très grande variété de snacks. Ça ne m'a pas pris une heure. J'ai pris une douche, aussi.

Je croise les bras et je me rappelle soudain que je porte un débardeur très fin.

— Euh… tu pourrais m'aider ? me demande-t-il.

— Ton cas est désespéré, Jace, réponds-je avec le plus grand sérieux. Personne ne peut t'aider.

Je suis assez fière de ma blague, mais il ne semble pas la trouver très drôle.

— Ha ha…, très amusant. Je ne rigole pas, j'ai besoin d'aide pour Hector. Il refuse de m'écouter.

— Rien de nouveau sous le soleil.

Je me tourne vers le chien et lui adresse un sourire attendri. Honnêtement, comment pourrais-je ne pas aimer une bête qui fait la vie dure à Jace et refuse de l'écouter ? Je me rends subitement compte qu'Hector est dans un état encore plus déplorable que lorsque je l'ai vu la dernière fois et qu'il rentrait de promenade.

Au lieu d'être recouvert d'une croûte de boue, il est entièrement maculé d'un mélange de terre et de savon dilués. Des gouttes brunes dégoulinent de sa fourrure et forment des flaques de crasse sur le parquet du couloir.

— Que lui est-il arrivé ? demandé-je en plissant le nez. Il est couvert de savon et de boue.

Jusque-là, j'ignorais qu'on pouvait à la fois être couvert de mousse et de crasse.

— Je lui donnais un bain, explique Jace, mais il ne voulait pas rester tranquille. Il sautait hors de la baignoire chaque fois que j'essayais de le rincer.

— Il bondissait de la baignoire dans cet état ?

— Ouais, et il courait partout dans la chambre. Je te laisse imaginer le résultat. Dégueu…

Je me retiens d'éclater de rire.

— Ce n'est pas drôle ! se plaint-il.

— C'est vrai, acquiescé-je en opinant du chef, faussement sérieuse. Ce n'est pas drôle du tout !

— Bon, tu vas m'aider, oui ou non ? insiste-t-il dans un soupir.

— Je croyais que tu n'avais pas besoin d'aide ? le provoqué-je en lui lançant un regard oblique.

Mais il ne se démonte pas.

— On a tous besoin d'un petit coup de main de temps à autre, pas vrai, Peyton ?

Bien sûr, il parle du fait que j'avais besoin de lui pour me conduire en Caroline du Nord. Enfin, dans le Connecticut, croit-il. Je ne suis pas du tout contente qu'il me le rappelle, mais c'est de bonne guerre.

— Ouais, bon, peu importe, bredouillé-je en ouvrant en grand la porte de ma chambre. Entrez.

Je l'avoue, donner un bain à Hector avec Jace m'a amusée. Une fois définitivement abandonnée l'idée de rester propres et de ne pas massacrer la salle de bains, tout s'est passé comme sur des roulettes. C'est-à-dire très salement.

— Tu le tiens pendant que je le rince, d'accord ?

— D'accord, acquiesce Jace.

Hector est dans la baignoire et nous regarde tous les deux comme si nous étions complètement timbrés. L'eau ne semble pas le déranger, mais il s'excite pour un rien et risque de sauter partout et de causer des dégâts.

Jace l'attrape avec circonspection tandis que je m'arme du pommeau de douche.

— Tout ira bien, mon beau, murmuré-je. C'est de l'eau chaude juste comme il faut. Ce sera très agréable.

Hector donne l'impression de comprendre et lève la tête vers le jet.

— Gentil toutou.

— Tu sais qu'il ne te comprend pas, n'est-ce pas ? me demande Jace.

— Bien sûr qu'il me comprend, rétorqué-je uniquement pour le contredire. C'est un chien très intelligent.

Jace se moque de moi.

— Parfaitement, il est très intelligent ! affirmé-je. Et il n'aime pas du tout que tu dises le contraire, pas vrai, mon beau ?

Comme par hasard, Hector se libère de l'étreinte de Jace et pose ses pattes avant sur le rebord de la baignoire.

— Eh ! s'écrie Jace en l'obligeant à redescendre dans l'eau. Qu'est-ce que tu fais ?

— Je te l'avais bien dit, il n'a pas aimé. En plus, tu ne le serrais pas assez fort. Tu n'as aucune raison d'avoir peur de lui, Jace. Il ne ferait pas de mal à une mouche.

— Mais je n'ai pas peur de lui !

— Où est le problème, alors ?

— Nulle part, répond-il dans un haussement d'épaules. Je ne l'aime pas, c'est tout.

— Pourquoi ?

— Parce qu'il m'emmerde.

— Qu'est-ce que tu peux être mauvais, mon Dieu !

— Moi, mauvais ? N'importe quoi. Bon, tu veux savoir pourquoi j'ai du mal avec Hector ?

Il prend une profonde inspiration, détourne les yeux et fixe le regard sur les carreaux du sol.

— Oui, ça m'intéresse ! J'aimerais bien savoir pourquoi tu as du mal avec Hector.

Je reprends le pommeau de douche et je dirige le jet vers les pattes arrière du chien, qui agite la queue en m'envoyant des gouttelettes sur les bras.

— Bien, mais je t'aurai prévenue… (Jace reprend une profonde inspiration et ferme les yeux pendant une seconde.) Quand j'avais sept ans, j'avais un chien – Mork, un golden retriever. C'était l'année où on se moquait de moi, à l'école, et Mork… Mork était toujours près de moi. Il était le seul à ne pas se soucier de mon défaut de prononciation.

— Tu avais un défaut de prononciation ? m'étonné-je en fronçant les sourcils.

— Ouais. C'est pour ça qu'on se moquait de moi.

— Mais tu ne l'as plus, constaté-je, le front plissé.

— J'ai travaillé avec un thérapeute, explique-t-il, agacé. Mais revenons à Mork. Il était mon meilleur ami.

Son regard se perd dans le lointain et, je n'en suis pas certaine, mais j'ai l'impression que sa gorge se serre.

— En tout cas, il a été mon meilleur ami, poursuit-il. Jusqu'au matin de Noël de cette année-là.

— Qu'est-ce qui s'est passé ?

J'ai déjà l'estomac noué par la fin mystérieuse de cette histoire. Je ne supporte pas les récits qui se terminent par la mort d'un animal.

Mais je ne peux pas demander à Jace d'arrêter maintenant. Il s'agit manifestement d'une cicatrice profonde, d'une douleur qu'il a besoin de partager. Plus important encore, il a choisi de la partager avec moi. Soudain, je me sens liée à lui et – je ne peux pas m'en empêcher – cela me fait du bien.

— Le matin de Noël, je suis descendu de ma chambre.

Il secoue la tête et regarde de nouveau dans le vague. Cette fois, ce n'est pas mon imagination, je suis sûre qu'il a les larmes aux yeux.

— J'ai tout de suite couru vers ma chaussette, reprend-il. Elle était là, accrochée à la cheminée, juste à côté de celle de Mork.

Il déglutit à grand-peine et, presque instinctivement, je lui prends la main. S'il est surpris par mon geste, il ne le montre pas. Ses doigts se resserrent autour des miens, et j'ai le souffle coupé. J'ignore si c'est à cause de la charge émotionnelle de ce moment ou à cause de sa main autour de la mienne, mais un véritable incendie enfle en moi.

— Je l'ai immédiatement appelé… Mork! Mork! mais il n'est pas venu. Je me suis tourné vers mes parents pour leur demander où il était. Normalement, il dormait dans mon lit, avec moi, mais j'étais tellement excité par la perspective de recevoir des cadeaux que je n'avais pas pensé à regarder s'il était dans ma chambre quand je m'étais réveillé. (Il renifle.) Alors mes parents m'ont répondu qu'il était parti à la ferme. Mais il n'était pas à la ferme, Peyton. Il… il n'était pas à la ferme…

— Oh, mon Dieu ! lâché-je comme une boule se forme dans ma gorge, m'empêchant presque de respirer. C'est horrible. De quoi est-il mort ?

— D'un cancer.

— Un cancer ? Et tu ne savais pas qu'il était malade ?

— Non, répond-il en secouant la tête. Je n'avais que sept ans.

C'est très bref, cela dure moins d'une seconde, mais je crois voir les coins de sa bouche se soulever. C'est presque un sourire. Ce n'est pas logique. Pourquoi sourirait-il ? Peut-être est-il attendri par le souvenir de Mork. Ou bien… Je lâche subitement sa main.

— Tu mens !

— Non, je ne mens pas, se défend-il en secouant tristement la tête. Pauvre vieux Mark.

— Je croyais qu'il s'appelait Mork ?

— Oui, c'est ce que j'ai dit, pauvre vieux Mork.

Mais je vois clairement le sourire qui danse sur ses lèvres.

— Saloperie ! Je n'arrive pas à croire que tu aies inventé cette histoire de chien avec un cancer !

— Allez ! s'esclaffe-t-il. C'était pour rire ! Si tu avais vu ta tête !

— Évidemment ! protesté-je avec un geste d'exaspération. N'importe qui aurait fait la même tête en entendant l'histoire d'un petit garçon qui perd son chien.

Hector se met à gémir.

— Tu vois ? Tu lui fais de la peine avec ces histoires de maladies. Tu n'as donc pas de cœur ?

— Si, j'ai un cœur !

— Ça m'étonnerait.

— Si, et je vais te le prouver. (Il se penche au-dessus de la baignoire et prend un Hector tout trempé dans ses bras.) Ooooh ! s'exclame-t-il avec une voix de bébé. Ooooh ! Hector, mon bon toutou. Je t'adore, mon petit Hector !

Hector remue la queue, colle sa truffe contre le visage de Jace et le lèche.

— Tu es trop mignon, mon Hector, poursuit Jace. Tu es le meilleur des chiens.

Hector s'agite, si bien que le coude de Jace glisse sur la baignoire et qu'il se retrouve le torse dans l'eau. Pendant une seconde, tout le monde se fige. Je crains que Jace se mette en colère car il est trempé jusqu'à la taille, au lieu de quoi il dit :

— Ce n'est pas grave, mon Hector.

Puis il se laisse glisser tout habillé dans la baignoire.

Hector aboie joyeusement pour signifier son bonheur de ne plus être seul dans son bain et pose ses pattes de devant sur les épaules de Jace.

— Oh, mon Dieu ! m'amusé-je tandis que des vagues d'eau mousseuse déferlent sur le carrelage de la salle de bains. Mais tu es tout trempé !

— Et tu trouves ça amusant ? me demande Jace avec un sourire joueur.

Sans me laisser le temps de réagir, il m'entraîne dans la baignoire avec eux. Comme il n'y a pas de place pour trois, Hector saute hors du bain et se met à décrire des huit frénétiques sur le carrelage en envoyant de l'eau et du savon dans tous les sens.

Je ris comme une baleine, désormais. Mon pyjama et mon débardeur sont complètement imbibés.

Un instant plus tard, je reprends mon souffle et me rends compte que je suis allongée sur Jace. Je sens son torse sous moi et son souffle chaud sur ma joue. Nos jambes sont entremêlées dans l'eau, et mon corps tout entier est brûlant.

— Désolée, dis-je sans trop savoir pourquoi.

Après tout, c'est lui qui m'a entraînée dans ce bain avec eux. Et il a fait cela pour s'amuser, pour que nous puissions de nouveau rire ensemble. C'était un jeu, pour lui, mais je ne veux surtout pas qu'il s'imagine que j'ai fait exprès de me retrouver dans cette position.

— Pourquoi es-tu désolée ? me demande-t-il d'une voix grave et rauque.

Je me tourne lentement vers lui. Il me regarde droit dans les yeux, m'effleure le visage du bout du doigt, le fait glisser sur ma joue, jusqu'à ma clavicule. Son toucher est si doux qu'il fait naître une véritable explosion de frissons dans mon corps tout entier. Mon cœur bat si vite, mon estomac bouillonne. Je sens que je devrais dire quelque chose, n'importe quoi, mais j'en suis incapable.

Ce n'est pas plus mal. Je parle de mon mutisme.

Car avant que ma langue se délie Jace attire mon visage à lui et m'embrasse.

Jace

Avant

Samedi 25 juin, 18 h 58
Siesta Key, Floride

Je vais rester super cool. Je vais être cool et je vais maintenir un contrôle total sur la situation. Il n'y a vraiment pas de quoi en faire tout un plat. C'est juste un mariage débile. Oui, un mariage débile auquel est invitée une fille avec qui j'ai eu une petite histoire. Qu'est-ce que ça peut faire ? Ce qui s'est passé avec Peyton est fini depuis bien longtemps. Enfin, c'était il y a trois mois mais, pour moi, trois mois, c'est beaucoup.

Lorsque la cérémonie commence, je suis assis à côté de mes parents et je scrute les rangées d'invités à la recherche de Peyton en essayant de ne pas trop me faire remarquer. Je suis tellement occupé que je n'entends même pas les mariés prononcer leurs vœux. Ce qui ne me dérange pas plus que cela. Si vous voulez mon avis, les mariages, c'est de la connerie. Attention, je ne dis pas que je ne crois pas au mariage – j'ai juste du mal à être heureux et à m'enthousiasmer pour un jeune couple dont l'union va sans doute voler en éclats avant longtemps.

Prenez le père de Courtney, par exemple. Le type se marie, dit oui devant le prêtre, promet qu'il va aimer et chérir son épouse pour l'éternité. Alors qu'il avait déjà promis exactement la même chose à la mère de Courtney. Promesse qu'il n'a pas tenue, évidemment. Pourquoi devrais-je le croire quand il sort le même baratin à une autre femme ?

Bref… franchement, personne n'a envie d'écouter ces conneries. Et dire qu'ils ont tous la larme à l'œil. À la fin, ils vont répéter à l'envi à quel point la cérémonie a été magnifique.

Après la cérémonie, justement, tout le monde se dirige vers la vaste salle de bal du Siesta Key yacht-club pour la réception. Bien sûr, mes parents sont parmi les premières personnes à s'y engouffrer. Ma mère a un besoin obsessionnel d'être parfaitement à l'heure partout.

— Tu n'as pas oublié de donner à manger à Hector ? me demande-t-elle comme nous entrons dans la salle. Il est vraiment très important qu'il ait une routine.

— Oui, maman, réponds-je en m'efforçant de contenir mon agacement. J'ai donné à manger à Hector.

C'est la vérité, d'ailleurs. Je lui ai bien donné à manger. J'évite de préciser que j'ai oublié d'apporter ses croquettes et qu'il a dû se contenter d'un Big Mac. Il a adoré. Jamais vu un chien avaler quelque chose aussi rapidement. Je suppose qu'ils ne bouffent pas beaucoup de bœuf au refuge.

— Parfait, dit-elle, n'imaginant pas le moins du monde qu'Hector ait pu manger autre chose que ses croquettes spéciales sans gluten, sans sucre, bio et j'en passe.

Les croquettes qu'elle a choisies pour lui. Je ne comprends pas pourquoi elle s'intéresse tant à Hector et à ses habitudes. Ce n'est pas comme si c'était notre chien.

Un serveur vêtu d'un genre de veste queue-de-pie passe près de nous avec un plateau de hors-d'œuvre, et j'arrive à en attraper deux. Un conseil : dans ce genre d'événement habillé, assurez-vous toujours d'obtenir une double ration ou bien vous rentrerez chez vous avec l'estomac dans les talons. On ne sait jamais quand le serveur repassera à portée de main ni quand le dîner sera servi.

Petit à petit, je m'éloigne de mes parents et me rapproche du bar. C'est le grand avantage des mariages – il y a *open bar* pour tout le monde, et personne ne vous demande votre carte d'identité. Et j'ai vraiment besoin d'un cocktail pour me calmer les nerfs.

Enfin, mes parents rencontrent un couple de leur connaissance et s'en vont discuter plus loin. Après des présentations maladroites (« C'est notre fils, Jace ! Il est fraîchement diplômé. Il est même major de sa promo ! »), je prends définitivement congé et file vers le bar.

Avant que j'arrive à destination, toutefois, j'entends quelqu'un m'appeler. Une fille.

— Jace !

Mon cœur cesse de battre.

Je me retourne.

Ce n'est pas Peyton.

Mais Courtney.

— Courtney, réponds-je comme elle me rejoint en courant et me serre brièvement dans ses bras. Tu es très élégante.

— Merci.

Elle porte une longue robe rouge. Apparemment, elle a décidé de quitter sa tenue de demoiselle d'honneur pour la réception. Elle a bien fait. Je n'y connais pas grand-chose en fringues, mais j'imagine que les énormes nœuds en tissu vert qu'elle portait un peu plus tôt n'étaient pas à la dernière mode. Surtout pour une fille de dix-neuf ans.

— Ça me fait super plaisir de te revoir ! Je t'ai présenté mon copain Jordan ?

— Pas officiellement. On n'a pas vraiment eu l'occasion de discuter à la soirée de Noël. Quoi de neuf, mec ? demandé-je en tendant la main au type qui se tient derrière elle.

— Pas grand-chose, répond-il, distrait, en scrutant les quatre coins de la salle.

Je me demande s'il trouve la situation bizarre. Après tout, il est à la fois le petit ami de Courtney et le fils de la mariée. Ouais, le père de Courtney a épousé la mère de Jordan. Courtney et Jordan sortaient ensemble avant que leurs parents se rencontrent, mais quand même. Ça doit leur faire bizarre. Vont-ils vivre ensemble tous les quatre ou ce genre de connerie ? Je suis tenté de poser la question, mais cela ne me regarde pas, après tout.

— Excuse-le, me dit Courtney. Il cherche son ami B.-J.

— Putain ! lance justement Jordan en fixant le regard sur quelqu'un par-dessus mon épaule. J'avais dit à ce crétin de ne pas s'habiller en blanc !

Je me retourne à temps pour assister à l'entrée d'un garçon d'environ notre âge. Il porte un costume blanc moulant, une cravate blanche et un borsalino assorti. Même ses chaussures sont blanches. Lorsqu'il voit Jordan, il soulève le bord de son chapeau et sourit de toutes ses dents.

— Je vous prie de m'excuser, dit Jordan. Il faut que j'aille lui parler. On se revoit plus tard. Tu viens à notre table, hein, Jace ?

— Oui, je l'installe à notre table, confirme Courtney.

Jordan lui dépose un baiser sur la joue avant de filer vers son ami en blanc occupé à faire du *moonwalk* sur la piste de danse déserte, et ce bien que la musique ne s'y prête pas du tout.

— On va boire un verre ? propose Courtney.

J'acquiesce de la tête, je la prends par le bras et l'entraîne à travers la foule vers le bar. Elle commande un Coca Light et moi un Sprite – après quelques secondes de réflexion – parce que je ne veux pas être le type qui boira de l'alcool au mariage de son père pendant qu'elle se contentera d'un soda.

— Alors, excité par la remise des diplômes de demain ? me demande-t-elle en sirotant son Coca.

— Pas vraiment, réponds-je en m'affaissant sur un tabouret. Tout ça me semble si futile

— Quoi, le fait d'obtenir ton diplôme ?

— Non, je parle de la cérémonie. Honnêtement, j'espère ne jamais revoir de ma vie la plupart des gens qui seront assis devant moi demain.

— Justement, c'est ça qui est bien, poursuit-elle. Tu vas passer à autre chose, et ça se fête.

— Sans doute, acquiescé-je dans un haussement d'épaules. On est tous censés entrer enfin dans le monde réel et fêter cette grande réussite ensemble. Je ne sais pas, je trouve ça un peu mélodramatique, *too much*…

— Ouais, dit-elle, pensive, en tournant sa paille rouge dans son verre. Ta mère dit que tu as préparé un discours énorme.

— Elle dit ça ? Mon Dieu…

J'avale une gorgée de Sprite avant de faire signe au barman. Au diable ces sodas de merde ; j'ai besoin d'un truc costaud.

— Enfin, elle l'a dit à mon père, rectifie Courtney. Qui me l'a répété.

— Ah ! désolé, dis-je en faisant la grimace.

— Pas grave.

Son père ne semble pas très emballé par le fait que Courtney sorte avec Jordan. Je ne sais pas vraiment pourquoi, mais il ne l'aime pas des masses. Courtney a la tête sur les épaules, et elle se plante rarement en matière de relations humaines ; je ne pense pas qu'elle sortirait avec Jordan s'il n'était pas un type bien.

Pour résumer, le père de Courtney n'aime pas Jordan et fait son possible pour dissuader sa fille de sortir avec lui – notamment en lui vantant les mérites d'autres types. Les miens, surtout. Comme si elle et moi pouvions finir ensemble, ce qui est une idée grotesque. Courtney est une jolie fille, mais il n'y a jamais rien eu de ce genre entre nous. Jamais. Elle est comme une sœur pour moi.

— J'aimerais tellement que mon père arrête de me parler d'autres garçons. Un jour ou l'autre, il devra comprendre que j'aime Jordan et que nous resterons ensemble quoi qu'il en pense.

— Pourquoi est-ce qu'il ne l'aime pas ?

— C'est compliqué, soupire-t-elle en se mordant la lèvre inférieure. En tout cas, il ne peut pas décider pour moi. Surtout en matière de relations avec les garçons. Merde ! j'ai bien assez de mal à contrôler mes sentiments toute seule et à décider de qui je vais tomber amoureuse.

— Je vois ce que tu veux dire.

Oui, je comprends exactement ce qu'elle veut dire.

Plus que jamais.

Car à ce moment-là Peyton entre dans la salle de bal.

Ses cheveux noirs sont tirés en arrière sur le dessus, tandis que le reste lui tombe librement sur les épaules. Elle est vêtue d'une robe bleu-vert à la fois moulante et sophistiquée.

Sa silhouette m'a toujours rendu complètement fou.

Elle est encore plus belle que dans mes souvenirs.

Mon corps devient tout mou et ma bouche s'assèche.

— Barman, appelé-je de nouveau, plus fort cette fois. J'ai besoin d'un verre.

Peyton

Avant

Vendredi 25 juin, 20 h 10
Siesta Key, Floride

J'arrive à la réception avec du retard, ce qui est une erreur tactique de ma part. Une grosse erreur, même. Je ne voulais surtout pas arriver trop tôt, la première. Je n'avais pas envie de rester assise à la table de mes parents, à stresser en attendant que Jace montre le bout de son nez. Ça n'aurait pas été très bon pour mon état mental.

J'ai donc décidé d'arriver plus tard, quand Jace serait déjà là, en me disant que ce serait une bonne idée, une excellente stratégie. De cette façon, je pourrais m'asseoir tranquillement sans avoir à me tourner vers la porte toutes les cinq secondes. Puis, quand je me serais sentie prête, j'aurais scruté la salle tranquillement, je l'aurais trouvé et je l'aurais ignoré ostensiblement pendant le restant de la soirée.

Bien sûr, je n'avais pas pris cette décision à la légère. Au début, j'avais été tentée de me comporter en grande personne, d'aller le voir ne serait-ce que pour le saluer. Brooklyn et moi avions passé un après-midi entier à préparer des phrases pour l'aborder. On se serait cru dans un film où l'héroïne s'entraîne à parler au garçon qu'elle aime avant de prendre son courage à deux mains et de passer à l'action. Bien sûr, dans ce genre de film, il s'agit en général d'un garçon auquel la fille n'a encore jamais parlé et non pas d'un type avec lequel elle a déjà eu une histoire et dont elle se croyait amoureuse. Oui, *croyait* seulement. À l'imparfait.

Après que nous avons écrit ces fameuses phrases (« Salut, Jace. Heureuse de te revoir. Tu as l'air en forme… » ; après quoi je me serais éclipsée en faisant semblant de repérer une ancienne connaissance imaginaire), je me suis rendu compte que mon plan était nul. Être la plus adulte des deux ? Pour quoi faire ? Après tout, il n'a jamais répondu à mes SMS. Vouloir s'élever au-dessus de la situation est surfait.

J'ai donc décidé de me comporter comme s'il n'était pas là.

Comme vous pouvez le constater, j'ai passé beaucoup trop de temps à réfléchir à tout cela.

Bref, arriver avec du retard à la réception impliquait de laisser mes parents quitter l'hôtel un peu avant moi. Je devais donc entrer dans la salle seule, ce qui est un peu intimidant et plutôt humiliant. Et si Jace se disait que mes parents n'étaient pas là et que j'étais venue seule parce que j'avais une terrible envie de le revoir ? Comme si je ne pouvais pas m'en empêcher, que j'avais décidé de le harceler ?

Je fais mon possible pour ne pas prêter attention aux papillons qui volettent dans mon ventre, puis je me dirige le dos bien droit et le menton bien haut vers la table numéro huit où, à en croire mon carton d'invitation, se trouve ma place.

Il n'y a personne à ma table, ce qui n'est pas logique, puisque je suis en retard. Ils devraient tous être déjà là, non ? On dirait que tout le monde est au bar, en train de manger des hors-d'œuvre, de commander à boire, de vivre la soirée de sa vie. Merde ! j'aurais dû venir encore plus tard. Ou au moins m'assurer qu'il y avait déjà quelqu'un à ma table avant de m'installer.

Mon Dieu ! quel désastre.

Je sirote un peu d'eau et attrape un canapé sur le plateau d'un serveur en smoking qui passe tout près. S'il y a un truc que j'ai appris à propos des canapés, c'est qu'il faut se dépêcher de se servir tant que c'est possible – autrement, vous passez la soirée à attendre qu'on daigne vous apporter quelque chose à manger.

Je fourre une saucisse cocktail dans ma bouche en me demandant ce qu'elles viennent faire à une réception de ce niveau. Je me rends compte que Jace risque de me voir assise seule à cette table en train de manger une saucisse, et ce n'est pas vraiment l'image que j'ai envie de lui donner. J'avale rapidement ce que j'ai dans la bouche et je décide de ne plus rien avaler tant que personne ne sera assis à côté de moi.

Sauf que je ne sais pas quoi faire de mes mains.

Je bois une gorgée d'eau.

—Notre table est par là ! s'écrie quelqu'un.

Je lève la tête et découvre un type d'à peu près mon âge vêtu d'un costume blanc et portant des chaussures blanches qui se faufile à travers la foule. Avant de s'affaler sur la chaise voisine de la mienne.

—Salut ! Ça va ? Tu es là pour le ou la mariée ?

Il me tend la main en manquant de peu de renverser mon verre, si bien que je me demande s'il est soûl ou simplement fou.

— Euh… je m'appelle Peyton, réponds-je en mettant le verre de l'autre côté de mon assiette, hors de sa portée. Le marié est mon oncle.

Il hoche la tête.

— Moi, je suis là pour la mariée.

Il sort de sa poche un mouchoir d'un blanc éclatant, se mouche dedans et le range à sa place. Beurk…

— Tu t'appelles Jocelyn, c'est ça ?

— Jocelyn ?

— Oui, dis-je en montrant la carte posée devant lui. D'après cette carte, je devrais être assise à côté de Jocelyn.

Il fixe le regard sur la carte.

— Ah ! Non, ça, c'est ma petite amie. (Il se penche vers moi comme pour me murmurer un secret.) En fait, c'est mon ex-petite amie depuis la nuit dernière à 0 h 17. Enfin, depuis ce matin. Bref, je me comprends.

Il attrape son verre d'eau et le boit d'une traite.

— Je suis désolée. Que vous ayez cassé, je veux dire.

— Ouais, ça a été horrible. Je ne comprends vraiment rien à ce que veulent les femmes, explique-t-il en secouant tristement la tête. Et toi ?

Je suis sur le point de lui dire que, bien sûr, je comprends ce que veulent les femmes puisque j'en suis une, mais je me rends compte au dernier moment que ce n'est pas vrai. Comment pourrais-je savoir ce que veulent les femmes puisque je ne sais même pas ce que je veux moi-même ?

— Non, réponds-je dans un soupir. Je crois que personne ne sait vraiment ce que veulent les femmes.

— C'est ce que je répète à tout le monde, insiste-t-il en désignant les invités d'un geste du bras comme s'il avait passé la soirée à tenter de convaincre les convives de la justesse de son jugement. Toi, tu es intelligente, ajoute-t-il en me montrant du doigt. Ça se voit tout de suite.

— Te voilà enfin ! lance un autre garçon d'un ton pressé en nous rejoignant. Merde ! B.-J., tu ne peux pas rester au même endroit plus de deux secondes d'affilée ? (Il pose une tasse de café en céramique blanche devant son ami.) Bois ça.

Il secoue la tête, et je reconnais le petit ami de Courtney, Jordan.

— Salut, je m'appelle Jordan, me dit-il en me serrant la main.

— Moi, c'est Peyton.

— Ah, oui ! s'enthousiasme-t-il en souriant. La cousine de Courtney ! Courtney parle tout le temps de toi.

— C'est vrai ? En bien, j'espère ?

— Toujours. (Soudain, comme il prend place à côté de B.-J., son sourire s'évanouit, et je suis son regard.) Merde…, murmure-t-il.

Je me retourne et je vois Courtney arriver en compagnie d'une autre fille. Toutes les deux sont superbes – Courtney dans une très longue robe rouge, l'autre fille, aux cheveux longs tombant d'un côté de son visage, dans une robe moulante bleu ciel qui lui arrive juste en dessous des genoux.

— Quoi ? demandé-je.

— C'est Jocelyn, répond B.-J., morose, le nez dans son café. Mon ex-petite amie.

— Oh… ! fais-je en me raclant la gorge. Euh… vous êtes assis à la même table ?

— Ouais, confirme B.-J. en se penchant de nouveau vers moi. Écoute, il se peut que je te drague un peu, juste pour la rendre jalouse. Je veux qu'elle comprenne que je peux plaire à d'autres filles, que je suis désirable.

Sur ce, il rapproche légèrement sa chaise de la mienne.

— Je suppose qu'elle le sait déjà, rétorqué-je.

— Non, elle ne le sait pas. Donc, si je t'embrasse ou un truc comme ça, ce sera juste de la comédie.

Génial…

— Tu es à ma place, lance Jocelyn à B.-J. quand elle arrive à notre table.

— Hein ? Excuse-moi, répond-il en regardant autour de lui comme s'il ne savait pas d'où vient cette voix. Je croyais que tu parlais à quelqu'un d'autre.

— Non, c'est bien à toi que je parle. Même si je ne te calcule plus. Maintenant, bouge.

— Ben non, rétorque B.-J. en secouant la tête. Je veux rester à cette place.

Il fait glisser sa chaise encore plus près de la mienne et me sourit.

— T'es qui, toi ? me demande Jocelyn, la main sur la hanche, en me considérant d'un regard noir.

Manquait plus que ça. Voilà que je risque de me faire botter le cul par une fille que je ne connais pas à cause d'un type que je ne connais pas et que je n'ai pas envie de connaître.

— Mmh…, je m'appelle Peyton.

— Jocelyn, intervient Courtney en la prenant par le bras, tu n'as qu'à t'asseoir à côté de moi.

— Je ne veux pas m'asseoir à côté de toi, je veux m'asseoir à ma place.

— Tu as entendu ce qu'a dit Courtney, lâche B.-J. en agitant la main comme pour chasser un moucheron. Tu peux t'asseoir là-bas. Moi, je reste à côté de Peyton, précise-t-il en posant la main sur mon bras et en me gratifiant d'un nouveau sourire.

Je lui rends un sourire hésitant. J'ignore ce qui est pire – jouer le jeu de B.-J. et risquer d'en venir aux mains avec son ex ou refuser de le jouer et devoir assumer les conséquences d'un nouveau mensonge complètement fou inventé dans l'unique but de me punir.

Jocelyn écarquille les yeux en voyant la main de B.-J. sur mon bras et, pendant une seconde, je suis presque sûre qu'elle va me frapper. Ou le frapper. Ou nous frapper tous les deux. Au dernier moment, semble-t-il, elle se ravise et sourit de toutes ses dents. Quoique, il ne s'agit pas vraiment d'un sourire, plutôt une grimace qu'on arbore quand on s'apprête à commettre un méfait.

Comme prévu, quelques secondes plus tard, elle fonce vers la piste de danse, attrape un gars au hasard et le serre contre elle. Vu que la piste est quasi vide, le spectacle ne passe pas inaperçu. Jocelyn se frotte littéralement contre le type. Un type manifestement plus vieux qu'elle. Il doit bien avoir dans les vingt-cinq ans.

Jordan se tourne vers Courtney, qui se contente de hausser les épaules.

— Ils vont arranger ça tout seuls, dit-elle.

— On ne va rien arranger du tout ! déclare B.-J. Tous les deux, vous allez arrêter de nous surveiller comme si on était des gamins. Entre Jocelyn et moi, c'est terminé, point barre.

Il fait signe à un serveur qui porte un plateau chargé de flûtes de champagne et en attrape une, qu'il vide d'une traite.

Génial. Apparemment, je suis installée à la table des cinglés. Pourquoi ce genre de chose n'arrive-t-elle qu'à moi ? Pourquoi ne suis-je pas assise avec mes parents, dans un coin, à écouter les adultes discuter de taxe foncière, de rénovation de cuisine, de sectorisation et de toutes ces choses qui semblent les passionner ?

J'avoue néanmoins que le spectacle auquel j'assiste est beaucoup plus intéressant. Au moins, je ne risque pas de m'ennuyer. En plus, me rends-je compte, je n'ai pas pensé à Jace depuis dix minutes au bas mot. Un record. C'est le genre d'exploit qu'on réalise quand on est sur le point de se faire botter le cul par une rivale.

Courtney glisse jusqu'à moi et me sourit.

— J'adore ta robe, commence-t-elle.

— Merci. La tienne est superbe aussi.

— Comment ça va ?

— Très bien, réponds-je en arborant un sourire de façade.

— Tu es sûre ? Parce que…

— Excuse-moi, intervient une voix derrière Courtney. Je crois que tu es à ma place.

Je lève les yeux. Il est là. Jace. Aussitôt, mes poumons se vident de leur air, et un désir rouge comme de la braise embrase mon corps tout entier. Il est tellement beau – encore plus que dans mes souvenirs. Il porte une chemise blanche et un pantalon gris, et sa cravate est desserrée autour de son cou. Ses manches sont légèrement remontées sur des avant-bras bronzés et musclés.

— Oh ! fait Courtney, un peu surprise, en me regardant. C'est… c'est ma place…, explique-t-elle en montrant son nom sur la carte. Et je discutais avec Peyton.

— Ouais, acquiesce Jace, mais je veux m'asseoir là.

Courtney se tourne et fixe sur moi un regard implorant. Que puis-je faire ? Impossible de dire non, autrement, Jace comprendrait qu'il me fait de l'effet. Et le contraire de l'amour ce n'est pas la haine, mais l'indifférence. Enfin, c'est ce qu'on dit tout le temps.

Très bien. Je vais montrer à Jace Renault qu'il me laisse indifférente. Totalement.

— Je m'en fiche, rassuré-je Courtney en haussant les épaules.

Alors, en moins de temps qu'il n'en faut pour le dire, Courtney cède et Jace s'installe à côté de moi. Il attrape mon verre d'eau et en boit une gorgée.

— C'était mon eau, lui fais-je remarquer.

— Désolé. Tu veux récupérer ton verre ? me demande-t-il en me le tendant.

— Non, merci, c'est trop tard…

Il hausse les épaules et avale une autre gorgée d'eau.

— Alors, ça roule ?

Il me regarde, et je le regarde. Quelque chose dans sa façon de ne pas me lâcher des yeux fait naître des frissons le long de ma colonne vertébrale. Il me regarde exactement comme j'avais envie de le regarder. Comme s'il a envie de s'enfermer avec moi dans les vestiaires pour me déshabiller ou un truc comme ça.

C'est à ce moment-là que je comprends.

Notre histoire, à Jace Renault et moi, n'est pas terminée.

Jace

Le voyage

Samedi 26 juin, 21 h 29
Savannah, Géorgie

Je ne sais ni pourquoi ni comment ça s'est passé. D'abord je raconte cette histoire débile de chien qui meurt d'un cancer (nulle, mon histoire, vraiment), puis je me retrouve à faire le con et à inonder la salle de bains en jouant avec Hector dans la baignoire et, enfin, je constate que je suis en train d'embrasser Peyton.

Je n'ai pas pu m'en empêcher. C'était une quasi-nécessité, aurait-on dit. Son corps était collé contre le mien et j'ai ressenti une envie irrépressible de l'embrasser. Pour être tout à fait honnête, je me suis retenu de l'embrasser toute la sainte journée. Franchement, je suis étonné d'avoir réussi à me retenir aussi longtemps.

Et ce baiser fut excellent. Vraiment, vraiment excellent.

D'abord je l'attire encore plus près de moi en lui caressant le visage et les cheveux. J'ai envie que ce baiser dure éternellement. Au bout de quelques secondes, cependant, elle s'écarte.

— Salut, toi, lui dis-je comme les coins de mes lèvres se soulèvent lentement en un sourire.

— Euh… salut.

Elle pose la tête sur mon torse et, pour une raison mystérieuse et ridicule, nous restons dans cette position – moi la serrant contre moi dans la baignoire tout en lui caressant les cheveux.

Hector n'est plus là – j'ignore où il est passé, mais sa disparition ne peut être synonyme que d'ennuis. Il est sans doute en train de dévaster la chambre, mais je m'en fiche. Tout ce qui compte, c'est le moment que je passe avec Peyton, un moment que je souhaiterais éternel. Oui, je sais que ça sonne gnangnan, mais je m'en fous.

On reste comme ça une vingtaine de minutes, alternant entre baisers et moments de calme. Puis elle finit par se redresser.

— On devrait sortir de cette baignoire. Mes vêtements sont à tordre.

— Eh bien, retire-les, lui réponds-je dans un sourire.

— Ah ha ! très drôle.

Elle se lève, s'extirpe de la baignoire, et j'attends quelques secondes avant de l'imiter. Elle me tend une serviette moelleuse avec laquelle j'entreprends de me sécher les cheveux.

— J'ai besoin de vêtements secs, lui dis-je. Je reviens tout de suite.

Je retourne dans ma chambre pour enfiler un tee-shirt propre et un bas de survêtement. Quand je retourne dans la chambre de Peyton, je la trouve assise sur le bord du lit en compagnie d'Hector. Elle s'est changée et porte un tee-shirt rose pâle et un pantalon de yoga, et ses cheveux pendent en vrilles ondulées dans son dos.

— Salut, me dit-elle.

— Salut.

Je m'assieds à côté d'elle mais l'ambiance me semble... changée, différente. Comme si le charme avait été rompu. Maintenant que nous nous sommes embrassés, je me demande ce que je dois faire. L'embrasser de nouveau ? Allumer la télé ? Faire comme si rien ne s'était passé ?

— Alors ? ajoute-t-elle.

— Ouais. Tu l'as séché, dis-je en regardant Hector.

Elle hoche la tête.

— Ouais, confirme-t-elle en hochant de nouveau la tête.

Waouh ! Quel malaise. C'est ce que je déteste dans les situations comme celles-là ; ne peut-on pas juste se comporter normalement ? Il faut toujours dramatiser, semble-t-il. On s'est embrassés, c'est tout. La belle affaire. Le mieux serait de battre le fer pendant qu'il est encore chaud.

— Tu as faim ? tenté-je. On devrait peut-être commander un truc à manger, je ne sais pas...

— J'ai pris des trucs à la station-service.

— Ah ! D'accord. Qu'est-ce que tu veux faire, alors ?

— Je crois..., commence-t-elle en se tordant les mains. Je crois que je devrais me coucher.

Je la regarde en clignant des yeux, incrédule.

— Tu crois que tu devrais te coucher ?

Elle acquiesce de la tête.

— Il n'est même pas 10 heures !

— On reprend la route tôt demain matin.

— Tu parles…

— Hein ? lâche-t-elle en fixant le regard sur moi, apparemment choquée par ma réaction.

— J'ai dit « tu parles ». Je t'ai embrassée et ça te fait peur, alors tu vas t'enfuir et te persuader qu'il ne s'est rien passé. Comme d'habitude !

— Tu te fiches de moi ? s'emporte-t-elle en écarquillant les yeux de colère.

— Non, rétorqué-je en croisant les bras. Je suis super sérieux.

— Tu crois que j'ai la trouille parce que tu m'as embrassée ?

— Oui.

— Mais pas du tout !

— Je suis sûr que si.

— N'importe quoi !

— Tu te comportes comme si tu avais la trouille, en tout cas.

Elle bondit du lit comme si son corps était trop plein de fureur pour rester immobile.

— D'accord, c'est vrai que j'ai la trouille. J'ai la trouille parce que je n'arrête pas de penser à toi. Je ne peux pas m'empêcher de penser à tes baisers, au bonheur qui était le mien quand je pensais que nous allions sortir ensemble, au fait que je n'arrive pas à te haïr même si je devrais.

— Tu n'as pas à avoir la trouille.

— Eh bien, si, justement !

Je me lève et je fais mine de passer un bras autour de ses épaules, mais elle me repousse.

— Non. Chaque fois que je me rapproche de toi, je me brûle les ailes.

— Chaque fois ? (J'ai le plus grand mal à ne pas me jeter sur elle pour l'embrasser de nouveau.) Ça n'est pas arrivé si souvent, alors je ne vois pas ce qui te permet de généraliser.

— Si.

— Quand, par exemple ? Je t'écoute…

— Hier soir, répond-elle en croisant les bras sur sa poitrine. Nous… enfin, nous… Bref, tu sais très bien ce qui s'est passé hier soir, et après j'ai découvert que tu m'avais menti.

— Je ne t'ai pas menti.

— Un mensonge par omission reste un mensonge.

— Ah ouais ? Si on doit compter les mensonges par omission, je suis un petit joueur à côté de toi.

C'est une chose horrible à dire, un coup bas.

— De quoi parles-tu ? me demande-t-elle en fronçant les sourcils.

— De rien. Laisse tomber.

Je secoue la tête, attrape la laisse d'Hector sur le chevet et l'accroche à son collier. Le chien est assis sur le lit, tête basse, comme s'il savait que nous nous disputons. Cela me rend un peu triste. Peyton et moi sommes peut-être de mauvaise humeur, mais nous n'avons pas à faire peur au pauvre Hector.

— Non, je n'ai pas envie de laisser tomber, lance-t-elle en se levant et en se dressant devant la porte pour m'empêcher de sortir.

— Peyton, arrête. Je ne veux pas en parler. Je retourne dans ma chambre.

— Ça ne m'étonne pas, lâche-t-elle dans un éclat de rire amer. C'est ta spécialité, hein, Jace ? Tu te moques de tout, pas vrai ? Tu ne veux jamais parler des vrais sujets. Pourquoi tu m'as embrassée hier soir, pourquoi tu m'as menti, pourquoi tu as cessé de me parler après Noël…

— Tu crois vraiment que c'est ce qui s'est passé ? Que j'ai cessé de te parler ?

— Eh bien, oui ! confirme-t-elle en croisant les bras, attendant que j'ose la contredire.

— C'est faux. Enfin, disons que…

Mes pensées tourbillonnent, mon cerveau est complètement englué. Je prends une profonde inspiration.

— Ce n'est pas si simple, reprends-je. En plus, je t'ai dit que je n'avais pas envie d'en parler.

— Évidemment…

Elle s'écarte de la porte, et je suis presque sorti de sa chambre lorsqu'elle reprend :

— Ne t'en fais pas pour demain, Jace. Je me débrouillerai seule.

Soudain, je suis super furieux. Je veux dire super super furieux. Je ne sais même pas pourquoi car elle n'a rien dit de méchant, et puis, voyons les choses en face, elle me rend service en me jetant. Peut-être même que je vais arriver à l'heure à la remise des diplômes.

Ce qui me dérange, c'est le ton qu'elle utilise – un ton détaché, comme si elle avait pris sa colère et sa souffrance, comme si elle les avait pliés et rangés dans une minuscule boîte qu'elle a planquée dans un trou. Elle m'a fait le même coup au printemps dernier, ce qui fait d'elle la seule fille à m'avoir jamais brisé le cœur.

— Tiens donc ! fais-je mine de m'étonner. Tu vas rentrer chez toi toute seule ?

Elle hoche la tête.

— Oui, je ne voudrais pas que tu sois obligé d'exprimer tes sentiments ou un truc comme ça. Ce serait horrible, n'est-ce pas ?

— C'est vrai que, toi, tu es fortiche pour exprimer tes sentiments, pas vrai, Peyton ?

— Meilleure que toi, c'est clair.

— C'est vrai ? Comment se fait-il que tu ne m'aies pas dit que tes parents divorçaient ?

Son visage change en une fraction de seconde. Elle écarquille les yeux, devient toute pâle, et je voudrais retirer tout de suite ce que j'ai dit, je le voudrais tellement, mais il est trop tard. Les mots sont là, suspendus au-dessus de nous, occupant toute la pièce.

— Peyton…, commencé-je en faisant un pas vers elle.

— Non, me coupe-t-elle, le bras tendu, le regard on ne peut plus sérieux. Qui t'a mis au courant ?

— Ton oncle.

— Mon oncle te l'a dit ? C'est… (Elle se mord la lèvre inférieure si fort que celle-ci devient rouge. Puis elle plisse les yeux.) S'il te plaît. Va-t'en.

— Peyton, nous pourrions…

— Je ne rigole pas, Jace. Va-t'en !

— Non, affirmé-je en secouant la tête. Je ne te laisserai pas. Pas question de refaire la même bêtise.

— Bien… (Elle attrape son sac et la carte magnétique sur le chevet.) Si tu ne veux pas partir, c'est moi qui m'en vais.

— Peyton, tenté-je une dernière fois, en vain.

Elle sort, me laissant seul dans une chambre d'hôtel qui n'est même pas la mienne.

Peyton

Le voyage

Samedi 26 juin, 21 h 47
Savannah, Géorgie

Le temps que je sorte de l'hôtel, mes joues ruissellent de larmes. Des larmes de la pire espèce – chaudes, furieuses, dévastatrices – qui, après avoir dégouliné en silence, laissent des marques salées sur ma peau.

Pour la première fois, je pense à cette maudite météo du Sud : il n'y fait jamais assez froid pour que vos larmes aient une chance de geler avant de vous maculer le visage, aussi ne peut-on jamais cacher que l'on pleure.

J'ignore où je vais et ce que je dois faire. Il fait nuit, et je suis seule à Savannah, ce qui n'est sans doute pas une très bonne idée. Je n'ai pas de téléphone et presque plus un sou en poche.

Soudain, je me rappelle le nom du restaurant recommandé par la réceptionniste – *La Distillerie*. À l'en croire, ce n'est pas très loin et c'est un endroit très populaire. Comme je ne sais pas quoi faire d'autre, je poursuis ma progression vers le centre et, bientôt, j'arrive en vue de l'établissement.

Il y a une grande enseigne au néon sur la devanture et des tables avec des parasols sur le trottoir. L'intérieur a l'air chaud et accueillant, alors j'essuie mes larmes et j'entre.

— Bienvenue à *La Distillerie*, lance une hôtesse en attrapant une carte et en me souriant. Une table pour une personne ?

Son ton est doux, et le fait qu'elle ne semble pas s'étonner de me voir seule m'aide à me persuader que je suis une fille qui a décidé de prendre un peu de bon temps, et non pas une loseuse incapable de trouver quelqu'un pour l'accompagner au restaurant.

— Oui, s'il vous plaît. Pour une personne.

Elle m'accompagne à une mignonne petite table située dans un coin et pose la carte devant moi.

Quand une magnifique serveuse afro-américaine aux cheveux courts et au sourire éclatant vient prendre ma commande, j'opte pour un Coca Light et un filet de poulet pané.

Pendant que j'attends d'être servie, je pense à Jace. Je me demande ce qu'il fait – est-il à l'hôtel ? dans ma chambre ? dans la sienne ? parti ? Il a dit qu'il restait mais, franchement, qu'est-ce qui le retient ici ?

Il sait pour mes parents depuis le début. Je n'arrive pas à y croire. Courtney est-elle au courant aussi ? Cela signifie-t-il que ce qui m'arrive n'est pas un cauchemar ? Sentant mes larmes monter, je me tamponne les yeux avec colère à l'aide de ma serviette.

Pas question que je pleure ici. Je n'ai pas envie qu'on me demande ce que j'ai. L'ambiance est joyeuse. Les gens sont ensemble, les verres s'entrechoquent, les toasts se succèdent. Mais pourquoi sont-ils tous si contents ?

Quand la serveuse pose mon assiette devant moi, je n'ai plus faim. Je me force néanmoins à mâchouiller une première bouchée de poulet, et je le trouve si bon que j'en reprends aussitôt une deuxième, puis une troisième.

Comme je mange, je pense à Jace.

Je me remémore tout ce qu'il m'a fait. Les fois où il m'a abandonnée. Il a raison, en fait ; cela ne s'est pas produit assez souvent pour que je puisse généraliser.

Quand on est amoureux de quelqu'un, cependant – ou quand on pense l'être –, une fois c'est déjà trop.

Entre Jace et moi, cela a commencé bizarrement, à Noël. Noël est une période si magique. Les lumières, les scintillements, les guirlandes, le froid et la neige à l'extérieur, la chaleur des foyers.

C'est gnangnan, bien sûr, mais tellement vrai. Il n'y a pas meilleur moment que Noël pour tomber amoureux, non ? Pour moi, cependant, c'était mal parti dès le départ.

Je venais d'apprendre que mes parents divorçaient. Début décembre, on était assis tous les trois autour d'un poulet rôti pommes de terre – ma mère qui fait la cuisine ? J'aurais dû me méfier –, et ils m'ont mise au parfum.

Cela ne m'a pas choquée. On vit quand même dans la même maison. Ils ne cessaient pas de se disputer, et cela faisait des mois que mon père dormait dans la chambre d'ami.

Néanmoins, leur annonce m'a fait l'effet d'un coup de poing dans le foie. Ce qui est étrange, maintenant que j'y pense car, en réalité, je ne les ai pas réellement crus.

Je me rappelle avoir appelé ma sœur, et elle était de mon avis. Elle n'a pas manqué de me faire remarquer que cela faisait des années qu'ils parlaient de divorce. Elle n'y croyait pas non plus, donc.

Mais Kira ne se rendait pas compte. Elle vivait et étudiait à New York depuis deux ans, et elle avait arpenté l'Europe avec ses amis pendant toutes les vacances. Lorsqu'il lui arrivait de rentrer à la maison pour le week-end, on la voyait peu ; soit elle sortait avec ses copains de lycée, soit elle restait cloîtrée dans sa chambre à étudier.

Mes parents se donnaient du mal pour sauver les apparences, s'efforçant de ne pas se disputer quand nous dînions tous ensemble, les soirs où Kira était là.

C'était incompréhensible. Pourquoi se donnaient-ils tout ce mal pour ménager leur fille aînée ?

Bref, ma sœur ne pouvait pas savoir à quel point la situation était mauvaise à la maison. Elle ignorait qu'il leur arrivait de se disputer tard le soir. Des disputes qui s'éternisaient. Elle n'était pas là quand je me glissais hors de mon lit pour prendre mon iPod afin de ne plus les entendre. (J'ai fini par brancher mon iPod sur les enceintes de mon chevet, m'endormant au son de chansons pop tournant en boucle).

Toutefois, même si la situation était difficile, je ne croyais pas vraiment qu'ils allaient se séparer. Ils avaient l'habitude de se menacer mutuellement de demander le divorce ; l'un comme l'autre criaient tout le temps qu'ils allaient partir en claquant la porte.

Certes, avant ce fameux dîner, ils ne m'avaient jamais convoquée pour m'annoncer leur divorce prochain, mais quand même. Je n'arrivais pas à y croire, comme si j'avais le sentiment qu'ils jouaient la comédie. Je me rappelle ma mère se tamponnant les yeux avec sa serviette et mon père me prenant par la main, comme s'il craignait que je me mette à pleurer. Cette scène m'avait paru si fausse, fabriquée.

Après cette grande annonce, ma mère a décidé que nous passerions Noël en Floride, elle et moi, avec Courtney et son père. Je n'étais pas super enthousiaste ; non pas que Noël soit si important pour moi, mais j'aurais préféré passer les vacances avec Brooklyn. Ma mère a insisté, cependant.

Comme j'étais mal à l'aise de laisser mon père seul pour Noël, je suis allée chercher le carton de décorations dans le grenier et j'ai pris le temps, juste avant de partir, de décorer la cheminée avec nos chaussettes. Avant le départ pour l'aéroport, j'ai fourré quelques cadeaux dans celle de papa – des chocolats Lindt, des truffes au caramel, une paire de chaussettes et un bon d'achat à valoir dans son magasin de sport préféré. Le tout était offert par « le Père Noël », évidemment.

J'ai compris que cette histoire de divorce n'était pas une blague le jour de notre arrivée en Floride.

Courtney et moi étions assises au bord de la piscine à profiter du soleil et de la chaleur – presque trente degrés pour un mois de décembre ! – quand nous avons entendu les pleurs de ma mère par la fenêtre de la cuisine.

— Ça va aller, a dit le père de Courtney pour me rassurer.

Je n'avais jamais entendu ma mère pleurer. Cela m'a fait un drôle d'effet dans le ventre, et une boule énorme s'est formée dans ma gorge. Courtney a tourné bruyamment la page de son magazine, faisant mine de n'avoir rien entendu. Et j'ai fini par l'imiter.

Ce soir-là, elle m'a proposé de l'accompagner à une soirée de Noël chez la mère de son petit copain, Jordan – laquelle était la nouvelle copine de son père...

— Je ne sais pas, ai-je répondu en secouant la tête. Je crois que je préfère rester ici.

— Pour quoi faire ? Lire ? Regarder la télé ?

Pourquoi pas, effectivement ? J'en étais à la moitié de la première saison de *Downton Abbey* sur Netflix, et je commençais à être accro. J'aimais beaucoup l'accent anglais des acteurs et les costumes de la période Régence. Les *culottes*, comme ils disaient.

— Oui, et puis j'ai des cadeaux à emballer, ai-je précisé en haussant les épaules.

C'était un mensonge ; j'avais fait mes paquets dans le Connecticut et je les avais emportés en Floride.

— Allez, viens.

— Je n'ai rien à me mettre.

— Je peux te prêter des vêtements.

J'ai secoué la tête.

— Allez, tu ne vas pas rester cloîtrée toute la soirée. Tu n'es là que pour quelques jours. En plus, il fait un temps magnifique.

Je ne voyais pas en quoi aller chez la mère de Jordan était mieux que de regarder des séries chez le père de Courtney, mais bon… j'avais besoin de penser à autre chose, et elle avait raison : rester enfermer ne m'y aiderait pas.

— D'accord, ai-je fini par céder en lançant un regard de regret à mon ordinateur posé sur le chevet de la chambre d'ami. Je viens.

— Youpi !

Elle m'a prise par la main et entraînée dans sa chambre afin de me trouver quelque chose à mettre. J'étais persuadée de ne pouvoir entrer dans aucun de ses vêtements mais, à ma grande surprise, elle avait cette petite robe rouge – légèrement bouffante en bas et cintrée en haut, avec juste ce qu'il fallait de décolleté. Je me suis mis un grelot en argent autour du cou, j'ai enfilé de fines sandales argentées prêtées par Courtney – à peine trop petites – et je me suis appliqué un peu de fard doré sur les paupières. Et puis nous sommes parties. À ce moment-là, je me sentais d'une humeur bien plus festive.

Quand nous sommes arrivées, la fête battait son plein. Nous sommes entrées dans la grande salle par la porte-fenêtre de derrière, mais la plupart des invités étaient sous la pergola où, réunis en grappes, ils buvaient du champagne.

J'avoue l'avoir remarqué tout de suite – il était installé dans une chaise longue à l'air confortable et onéreuse, le visage illuminé par l'éclairage de la piscine, et je l'ai trouvé mignon. Bon, d'accord, je l'ai trouvé super beau. D'une beauté à couper le souffle. C'était la première fois qu'un garçon me faisait cet effet.

J'étais littéralement hypnotisée.

— C'est Jace, a fini par dire Courtney en suivant mon regard. Tu veux que je vous présente ?

J'ai secoué la tête. Un, je n'étais pas assez courageuse. Deux, les garçons qui ressemblaient à ça s'intéressaient rarement aux filles comme moi. Je ne me trouvais pas moche, non – j'étais plutôt mignonne, passablement jolie. Les mecs ne se bousculaient pas à ma porte et je n'étais pas près de gagner un concours de beauté, mais je me débrouillais. Toutefois, Jace avait l'air de jouer dans une tout autre catégorie.

Et puis Courtney est partie avec son copain Jordan, et je me suis retrouvée toute seule. Jusqu'à ce que Jace décide lui-même de se présenter.

J'étais devant le buffet, face à tout un assortiment de légumes et de sauces, occupée à croquer un morceau de céleri, lorsqu'il est apparu à côté de moi et a pris une assiette.

— Tu ne trempes pas tes légumes dans la sauce après les avoir croqués, j'espère ? m'a-t-il demandé en me regardant d'un air faussement sérieux.

J'ai secoué la tête pour ne pas risquer de dire une bêtise. Primo, j'avais la bouche pleine ; secundo, il était encore plus beau de près. Mon cœur s'est mis à battre la chamade, mon corps est devenu bouillant, et j'ai dû prendre deux profondes inspirations pour me calmer.

Une fois son assiette remplie, il a mis une tomate cerise dans sa bouche et fait tinter le grelot que je portais autour du cou.

— Mignon. J'aime bien les colliers avec un grelot.

— Oh ! Moi aussi. Je l'ai emprunté à ma cousine, ai-je ajouté aussitôt, comme pour rattraper une bourde. (Je me suis léché les lèvres, sèches, évidemment.) Je suis la cousine de Courtney. Je viens du Connecticut.

— Cool, a-t-il commenté en essuyant sa main dans une serviette avant de me la tendre. Je m'appelle Jace Renault. Ma mère est la meilleure amie de celle de Courtney. *Idem* pour nos pères.

— Waouh ! C'est un peu bizarre, non ?

— Super bizarre, a-t-il acquiescé en hochant la tête. Perso, a-t-il repris en se penchant vers moi pour murmurer à mon oreille, je pense qu'il faut être un connard pour quitter sa famille pour une autre femme.

Je sentais son souffle sur ma peau. Le moindre nerf de mon corps était au garde-à-vous.

— Oui, c'est vrai que, vu de l'extérieur, ce n'est pas cool, mais imaginons qu'ils soient vraiment amoureux.

— Vraiment amoureux ? (Sans vraiment s'éloigner de moi, il s'est penché en arrière pour pouvoir me regarder dans les yeux.) Tu y crois, toi ?

— À l'amour véritable ou au fait que le père de Courtney l'ait trouvé avec une autre femme ?

— Les deux, a-t-il répondu, la tête penchée sur le côté.

Je me suis mordu la langue et j'ai pris le temps de réfléchir.

— Non. Je ne crois pas qu'il ait trouvé le véritable amour. Mais je crois en son existence. Enfin, je crois.

— Pourquoi ne crois-tu pas qu'il ait enfin trouvé l'amour ? Tu les as déjà vus ensemble ?

— Non, c'est une intuition, ai-je expliqué en secouant la tête. En plus, ils se connaissent depuis… quoi ? moins d'un an ?

Il a hoché la tête.

— Donc tu ne crois pas au coup de foudre.

— Non, ai-je répondu en secouant la tête. Mais je pense que le désir peut naître au premier regard.

J'étais choquée d'avoir eu le courage de dire une telle chose. Je me suis empourprée.

— Ah oui…, s'est-il exclamé en esquissant un sourire. Intéressant.

Mon cœur battait la chamade. Tout en parlant, nous avions fait quelques pas de côté et nous tenions un peu à l'écart de la fête. Comme si nous étions venus ensemble.

— Comment t'appelles-tu ? m'a-t-il demandé.

— Peyton.

Il m'a regardée fixement, comme s'il assimilait l'info, comme si c'était la chose la plus importante qu'il ait jamais entendue. Puis il a hoché la tête.

— Peyton, a-t-il répété d'une manière que je n'ai pas pu m'empêcher de trouver sexy. C'est un très beau prénom.

Oui, me suis-je dit en avalant une gorgé de soda au gingembre. Oui, je croyais vraiment que le désir pouvait naître au premier regard.

On a discuté toute la soirée – assis dans un coin sur une des chaises longues disposées sous la pergola. Il était assis tout près de moi, super détendu, et nos jambes se touchaient comme s'il était tout à fait naturel que nous partagions la même chaise longue.

Il portait un pantalon kaki et des sandales Nike, ce qui n'était pas vraiment approprié pour une soirée de ce genre, mais cela lui allait très bien.

Chaque fois que la peau nue de ma cheville effleurait la sienne, un incendie se déclenchait en moi.

Ce premier soir, nous n'avons abordé aucun sujet important, nous contentant surtout d'échanger des ragots sur les convives. Une ou deux fois, j'ai vu Courtney et Jordan qui nous regardaient de loin en chuchotant, et je savais ce qu'ils se disaient : que quelque chose allait se passer entre Jace et moi.

Mais je savais que ce n'était pas vrai. Comme je l'ai dit, les garçons tels que Jace ne s'intéressent pas aux filles comme moi. Il s'ennuyait à une fête où il ne connaissait presque personne et avait trouvé une personne de son âge avec qui passer le temps. Ce qui ne m'a pas empêchée d'être secrètement excitée par le fait que Courtney et Jordan parlaient de nous.

Une fois la soirée terminée, j'étais persuadée que c'était fini pour de bon. J'ai esquivé les questions de Courtney, levant les yeux au ciel lorsqu'elle suggérait que Jace me draguait. Elle m'a demandé si je le trouvais mignon et je lui ai répondu honnêtement car c'était une évidence. Mais je ne me suis pas étendue sur le sujet. De toute façon, j'étais certaine de ne plus jamais le revoir.

J'ai eu du mal à m'endormir cette nuit-là.

Le matin venu, cependant, je m'étais persuadée de ne plus penser à lui.

Et puis Courtney et moi sommes sorties en ville pour acheter un maillot de bain – ce n'était pas mon activité préférée, mais mon amie était décidée à m'emmener à la plage. (Je n'avais pas mis de maillot dans ma valise parce que je ne voulais pas aller à la plage, justement, mais Courtney ne l'entendait pas de cette oreille.) Elle avait proposé de m'en prêter un, mais il était hors de question que je m'humilie de la sorte. Une robe de soirée, d'accord ; un maillot de bain, non.

J'étais dans la cabine d'essayage d'une boutique appelée *Swimming and Sharks*, occupée à essayer un tankini peu flatteur – porter un tankini revient à porter une pancarte signalant qu'on est mal à l'aise en Bikini –, lorsque mon téléphone a sonné, affichant un numéro que je ne connaissais pas. J'ai reconnu l'indicatif de la Floride.

J'ai décroché en me disant que ma mère appelait peut-être de chez mon oncle ou un truc comme ça.

— Oui ?

J'ai coincé le portable contre mon épaule tout en essayant d'enfiler le haut du tankini. Impossible. Mes seins débordaient de partout et étaient tout écrasés – comme dans un soutien-gorge de sport.

— Peyton ? a lancé une voix masculine que je ne reconnaissais pas.

— Oui, c'est moi, ai-je confirmé, me préparant à répondre à un commercial.

Je venais de me mettre sur la liste rouge, mais cela ne marche pas forcément tout de suite. J'avais souscrit un abonnement avec un engagement, si bien que je ne pouvais pas changer de fournisseur, mais ces types s'en moquaient.

Ils insistaient encore et encore, et j'étais trop gentille pour leur raccrocher au nez. Je me disais que leur boulot devait être vraiment chiant. Passer ses journées le cul posé sur une chaise dans une centrale d'appel surchauffée à gagner dans les 8 dollars de…

— Salut, c'est Jace.

— Qui ? ai-je demandé.

Non pas parce que je ne savais pas qui était Jace, mais parce que j'étais sûre d'avoir mal entendu. Le bas du tankini est tombé par terre. Vêtue de mes sous-vêtements et d'un haut de maillot de bain, j'étais figée.

— Jace Renault. On s'est parlé hier soir à la fête.

— Oh ! Oui.

Il y a eu un silence maladroit durant lequel je me suis efforcée de trouver quelque chose d'intelligent à dire. Finalement, c'est lui qui a repris la parole.

— Je ne te dérange pas, j'espère ? J'ai appelé chez Courtney, et c'est ton oncle qui m'a donné ton numéro.

— Non, tu ne me déranges pas.

À présent que le choc était passé, mon cœur battait à tout rompre et je ne pouvais penser qu'à une chose : Jace était au bout du fil. Et il avait appelé le père de Courtney pour obtenir mon numéro ! Je me suis assise sur le banc étroit de la cabine en essayant d'oublier les microbes qui devaient pulluler dessus.

— Alors, ça va ? Tu es occupée ?

— Occupée ? Non, je ne suis pas occupée.

Encore une pause. Il devait me prendre pour une idiote incapable d'avoir une conversation.

— Et toi ?

— Est-ce que je suis occupé ?

— Non. Si. Je veux dire, qu'est-ce que tu fais ? Enfin, tu fais quoi ?

C'était de pire en pire.

— Pas grand-chose, a-t-il répondu.

En arrière-plan, j'ai cru entendre un couinement de ressort, comme s'il était étendu sur son lit. J'ai essayé de ne pas imaginer son corps allongé, étiré, la chemise légèrement relevée, révélant des abdos en béton. Avait-il des abdos en béton ? J'en étais presque certaine. Je me suis empourprée.

— Pourquoi est-ce que tu m'appelles ?

Il a ri.

— On va droit au but, hein ?

— Non, c'est juste que... Enfin, si tu t'es donné la peine d'appeler chez mon oncle pour lui demander mon numéro, c'est que tu avais une idée derrière la tête.

— Je me demandais si tu étais libre pour déjeuner.

Mon cœur a presque cessé de battre à ce moment-là. Alors que je m'apprêtais à répondre, quelqu'un a frappé à la porte de la cabine. Courtney.

— Eh ! tu es toujours là ? Qu'est-ce que tu en penses ?

— C'est Courtney ? a demandé Jace.

— Euh... ouais.

J'allais lui expliquer que nous étions au centre commercial pour acheter un maillot de main, mais je me suis retenue au dernier moment de peur que, me croyant occupée, il retire son invitation. J'avais une énorme envie d'aller déjeuner avec lui, et c'était un peu pathétique. Mais il aurait été encore plus pathétique de lui laisser entendre que je n'avais pas de vie, aussi ai-je dit :

— On est au centre commercial. On essaie des maillots de bain.

— Ah, ouais ? Tu m'intéresses, là…

— Nous ne sommes pas dans la même cabine, ai-je précisé en levant les yeux au ciel.

Pourquoi les garçons s'emballent-ils si vite à l'idée de deux filles nues ensemble ? Une seule, ce n'est pas assez ?

— Je ne pensais pas à Courtney.

— Oh !

J'avais le souffle court. Je ne me contrôlais plus. Sa voix était si sexy.

— Peyton, a insisté Courtney de frappant de nouveau à la porte, tu es au téléphone ?

— Oui. Une seconde, s'il te plaît.

— Je devrais te laisser, a dit Jace. Tu as l'air occupée.

— Ouais, ai-je acquiescé en retenant mon souffle et en espérant qu'il me demande encore de déjeuner avec lui.

— À quelle heure vous aurez terminé de faire les boutiques ? On pourrait se voir plus tard pour déjeuner. Genre, vers 15 heures.

— Oui, 15 heures, ça me semble bien.

— Ça marche.

Je pouvais presque l'entendre sourire, ce qui m'a fait sourire aussi.

— Je passe te chercher chez Courtney ?

— Oui, super, ai-je répondu d'un ton assez neutre, comme si j'avais l'habitude que des mecs super mignons m'invitent à déjeuner le lendemain de notre rencontre.

Nous avons raccroché, et j'ai ouvert la porte de la cabine d'essayage, oubliant que je n'étais vêtue que d'un haut de tankini et de ma culotte.

— Euh… tu n'es pas habillée, m'a fait remarquer Courtney en fronçant les sourcils.

Je l'ai attrapée par le bras pour l'entraîner dans la cabine.

— Jace Renault vient de m'appeler !

— J'en étais sûre !

— Chut ! Tu me jures que tu ne lui as pas demandé de le faire ? l'ai-je interrogé en serrant plus fort son bras.

— Je n'aurais jamais fait un truc pareil, a-t-elle promis en secouant la tête.

— Bien…, ai-je dit, soulagée, en me mordant la lèvre inférieure. On va déjeuner ensemble tout à l'heure.

— Oublie ce maillot de bain, a lancé Courtney en me mettant mes habits dans les bras. On va te trouver quelque chose à mettre pour ce premier rendez-vous.

C'est ce que nous avons fait. J'ai acheté un jean slim et un top scintillant à col Bardot pour accompagner un débardeur assorti aux fines bretelles – sexy juste comme il fallait.

J'ai également trouvé un nouveau gloss et du mascara brillant, et j'ai passé deux heures à me préparer. Lorsque Jace est enfin arrivé, je me sentais belle, magnifique.

Nous sommes allés dans un restaurant hawaïen très sympa, où j'ai mangé des tacos au poisson si bons que c'en était presque insupportable. Après, nous nous sommes promenés dans Siesta Key Village, traînant dans les boutiques de souvenirs jusqu'à épuisement, avant de nous diriger vers la plage. Nous avons parlé de tout et de rien. C'était parfait.

Comme le soleil se couchait, nous nous sommes assis sur le sable, laissant l'eau chaude nous lécher les pieds. En toute honnêteté, jamais je n'avais vécu moment plus romantique.

Tandis que le soleil disparaissait derrière la ligne d'horizon, Jace s'est tourné vers moi.

— Fais un vœu.

— Pourquoi ?

— Il faut faire un vœu lorsque le soleil se couche, a-t-il dit en se rapprochant imperceptiblement de moi.

Il avait un parfum d'océan, et, lorsqu'il m'a attiré contre lui, une décharge électrique m'a parcourue, embrasant mes terminaisons nerveuses.

— Tu viens d'inventer ça ?

— Non, a-t-il répondu en secouant la tête. C'est comme ça, c'est tout.

— D'accord.

J'ai fermé fort les paupières tandis que le soleil plongeait dans l'eau. Lorsque je les ai rouvertes, je me suis tournée vers lui. Il avait les yeux fermés, et ses cheveux voletaient dans la brise. Quelques secondes plus tard, il rouvrait les paupières.

— Quel vœu as-tu fait ? lui ai-je demandé.

— Si je te le dis, il ne se réalisera pas, a-t-il répondu avec un sourire en coin.

— Je ne le répéterai à personne.

Il m'a regardé avec sérieux, faisant semblant de réfléchir. Puis il a secoué la tête.

— Non, sûrement pas.

— D'accord, mais je ne te dirai pas le mien non plus, ai-je rétorqué en haussant les épaules.

— Mais je n'ai pas envie de savoir.

Son visage était tout proche du mien. Ses lèvres me provoquaient.

— Oh si ! tu en as envie.

— Qu'est-ce que tu en sais ?

— C'est un vœu vraiment super.

— Vraiment ?

Il était encore plus proche de moi, désormais. Tellement proche que je sentais la chaleur de sa peau sur ma joue, son souffle sur mon front. Il m'a pris délicatement le menton et l'a soulevé.

— Oui, ai-je confirmé, à peine capable de parler. Vraiment.

— Tu ne vas rien me dire, donc ?

— Si, si tu me parles du tien.

Il a souri.

— Ça marche.

Alors, me prenant totalement de court, ses lèvres se sont posées sur les miennes. Ce baiser a été délicieux, parfait, incroyable. Le genre de baiser qu'on rencontre dans les livres mais dont on ne pense pas pouvoir un jour faire l'expérience – surtout pas avec un garçon incroyablement mignon rencontré la veille.

Nous nous sommes embrassés très longtemps, allongés sur le sable, comme le soleil finissait de couler dans la mer.

Et quand nos lèvres ont fini par se séparer, les miennes n'avaient qu'une envie : retrouver les siennes pour toujours. Je sais que cela peut paraître ridicule, mais c'est la stricte vérité. Il n'a pas lâché ma main jusqu'à la voiture.

Je devais passer les jours suivants en Floride, mais lui partait le lendemain skier dans le Colorado en famille.

Il a promis de m'envoyer un SMS, mais je ne l'ai pas cru.

Mon téléphone s'est mis à sonner quand je me suis couchée ce soir-là.

— Allô ? ai-je répondu en me glissant sous les draps dans la chambre d'ami de la maison de Courtney.

— C'est moi, Jace.

J'ai souri.

Nous avons parlé toute la nuit, jusqu'à ce qu'il soit l'heure pour lui de partir à l'aéroport. Quand je suis rentrée chez moi dans le Connecticut, nous avons repris notre conversation là nous l'avions interrompue. Prenant notre temps. Par e-mail. SMS. Nous avons parlé de nous rendre visite lors des vacances de printemps.

Je me disais que j'étais en train de tomber amoureuse de lui. Brooklyn me prenait pour une folle. Elle ne comprenait pas comment je pouvais être accro à un garçon que je n'avais vu que pendant quelques heures, un garçon qui vivait à des milliers de kilomètres de moi et dont je ne savais même pas quand je pourrais le revoir.

J'étais d'accord avec elle, mais je ne pouvais pas m'en empêcher. C'était plus fort que moi. Et lorsqu'une voix, dans le fond de mon esprit, me murmurait que rien de tout cela n'était vrai, je me bouchais les oreilles tant je voulais croire le contraire.

En janvier, alors que les disputes de mes parents s'aggravaient, j'enfilais un bas de survêtement et des chaussettes épaisses, puis je sortais sur la terrasse avec mon téléphone pour parler à Jace, tandis que le froid me mordait les lèvres.

Nous parlions de tout, mais je n'ai jamais évoqué avec lui la séparation de mes parents. Je ne craignais pas qu'il me juge – nous nous racontions plein de choses très personnelles. Quand j'y repense, je me dis que j'étais dans une sorte de déni. Je refusais d'admettre que mes parents divorçaient, aussi n'avais-je aucune raison d'en parler à Jace.

Cela a continué pendant deux mois.

Jusqu'au jour où…

Il a cessé de répondre.

Cessé de me rappeler.

Cessé de m'écrire des e-mails.

Cessé de m'envoyer des SMS.

Comme s'il s'était volatilisé.

J'ai fini par craquer et j'en ai parlé à Courtney, je lui ai demandé si elle était au courant de quelque chose. Alors elle l'a appelé pour lui poser la question. C'était pathétique de ma part, mais je ne savais plus quoi faire. J'étais désespérée.

Pour toute réponse, il lui a dit que c'était compliqué et qu'il ne pouvait pas s'étendre sur le sujet.

J'ai fait de mon mieux pour l'oublier. Mais j'ai échoué.

La serveuse m'apporte la note, m'arrachant à mes pensées.

— Voilà, me dit-elle en ramassant mon assiette vide. Vous désirez autre chose ?

— Non, réponds-je en secouant la tête.

Je n'ai pas envie de retourner à l'hôtel, mais ai-je vraiment le choix ? Je ne peux pas rester là à boire des sodas toute la nuit. Alors je paie mon repas et je quitte le confort du restaurant pour sortir dans la rue.

C'est sûrement mon humeur, mais les rues de Savannah me paraissent sombres et sales, les gens malheureux. Les rares passants que je croise ont les mains dans les poches et évitent de croiser mon regard. Le temps s'est un peu rafraîchi et le vent levé, me forçant à baisser la tête pour avancer.

Comme j'arrive en vue de l'hôtel, je me dis que je devrais me diriger vers l'entrée latérale – la plus proche de ma chambre, la porte qui doit me conduire exactement là où je dois aller. Passer par l'entrée principale ne ferait que me rallonger.

Sauf que je veux voir si la voiture de Jace est toujours dans le parking, de l'autre côté de la rue – je veux savoir s'il est toujours à l'hôtel ou s'il m'a abandonnée. Je ne lui en voudrais pas, d'ailleurs.

Mais tout de même, il a dit qu'il ne partirait pas.

Je ne peux pas m'en empêcher. J'ai envie qu'il soit toujours là. Je dois vérifier s'il est parti ou non.

Je contourne le bâtiment, le regard rivé sur les pavés jusqu'au dernier moment. Et alors, quand je suis juste devant la porte, je relève la tête et je me tourne vers le parking.

Il y a des voitures partout. Je cherche la sienne, mais elle n'est pas là. J'en suis sûre, même si je continue à scruter le parking. J'avise une place libre. La place que son véhicule occupait plus tôt. C'est la seule place libre du parking, aussi est-il sans doute parti très récemment.

Oui, Jace est bien parti. Alors qu'il avait promis de rester.

Jace

Le voyage

Samedi 26 juin, 22 h 27
Savannah, Géorgie

Je suis parti. Ouais. J'ai emmené Hector dans ma chambre, rassemblé mes affaires, je suis retourné à ma voiture et j'ai filé. Je n'ai même pas pris la peine de passer à l'accueil. Qu'ils me facturent ce qu'ils veulent, je n'en ai rien à cirer.

À vrai dire, j'espère qu'ils vont tout me facturer. J'espère même qu'ils vont me pénaliser parce que je suis parti sans régler la note et qu'ils vont me faire payer un ménage de printemps, vu que le bain d'Hector a causé pas mal de dégâts. Mais je m'en fous. Je les poursuivrai. Je trouverai un avocat et je leur ferai ravaler toutes les conneries qu'ils essaieront de me facturer. Il y a sûrement une loi contre ça, un machin fédéral.

J'allume la radio avec colère. Je n'ai pas la moindre idée de la direction que je vais prendre. Tout ce que je sais, c'est que je veux me barrer d'ici, m'éloigner au maximum de Peyton.

Hector est assis près de moi sur le siège passager. Il me regarde avec calme.

— T'as un problème ?

Il geint et se rapproche un peu, posant la tête sur mes genoux. Je jure que ce clebs est capable de sentir les émotions des gens. C'est fou.

— Désolé, vieux, lui dis-je en lui tapotant le museau. Tu ne devrais pas pâtir de ma mauvaise humeur. Tu n'as rien fait.

Maintenant que j'y repense, Hector est le seul à m'avoir soutenu. Il s'est contenté de rester à mon côté sans rien demander, à part un peu de nourriture de temps en temps. Il nécessite très peu d'entretien et il n'attend rien de moi. Et il n'a pas de secrets pour moi. Il n'espère pas de moi que j'aille à une remise de diplômes débile pour prononcer un discours à la noix, ni que j'accepte sans broncher qu'il m'ait caché le divorce de ses parents. Il m'aime sans condition, même si je me suis mal occupé de lui.

— Je suis désolé, lui répété-je en lui grattant l'oreille.

Il pousse un soupir d'aise, se blottit contre moi, ferme les yeux et s'endort dans la seconde. Je secoue la tête, regrettant que ma vie ne soit pas aussi simple que la sienne.

Je n'allume pas le GPS, me contentant de suivre les panneaux et de foncer vers le sud, vu que la Floride se trouve quelque part dans cette direction. Il est vrai que je ne suis pas spécialement pressé d'arriver à destination. Ma mère va être folle de rage, et il y a cette remise de diplômes à assumer.

Mais je conduis. Rentrer à la maison ne sera pas très amusant, et je ne sais pas exactement où je vais, mais j'ai besoin d'enfiler les kilomètres, d'augmenter la distance qui me sépare de Peyton.

Jace

Avant

Vendredi 25 juin, 20 h 18
Siesta Key, Floride

J'avais décidé de la jouer cool. J'avais décidé de venir à cette réception de mariage débile, de m'asseoir à côté de Peyton et de faire comme si de rien n'était.

Mais elle porte cette fichue robe. Courte, moulante et... Merde ! pourquoi porte-t-elle une robe comme celle-là ? Pour me torturer ? L'idée qu'elle l'ait peut-être choisie pour moi me plaît beaucoup. Bien sûr, il se peut qu'elle la porte pour attirer l'attention d'autres garçons.

Je jette un regard circulaire soupçonneux sur l'assemblée, à la recherche de types au regard concupiscent. Je n'ai pas spécialement envie de me battre, mais je le ferai en cas de nécessité.

— Alors, ça va depuis la dernière fois ? lui demandé-je.

Pendant une fraction de seconde, je vois de l'indécision dans son regard. Elle se demande si elle doit me dire d'aller me faire foutre avant de me tourner le dos et de reprendre sa conversation avec Courtney et Jordan. Au lieu de quoi, elle se contente de hausser les épaules.

— Ça va. Et toi ?

— Ouais, je vais bien.

J'avale une nouvelle gorgée d'eau en regrettant une fois de plus de n'avoir pas d'alcool dans mon verre. Mais je n'ai pas encore eu la possibilité de me rapprocher du bar.

— Tu te prépares pour la remise des diplômes ?

— Ouais, confirmé-je dans un hochement de tête.

— C'est cool.

Son regard glisse sur moi puis balaie la salle, comme si elle cherchait quelqu'un, un prétexte pour se lever et s'éloigner de moi. Comme je veux à tout prix qu'elle reste, je reprends :

— Je dois faire un discours.

— Tu as terminé major de ta promo ?

J'acquiesce de la tête.

— C'est génial. Toutes mes félicitations.

Elle sourit, et je suis sûr qu'elle est sincèrement contente pour moi. Je me fous complètement de ce discours débile et d'avoir été choisi pour le prononcer, mais je souris aussi.

Car la manière dont elle me regarde me fait comprendre une chose – notre histoire, à Peyton et moi, n'est pas terminée.

Parler de mon discours nous aide à briser la glace, si bien que, pendant tout le dîner, nous discutons, rions, flirtons un peu.

Impossible de détacher mon regard de son visage. Dire que j'ai cessé de lui parler, de répondre à ses e-mails. Comme je le regrette. C'est même le plus grand regret de toute ma vie. Je veux lui dire que je suis désolé, que je ne voulais pas, je veux lui dire que nous devons revenir en arrière, parler de nouveau, que nous devons être ensemble, que je ne veux plus qu'elle me laisse. Mais je ne peux pas faire cela devant tous ces gens.

Ce genre de connerie n'arrive que dans les films, normalement.

— Tu as envie de danser ? lui proposé-je, tandis que les assiettes sont débarrassées.

— Avec toi ? me demande-t-elle, sceptique.

— Ouais, confirmé-je en bombant ostensiblement le torse. Je suis un excellent danseur.

— Ah oui ? s'étonne-t-elle en levant les yeux au ciel et en souriant. Je n'aurais pas cru.

Je grimace et fais semblant d'être vexé.

— Pourquoi ? Tu ne me crois pas capable de bouger comme Jagger ?

— En ce qui le concerne, ce ne sont pas des pas de danse ! rit-elle.

— Viens, dis-je en me levant et en lui tendant la main. Je vais te montrer.

Elle hésite et, pendant une seconde, je crois qu'elle va refuser. Et puis elle finit par prendre ma main, et je l'entraîne sur la piste.

Nous dansons pendant un long moment, nous laissant emporter par la musique. La plupart des chansons sont rapides, ce qui est une bonne chose. Cela nous évite d'hésiter maladroitement entre danser un slow ou retourner à nos places.

Mais lorsque arrive ce moment inévitable, lorsque la lumière se tamise, cela n'a rien de maladroit. Elle n'hésite pas l'ombre d'un instant. Elle se glisse entre mes bras, juste comme il faut, et c'est la perfection même.

— Salut, lui murmuré-je dans l'oreille.

C'est complètement nul, mais je ne peux pas m'en empêcher. Pour une raison qui m'échappe, chaque fois que je me retrouve à proximité de cette fille, je me transforme en amoureux niais.

— Eh ! salut, répond-elle.

Nous dansons jusqu'à la fin de la chanson, après quoi elle s'écarte un peu de moi – juste un peu, comme si son corps ne pouvait pas s'éloigner trop du mien. Je sais ce qu'elle ressent, car je ressens la même chose.

Alors commence une nouvelle chanson rapide, et nous décidons de retourner à nos places pour faire une pause.

Courtney me lance un regard entendu, mais je choisis de ne pas y faire attention. Comme je préfère ne pas remarquer qu'elle se penche vers l'oreille de Jordan pour chuchoter quelque chose. Ils sourient tous les deux. Sans doute échangent-ils des plaisanteries sur Peyton et moi ; sans doute pensent-ils que nous allons coucher ensemble ce soir. J'ai envie de cela. Non pas de coucher avec Peyton – enfin, si, j'adorerais coucher avec Peyton –, mais d'être comme Courtney et Jordan. Un couple échangeant des regards entendus et des blagues intimes sur d'autres couples.

Je sais que Peyton et moi allons bientôt devoir parler de ce qui s'est passé entre nous, du fait que j'ai brusquement cessé de lui parler, du divorce de ses parents – qu'elle m'a caché alors que nous étions censés être proches. Mais je n'ai pas envie de penser à cela pour l'instant. Car une seule idée m'obsède : jamais plus je ne la laisserai s'éloigner de moi.

Lorsque les serveurs apportent le café et que tout le monde se lève pour voir le père de Courtney et sa nouvelle épouse couper le gâteau, Peyton m'agrippe le bras et m'entraîne vers le fond de la salle.

Nous restons l'un près de l'autre à regarder.

—S'ils se balancent du gâteau à la figure, c'est qu'ils ne s'aiment pas vraiment, me dit-elle.

—Hein ? fais-je en la regardant avec des yeux ronds.

—Eh bien, oui, insiste-t-elle en haussant les épaules. Tu jetterais un gâteau à la figure d'une personne que tu aimes vraiment ?

Je prends le temps de réfléchir.

—Je suppose que non.

La mariée coupe le gâteau, et puis son époux et elle en prennent chacun une part, qu'ils font goûter délicatement à l'autre.

—J'ai l'impression qu'ils s'aiment vraiment, dis-je.

—Attends une minute, rétorque Peyton en secouant la tête.

C'est ce que je fais. Juste au moment où je crois qu'il ne va rien se passer, la mère de Jordan écrase sa part de gâteau contre le visage du père de Courtney. Qui se venge aussitôt. La foule crie et applaudit.

Peyton se tourne vers moi, tout sourires.

— Tu vois ?

— Donc ils ne s'aiment pas vraiment.

— Non.

Elle secoue la tête et comme son sourire s'évanouit elle baisse les yeux. Je me demande si elle pense à nous, et la crainte qu'elle ait décidé de s'éloigner de moi se propage le long de ma colonne vertébrale.

— Eh ! fais-je en me raclant la gorge et en posant ma main sur son bras, tu veux qu'on aille dans ma chambre.

Elle me lance un regard étonné, comme si elle n'arrivait pas à croire que je puisse lui proposer une chose pareille. Je lève aussitôt les deux mains pour m'expliquer.

— Non, non. J'ai simplement envie de discuter, de parler de… euh… ce qui s'est passé.

Elle prend une profonde inspiration et hoche la tête.

— D'accord. Allons-y.

Nous sortons discrètement de la salle de bal tandis que les invités continuent à crier et à brailler.

Peyton

Avant

Vendredi 25 juin, 21 h 45
Siesta Key, Floride

Ce n'est pas une bonne idée.

Je veux dire, retourner dans la chambre de Jace.

C'est un sale con. Je sais qu'il a cessé de me parler, de me répondre après m'avoir donné l'impression d'être en train de tomber amoureux de moi, après m'avoir fait croire que ses e-mails, ses SMS, ses appels téléphoniques nocturnes, ses baisers sur la plage le soir de Noël signifiaient réellement quelque chose.

À ce moment-là, je m'étais fait une promesse : ne plus jamais le laisser m'embobiner. Malgré la douleur, malgré mes pleurs.

Et puis je lui ai envoyé ce SMS, rompant ma promesse. J'ai enfoncé le clou en acceptant de danser avec lui, de discuter avec lui, de le suivre dans sa chambre.

Mais je ne peux pas m'en empêcher. C'est un peu comme une vague d'émotions plus grandes que moi. C'est mal, parfait, délicieux, chaud et froid à la fois.

Peut-on parler d'amour dans ce cas ?

Nous arrivons devant sa chambre. Il ouvre la porte et allume la lumière.

La chambre est en désordre. Non pas sale, simplement en désordre. Sa valise est ouverte sur le lit, quelques vêtements sont éparpillés un peu partout, sur le sol, sur le couvre-lit et même sur une chaise, dans un coin.

— Waouh ! j'ai l'impression que tu as besoin de faire un peu de ménage. Pourquoi as-tu jeté tes vêtements dans tous les sens ?

Je me rends compte que je ne connais pas réellement Jace. Peut-être a-t-il eu un genre de crise de colère.

— Tu as… tu as eu une crise ? reprends-je.

— Non, répond-il en levant les yeux au ciel. Je n'ai pas eu de crise. J'ai un Hector, en revanche.

— Un quoi ?

J'entends un bruit de grelot dans la salle de bains. Soudain apparaît le chien le plus mignon que j'aie jamais vu, un tee-shirt rouge dans la gueule. Il remue sa petite queue, dresse les oreilles et, en me voyant, lâche le tee-shirt et se précipite vers moi comme si j'étais une vieille amie.

Il bondit et pose ses pattes de devant sur ma robe super chère, mais je m'en fiche.

— Salut, toi, dis-je en me mettant à genoux. Oh, tu es tellement mignon !

— Ouais, confirme Jace en s'asseyant à côté de moi et en tapotant la tête du chien. Il est mignon, c'est vrai, mais il est surtout insupportable.

— Lui ? Nooooon ! protesté-je en enfouissant mon visage dans sa fourrure. Il est adorable !

— Adorable, tu parles. Il ne faut pas se fier aux apparences.

— À qui le dis-tu…

Je le regarde et espère qu'il entend mon ton accusateur, qu'il comprend de quoi je veux parler.

— Peyton…, commence-t-il doucement.

Oui, il sait exactement à quoi je pense.

— Il faut qu'on parle, lâche-t-il enfin.

Je hoche la tête. Je ressens une torsion dans la poitrine. Je crains que, quoi qu'il dise, cela ne suffise pas. J'ai peur que ses explications ne parviennent pas à réparer mon cœur brisé – brisé par lui, piétiné. Et il ne s'est même pas retourné pour voir si je pouvais rassembler les morceaux.

Il me prend par la main et m'invite à m'asseoir à côté de lui sur le lit. Une fois que nous sommes assis, il ne me lâche pas. Hector est allongé par terre, occupé à mâchouiller une chaussette.

Jace prend une profonde inspiration.

— Je suis désolé. J'ai cessé de te répondre comme ça, sans explication. Ce n'était pas bien.

J'acquiesce de la tête et j'attends qu'il poursuive. Je m'abîme dans la contemplation du sol et j'écoute son silence. Il ne dit rien et je commence à me dire qu'il attend que je parle la première.

Mais je ne parlerai pas. Pas question que je lui fasse ce plaisir, que je lui dise que tout va bien, car ce serait un mensonge. Tout ne va pas bien. D'accord, j'ai dansé avec lui, je l'ai laissé me serrer dans ses bras et j'ai accepté de le suivre dans sa chambre, mais, la vérité, c'est que j'ai simplement perdu un peu de mon self-control.

Il va bien falloir qu'il me fournisse des éclaircissements sur sa disparition, son silence radio. Et j'espère qu'ils seront valables. Autrement, je vais être contrainte de quitter sa chambre, de le laisser là et de reprendre ma vie d'avant, même si ce sera difficile.

Je le regarde et je prie pour qu'il ait une bonne explication. Pour dire la vérité, je me contenterais de n'importe quelle explication. Tout ce qui m'aidera à comprendre pourquoi il m'a fait ça, pourquoi je me suis tellement trompée sur son compte m'ira.

Mais au lieu de dire quoi que ce soit il se penche vers moi et frôle mes lèvres avec les siennes. Des étincelles et une chaleur intense m'envahissent.

— Peyton…

Il murmure mon prénom et, du regard, me demande la permission de continuer. Comme je ne l'arrête pas, il m'embrasse de nouveau. Cette fois, le baiser est plus profond, délicieux, pressant.

Sa langue entre en contact avec la mienne et ses mains glissent dans mon dos, sur ma nuque, envoyant des frissons le long de ma colonne vertébrale. Je lui rends son baiser, l'esprit totalement embrumé, le corps embrasé. Je ne pense à rien d'autre qu'à ce baiser.

Nous nous embrassons pendant un moment avant de nous laisser tomber sur le lit. J'ai le souffle court, mes pensées tourbillonnent, tournoient dans tous les sens, noyées par les sensations qui me submergent. Je disparais tout entière dans l'instant, et il n'y a plus que Jace et moi, sur ce lit. L'expérience est infinie, magnifique, parfaite, et je ne veux pas qu'elle cesse.

— Attends, dit Jace en s'asseyant et en secouant la tête.

— Quoi ? demandé-je en essayant de reprendre mon souffle.

— Nous devrions… enfin…

Il se passe la main dans les cheveux, les écartant de son visage. J'adore avoir cet effet sur lui. J'aime le rendre aussi fou qu'il me rend folle.

— Nous devrions parler d'abord.

— D'accord.

Je me redresse et m'adosse à la lourde tête de lit couleur cerise en m'efforçant de dissimuler ma déception. Car je n'ai qu'une envie : continuer de l'embrasser. Je sais cependant qu'il a raison – il vaut mieux discuter d'abord, exprimer le fondement de nos soucis. C'est bizarre, mais je le désire encore plus maintenant qu'il a mis les pieds dans le plat. C'est une épée à double tranchant.

Allongé par terre, Hector se met à geindre.

— Bon, reprend Jace en se levant et en prenant une profonde inspiration. Hector a besoin de sortir un peu ; nous discuterons après.

— Ça marche, acquiescé-je en hochant la tête.

— Tu as faim ? me demande-t-il, la tête penchée sur le côté.

— Faim ? On vient de manger…

— Oui, mais ça ne compte pas, rétorque-t-il en plissant le nez. C'était trop… élaboré. Tu veux une pizza ?

Je ne pensais pas avoir faim, mais je ne serais effectivement pas contre manger une pizza.

— Oui, pourquoi pas…

— Génial. Je sors le chien, je reviens, je commande quelque chose à manger, et on discute.

— Parfait.

Comme il sort de la chambre, je laisse échapper un soupir heureux en frottant mes mains sur les draps. Ce faisant, je fais tomber un objet par terre. Au début, je pense à la télécommande de la télé. Je me baisse pour la ramasser, mais il s'agit du téléphone portable de Jace. Il a dû tomber de sa poche.

Alors que je m'apprête à le poser sur la table de chevet, mon regard est attiré par le message affiché sur l'écran.

Un message envoyé par une personne prénommée Kari.

Tu me manques.

Tu me manques.

Tu. Me. Manques.

Les trois mots résonnent dans ma tête, dans la pièce, enflent, prennent toute la place.

Tu me manques tu me manques tu me manques et tu gâches tout…

Sans réfléchir, sans vraiment le décider, j'entreprends de lire toute la conversation.

Kari : Salut, beau gosse. Tu reviens quand ?

Jace : Demain matin.

Kari : Je vous accompagne toujours à la remise des diplômes ?

Jace : Carrément. J'ai hâte.

Kari : Tu me manques.

Mon cœur se serre. Je repose le téléphone sur le lit et je le regarde pendant un long moment.

C'est peut-être une parente. Une cousine, une vieille tante ou je ne sais pas… « Tu me manques… » C'est le genre de chose qu'on peut dire à un membre de la famille. *« Beau gosse* »… C'est peut-être de l'humour, une façon de détendre l'atmosphère.

Mes doigts bougent tout seuls ; ils sont en pilotage automatique. Ils font défiler la liste des contacts et trouvent Kari.

J'appuie sur « APPELER ».

Elle décroche après une sonnerie seulement.

— Salut, toi, commence une voix de fille.

Une fille de mon âge.

Je raccroche aussitôt.

Des larmes me picotent les yeux, mais je cligne rapidement des paupières et, d'un seul coup, la tristesse disparaît. Je la chasse de mon esprit, comme j'ai chassé tout un tas de choses ces derniers temps – le divorce de mes parents, le fait que ma mère ait utilisé ma carte de crédit, tout.

Et je sors de la chambre de Jace en me forçant à ne pas regarder derrière moi.

Jace

Avant

Vendredi 25 juin, 22 h 29
Siesta Key, Floride

Je promène Hector derrière le restaurant du yacht-club en espérant qu'il ne fasse pas ses besoins sur la pelouse. J'ai pris un sachet avec moi, mais la dernière chose que j'aie envie de faire est de ramasser une crotte de chien. Et c'est le genre d'endroit où quelqu'un la verra forcément et me fera une remarque – « Eh, vous ne pouvez pas ramasser ses crottes comme tout le monde ! »

Je laisse Hector se promener en reniflant le décor jusqu'à ce que, enfin, il lève la patte et urine.

— Allez, viens, lui dis-je en l'entraînant vers la chambre.

Je veux retourner auprès de Peyton. J'ai envie de l'embrasser encore, de lui parler de ses parents, du fait qu'elle m'ait caché leur divorce. Je veux lui dire que cela m'a blessé, mais que j'ai eu tort de cesser de lui parler. Je veux qu'elle sache que je me sens idiot, que je regrette ma fierté mal placée.

Mais quand j'entre dans ma chambre elle n'est plus là.

— Peyton ?

Pas de réponse. Je frappe à la porte de la salle de bains, mais elle n'y est pas.

— Où est-elle passée, hein ? demandé-je à Hector.

Avant de me rendre compte que c'est débile car a) Hector n'était pas là lorsqu'elle est partie et b) Hector est un chien et donc incapable de me répondre.

Je vois mon téléphone sur la table de chevet, et je le prends pour l'appeler. Peut-être est-elle allée dire à ses parents qu'elle partait, ou bien a-t-elle décidé d'aller chercher des pizzas elle-même.

Quand je saisis mon téléphone, cependant, je constate que j'ai reçu un nouveau message de Kari.

« Tu me manques. »

Mon cœur s'emballe et je sens mon pouls battre dans ma gorge. Non, Peyton n'a pas pu le voir. Elle n'aurait pas regardé dans mon téléphone. Elle n'aurait pas fait un truc comme ça.

Mais dans ce cas où est-elle ?

J'essaie de l'appeler, mais elle ne répond pas. Je tombe directement sur sa messagerie. Comme je ne sais pas dans quelle chambre elle est, j'appelle la réception.

— Bonjour, j'aimerais joindre la chambre de Peyton Miller, s'il vous plaît.

Le réceptionniste effectue le transfert et j'écoute la sonnerie pendant un long moment, jusqu'à ce qu'un message prenne le relais pour m'informer de l'absence de la personne que j'essaie de joindre.

Donc elle n'est pas dans sa chambre, ce qui est une bonne chose. J'en conclus qu'elle est partie acheter des pizzas.

Je regarde mon téléphone en pensant à Kari. Merde ! je vais devoir rompre. Je devrais sans doute le faire avant le retour de Peyton. Et je vais devoir parler de Kari à Peyton, ce dont je me passerais bien.

Je secoue la tête. Bref… Peyton et moi allons traverser cette épreuve. D'accord, cela ne va pas être facile, nous allons devoir beaucoup discuter, mais ce n'est pas grave. Il est nécessaire que nous fassions preuve d'honnêteté l'un envers l'autre, autrement, notre histoire ne fonctionnera pas.

Je pousse un soupir, j'attrape mon téléphone et j'appelle Kari.

— Eh ! lance-t-elle, c'était quoi, cette blague ?

— De quoi tu parles ?

— Tu m'as appelée il y a quelques minutes, et puis tu as raccroché.

— Je ne t'ai pas appelée.

— Ben si.

— Ben non.

— Jace ! s'amuse-t-elle dans un éclat de rire. Bien sûr que tu m'as appelée !

— Mon téléphone a dû composer ton numéro par accident.

— Ça m'étonnerait. Ça a sonné, j'ai décroché, j'ai dit « Salut, toi », et tu as raccroché. Pas très sympa de ta part.

J'ai une remontée acide dans la gorge. J'éloigne le téléphone de mon oreille pour consulter le journal d'appel. Et je trouve. Un appel sortant datant de moins de dix minutes. Un appel sans doute effectué par Peyton. Merde, merde, merde !

— Allô ? Jace, tu es là ?

— Oui, oui, je suis là.

Je me lève, j'enfile un sweat, j'attrape mes clés, je claque la porte dans mon dos et je sors sur le chemin gravillonné, près de la fontaine, en cherchant Peyton du regard.

— Est-ce que tout va bien ? me demande Kari. Je ne te reconnais pas.

Je pousse un profond soupir.

— Non, réponds-je. Tout ne va pas bien.

Peyton

Avant

Vendredi 25 juin, 22 h 31
Siesta Key, Floride

Comme je ne sais pas quoi faire en quittant la chambre de Jace, je me rends dans celle de mes parents (ma mère m'en a donné la clé au cas où), où je trouve les clés de la voiture de location que nous avons prise à l'aéroport.

J'éteins mon téléphone avant de le ranger dans mon sac car je n'ai pas envie que ma mère m'appelle en hurlant pour me demander ce que j'ai fait de la bagnole. De toute façon, je m'en moque. Qu'est-ce qu'elle pourra faire ? Appeler la police ? Ce sera l'occasion de leur expliquer qu'elle a usurpé mon identité. Je prends le volant et me mets à rouler. Je ne sais pas où je vais, mais j'ai besoin de m'éloigner de Jace, de m'occuper l'esprit jusqu'à demain, jusqu'à l'arrivée de Brooklyn, jusqu'à mon départ pour la Caroline du Nord, où j'oublierai Jace Renault pour de bon.

Jace

Avant

Samedi 26 juin, 22 h 41
Siesta Key, Floride

Elle a pris ça bien. Kari, je veux dire. Au début, évidemment, elle n'a rien compris de ce que je lui disais – parce que je bafouillais, mais également parce que j'ai croisé la grand-mère de Courtney qui voulait à tout prix me poser plein de questions sur les iPad.

Sérieux… je suis empêtré dans le plus grand drame émotionnel de ma vie, et cette dame me prends la tête avec une histoire d'*iPad*… et si je pense qu'elle doit en acheter un ! Comme si je couchais avec Steve Jobs ou un truc comme ça. Je suis resté poli, mais elle a semblé déçue que je ne puisse la renseigner mieux sur les caractéristiques techniques de la machine. Un jour, quelqu'un m'expliquera peut-être pourquoi les vieux s'imaginent toujours que les jeunes sont des génies de la technologie.

Bref, Kari ne comprenait pas pourquoi je ne lui avais pas parlé de Peyton avant – *a posteriori*, je me dis qu'elle a cru que j'inventais cette histoire car j'avais besoin d'un prétexte pour la larguer. Mais elle a fini par me croire et elle a pris cela avec philosophie.

— Jace, a-t-elle dit, j'espère qu'on pourra rester amis parce que, franchement, c'était mieux quand on était juste copains.

J'imagine qu'elle avait dû remarquer quelque chose de bizarre dans notre relation.

J'erre donc dans les allées du yacht-club à la recherche de Peyton. Je ne sais ni où elle est allée ni quelle direction prendre. Je finis par entrer dans le bâtiment principal – non pas parce que je me dis que Peyton s'y cache, mais à cause de la grand-mère de Courtney qui traîne dans les parages et qui pourrait m'alpaguer de nouveau.

Je jette un coup d'œil dans le hall, mais Peyton n'est pas là. D'ailleurs, que ferait-elle dans le hall d'un hôtel, je vous le demande ?

Soudain, une idée brillante me vient. Une idée tellement évidente qu'elle n'est pas si brillante, en fait. Je n'ai qu'à demander le numéro de sa chambre ! Elle ne s'y trouve pas en ce moment, mais elle finira bien par y retourner.

Je m'avance donc vers le réceptionniste, un type de vingt ans et des poussières qui, à en croire son badge, s'appelle Wade. J'aurais préféré que Wade soit une femme. Les femmes, j'arrive à les embobiner – un peu de pleurniche, un sourire, quelques compliments sur leur physique, et on obtient normalement ce qu'on veut. (Attention, je ne manipule jamais les femmes de cette façon. Je ne suis pas ce genre de type. Mais à situation désespérée…)

— Bonjour, monsieur ! me lance Wade en me voyant approcher.

D'accord, donc Wade est du genre joyeux. J'espère qu'il va joyeusement faire ce que je vais lui dire.

— Eh ! commencé-je en secouant la tête d'un air contrit, je crois que j'ai oublié le numéro de ma chambre.

— Pas de problème, monsieur, gazouille-t-il.

Sérieusement, il gazouille. Première fois que j'entends un gars gazouiller, mais peu importe. Chacun son truc. Il suspend ses doigts au-dessus de son clavier d'ordinateur.

— Votre nom, s'il vous plaît ?

— C'est le problème, justement, car la chambre n'est pas à mon nom.

— Pas de souci, monsieur, répond-il d'un air un peu incertain, ce que je prends pour un très mauvais signe. Donnez-moi simplement le nom de la personne qui a effectué la réservation.

Je me creuse les méninges pour me rappeler le prénom de la mère de Peyton.

— Michelle. Michelle Miller.

Les doigts de Wade volettent sur le clavier.

— Mmh… vous êtes Peyton ?

— Est-ce que…

Je mets quelques secondes à comprendre. La chambre est au nom de la mère de Peyton, mais cette dernière doit être listée comme la seule autre personne à pouvoir y accéder. Et vu que Peyton est également un prénom masculin…

— Euh… oui, bien sûr, réponds-je en bombant le torse. C'est moi-même, Peyton Miller.

— Parfait, monsieur Miller, je vais juste devoir vous demander votre carte d'identité.

Merde !

— Eh bien, ma carte est dans la chambre, justement, rétorqué-je, les bras tendus, les paumes tournées vers le haut, impuissant.

— Oh non ! s'exclame Wade, l'air réellement désolé, comme s'il regrette vraiment d'avoir à m'annoncer une très mauvaise nouvelle. C'est vraiment dommage, monsieur Miller, car nous ne sommes pas autorisés à remplacer des clés ou à donner des informations concernant nos chambres avant d'avoir confirmé l'identité de la personne qui nous les demande. Vous pourriez appeler quelqu'un, peut-être, me propose-t-il en poussant vers moi un combiné de téléphone. La personne qui a effectué la réservation, peut-être.

— Non. Malheureusement, la personne qui a effectué la réservation n'est pas… disponible.

Je le regarde fixement, attendant de voir ce qu'il va faire.

Mais il ne fait rien.

Il croise les mains devant lui et soutient mon regard.

— Comment puis-je faire ? insisté-je. J'ai besoin d'aller dans ma chambre. Mon chien Hector y est enfermé et il a probablement besoin d'aller faire sa promenade.

Je me dis que je vais sans doute l'amadouer avec cette histoire de chien – après tout, je semble être la seule personne sur la surface de cette planète à ne pas craquer pour ce clébard. Mais alors, au lieu de fondre comme prévu, Wade prend un air horrifié.

— Monsieur, commence-t-il en prenant une profonde inspiration, comme s'il est désormais contraint de prendre la situation très au sérieux, les chiens ne sont pas autorisés dans notre établissement !

Merde !

— Oh… Eh bien… Euh…

Je cherche désespérément un moyen de sauver les meubles. À cause de moi, Peyton et sa mère vont sans doute devoir payer un supplément.

Je me demande si Wade accepterait un petit billet pour tout oublier. Il n'a pas l'air du genre à se laisser corrompre, mais on ne peut préjuger de rien.

Mon regard se pose soudain sur son bracelet. C'est un de ces bijoux en caoutchouc qu'on trouve dans un tas de couleurs vives – le sien est jaune et arbore le slogan suivant : « J'AIME JUSTIN B ». Je fréquente suffisamment Facebook et Tweeter pour savoir qu'il s'agit de Justin Bieber. Je saute aussitôt sur l'occasion.

— Oh, mon Dieu ! m'exclamé-je, vous aussi, vous êtes fan de Justin ?

Il me regarde en bombant le torse.

— Justin qui ?

— Pourquoi, il y en a d'autres ? plaisanté-je.

— Vous, vous êtes fan de Justin ? me demande-t-il, l'air ahuri.

— Carrément. Depuis des années. (Je ne sais pas depuis combien de temps Justin Bieber est célèbre, mais tant pis.) J'adore sa musique et, franchement, je ne comprends pas pourquoi il n'y a pas plus de mecs dans son public.

— C'est ce que je dis toujours !

Il jette un regard circonspect autour de lui, puis me fait signe d'approcher, comme pour me révéler un secret. Tandis que j'obtempère, il relève sa manche pour me montrer un tatouage. « JB » est-il écrit en jolis caractères script.

— Génial ! fais-je semblant de m'extasier alors que je n'ai qu'une envie : plonger derrière le comptoir, attraper le clavier et trouver le numéro de la chambre de Peyton. Nous autres, adeptes de Justin, avons le devoir de nous venir mutuellement en aide, n'est-ce pas ?

Il hésite.

— Allez ! C'est ce que Justin voudrait !

Il soupire et jette un regard circulaire sur la réception pour s'assurer que nous sommes seuls.

— D'accord, chuchote-t-il, je vais vous donner le numéro de la chambre et je vais même fermer les yeux sur le chien. Mais je ne fais pas ça pour vous ; je le fais pour Justin !

Je lui suis tellement reconnaissant que j'ai presque envie de me pencher par-dessus le comptoir pour le prendre dans mes bras.

— Merci, merci, merci. Vous ne pouvez pas savoir combien ça me fait plaisir.

Il se met à taper sur son clavier lorsque, subitement, comme si j'étais dans un cauchemar, quelqu'un se met à crier mon nom dans mon dos.

— Jace ! Eh, Jace !

Je ne me retourne pas en priant pour que cette personne, quelle qu'elle soit, s'en aille au plus vite.

— Jace ! hurle-t-elle littéralement.

Je continue de sourire à Wade.

— J'ai l'impression que ce monsieur vous appelle, dit-il en regardant par-dessus mon épaule, le nez plissé de dégoût.

— Il doit me confondre avec quelqu'un.

— Jace Renault ! C'est moi, B.-J. ! On s'est vus au mariage !

La voix se fait plus forte, et je me penche vers Wade pour tenter d'apercevoir le moniteur de son ordinateur.

— Vous avez le numéro de la chambre ? demandé-je en commençant à transpirer.

Wade est sur le point d'ouvrir la bouche lorsque deux mains m'agrippent fermement les épaules. Qu'est-ce que c'est que ce bordel ! Je remue pour me dégager.

— Jace ! lance B.-J. en souriant. Enfin !

Je secoue la tête et je tente, en écarquillant les yeux, de lui faire comprendre qu'il risque de compromettre mon stratagème et qu'il doit partir.

Mais il ne comprend pas, évidemment.

— Jace, c'est moi, J.-B… Qu'est-ce qu'il y a ? On dirait que tu ne te sens pas bien, dit-il en fronçant les sourcils.

— Excusez-moi, me lance Wade de derrière le comptoir.

Son regard, qui s'était éclairé lorsqu'il avait appris que nous appartenions (prétendument) à la même secte, s'est subitement assombri.

— Je vais devoir vous demander de quitter ce hall, autrement, je serai contraint d'appeler la sécurité.

Je suis tenté de protester, d'essayer de le convaincre que je suis bien Peyton Miller, mais je suis assez malin pour savoir m'arrêter à temps.

Poussant un soupir, je tourne les talons et m'éloigne, tandis que Wade marmonne que je ne suis pas un vrai fan de Justin, qu'un vrai fan de Justin ne ferait jamais une chose pareille. Les fans de Justin ne sont pas du genre à tromper les gens. Je me souviens de m'être retrouvé dans une grande librairie le jour de la sortie d'un livre de Justin Bieber. Ce jour-là, j'ai failli me faire piétiner par deux gamines de onze ans hystériques et ayant perdu tout sens des convenances.

— Qu'est-ce qui se passe, mon pote ? me demande B.-J. en me donnant une tape dans le dos comme si j'étais un vieux pote. Ce mec voulait appeler la sécurité pour te foutre dehors ? T'as essayé de rapporter de l'alcool dans ta chambre ? s'enquiert-il en hochant la tête d'un air compatissant, comme s'il avait connu cela lui aussi, ce que je veux bien croire.

— Non, je n'ai pas essayé de rapporter de l'alcool dans ma chambre.

Je résiste à la tentation de lui hurler après, voire de l'étrangler pour faire bonne mesure.

— C'était quoi alors ? De la drogue ? chuchote-t-il. La drogue, c'est pas cool, mec. Le crack, c'est de la merde.

Je secoue la tête, mais ma colère se dissipe. Je ne peux pas être furieux contre un type qui n'a apparemment rien dans le ciboulot.

— Non, non, c'est une histoire de fille.

— Ah..., fait-il en secouant la tête. Les filles sont folles, pas vrai ?

— Pas celle-là. C'est moi qui suis cinglé. Et j'ai tout gâché.

— Ah merde ! c'est con, concède B.-J. en croisant les bras sur la poitrine. Qu'est-ce que tu vas faire, alors ?

— Je ne sais pas. Je n'en ai pas la moindre idée.

Il prend un air pensif et concentré, faisant la moue. Soudain, son regard s'illumine.

— Je sais ! s'exclame-t-il en sortant son téléphone de sa poche. Je vais appeler Jordan !

— Jordan ?

— Ouais, tu sais, le copain de Courtney. Il est vachement fort pour comprendre les filles !

— Mmh… non, merci, ça ira.

Je n'ai vraiment pas besoin que des étrangers se mêlent de mes problèmes sentimentaux. Je n'aime pas trop me sentir humilié.

Mais B.-J. refuse de m'écouter si bien que, dix minutes plus tard, Jordan arrive dans le hall. Comme Wade nous lance des regards assassins, j'entraîne tout le monde vers le salon à l'autre bout de la salle.

— Cool ! s'exclame B.-J., des étincelles dans les yeux. Ils ont un billard.

Il attrape une queue et la fait tournoyer comme un sabre de samouraï.

— Alors, qu'est-ce qui se passe ? demande Jordan en lui prenant la queue des mains. Pourquoi tu m'as fait venir ?

— Jace a besoin de conseils sur les femmes, répond B.-J. en mettant les boules dans le triangle.

— Pas du tout, réponds-je.

— Peyton, c'est ça ? insiste Jordan en hochant la tête.

— Ouais, acquiescé-je, penaud. Courtney t'en a parlé ?

— Oui. Alors ?

— Ouais, alors ? enchérit B.-J. (Il se penche sur le billard et commence à jouer, faisant immédiatement sauter une boule sur le sol.) Oups…

La boule roule sur les dalles de marbre et heurte le pied d'un homme.

— Désolé, s'excuse B.-J.

L'homme lui lance un regard noir, mais B.-J. n'est pas déstabilisé pour autant et remet la boule sur la table.

— Je recommence, hein ? annonce-t-il.

— Comme tu veux, réponds-je.

— Mouais, acquiesce Jordan en attrapant une queue. Alors, que se passe-t-il ?

— Eh bien… on s'est rencontrés à Noël et puis j'ai rompu.

B.-J. en reste bouche bée.

— Tu as rompu ? Tu es malade ! Peyton est trop bonne !

— Il n'y a pas que ça qui compte, dans une relation, le réprimande Jordan.

Il se penche au-dessus de la table et envoie la boule orange dans un trou sans aucune difficulté.

— À qui le dis-tu, approuve B.-J. en secouant la tête. Jocelyn est trop bonne aussi, mais c'est loin de suffire. Tu sais, il faut faire attention aux émotions des filles, me dit-il à la manière d'un grand sage distillant ses secrets.

— Pourquoi l'as-tu larguée ? me demande Jordan.

— Parce que j'ai découvert qu'elle me cachait quelque chose.

Jordan et B.-J. échangent un regard.

— Je connais ça, murmure Jordan.

— Courtney t'a caché quelque chose ?

— Non, c'est lui qui lui a caché quelque chose, me corrige B.-J.

Il se penche au-dessus de la table pour jouer, mais la queue ripe sur la boule, qui tournoie sur elle-même en avançant de quelques centimètres.

— Et qu'est-ce qui s'est passé ? insisté-je.

— Je l'ai larguée. J'ai été lâche.

— Ouais, je vois ce que tu veux dire.

C'est mon tour. Je me mets en position et je me concentre. Je mets toute mon énergie dans mon coup, et ça marche : la boule jaune finit dans le trou. Je l'encourage à poursuivre :

— Ça s'est passé comment ?

— Je n'arrivais pas à lui dire ce que je ressentais, et ça m'a miné, explique-t-il dans un haussement d'épaules. Mais elle a fini par découvrir la vérité toute seule.

— Et ?

— Et ça l'a mise en colère.

— Qu'est-ce que tu as fait ?

— J'ai essayé de me rattraper mais, comme elle ne voulait pas me pardonner, j'ai dû redoubler d'efforts. En tout cas, poursuit-il en secouant la tête, ça m'a permis de comprendre une chose : il faut être honnête, toujours. Même si tu as peur, même si tu crains de te faire piétiner le cœur, même si tu es persuadé que la vérité va tout gâcher, il faut parler. Sinon, c'est mort.

Il se penche et envoie la boule bleue dans le trou du milieu. Il dit tout cela d'un air détaché, et j'avoue que je le crois. Je pense qu'il sait de quoi il parle.

Je l'ai vu avec Courtney. J'ai vu comme ils se regardent. On dirait qu'ils sont seuls au monde, connectés. Je veux vivre cela avec Peyton. Et je sais que Jordan a raison – pour y parvenir, il faut tout se dire, il faut accepter une part de vulnérabilité. Autrement, le résultat sera tout sauf réel et durable.

— Maintenant, reprend Jordan, la question est de savoir si ça en vaut la peine.

— Oui, carrément, réponds-je avec une sincérité totale.

— Alors, va la retrouver.

Encore une fois, je sais qu'il a raison.

Peyton

Le voyage

Samedi 26 juin, 22 h 53
Savannah, Géorgie

Lorsque je retourne dans ma chambre d'hôtel de Savannah, je commence à me dire que j'ai tout de même des petites raisons de craquer. Je veux dire, je n'ai pas la moindre idée de ce que je vais faire. Comment je vais rallier la Caroline du Nord ? Je n'ai pas de voiture. Je n'ai presque plus d'argent. Je n'ai même pas de téléphone.

Je m'affaisse sur le lit en me demandant s'il ne vaudrait pas mieux que j'appelle ma mère pour lui demander de venir me chercher. Ou mon père. Je pourrais lui raconter les raisons de ma fugue, ce que maman m'a fait.

Sauf que je ne suis vraiment pas certaine d'être capable de dire tout cela à voix haute. Par ailleurs, je n'ai pas envie de rentrer à la maison. La Caroline du Nord m'appelle. Je veux mon appartement dans la résidence Crève-cœur. Je veux passer l'été là-bas en attendant de trouver une solution à long terme.

Je contemple le plafond. Peut-être qu'une bonne nuit de sommeil me fera du bien. Peut-être qu'après cela je serai capable d'élaborer un plan intelligent. Il y a forcément une solution. Les gens arrivent toujours à se débrouiller, même sans aucune ressource. C'est la base de la civilisation, non ? Je pourrais monter dans un car ou bien emprunter des sous à un organisme de crédit un peu louche qui m'obligera à rembourser deux ou trois fois la somme prêtée.

J'allume la télé et je tombe sur une rediffusion de *Real Housewives*. Je me glisse sous les couvertures avec l'intention ferme de m'endormir, mais cela ne marche pas. Je pense tout le temps à lui. À Jace. Au fait qu'il a appris que mes parents allaient divorcer et que c'est pour cela qu'il n'a plus répondu à mes messages.

Je n'ai pas arrêté de gamberger pendant tout ce temps, mais je ne me doutais pas une seconde qu'il avait découvert la vérité sur mes parents.

Le pire, dans tout cela, c'est que tout est ma faute. Jace ne se serait jamais éloigné si je ne lui avais pas caché un truc aussi important. Tout ce temps passé au téléphone – à apprendre à nous connaître, à faire des plans, à me rapprocher de lui… et à ne pas lui dire. J'aurais dû. Oui, j'aurais dû lui parler.

Mais il a sa part de responsabilité, non ? Après tout, c'est lui qui m'a jetée comme une malpropre. Sans prendre la peine d'évoquer le sujet qui le tracassait.

Et que dire du fait qu'il m'embrassait encore hier soir alors qu'il avait une petite amie ? Une petite amie à qui *il manquait*… D'accord, je l'ai embrassé dans la baignoire, tout à l'heure, alors que je savais tout cela, mais peut-on vraiment m'en vouloir ? C'était une simple réaction physique.

Bref, il a commis deux erreurs. Normalement, cela fait un carton rouge, synonyme d'exclusion. Eh bien oui, quoi, ce ne serait que justice. Trois cartons jaunes, ce n'est pas possible. À la limite, je comprends qu'on puisse se tromper une fois, mais deux… Impossible de parler d'accident.

Mes pensées tournoient autour de ma tête, m'empêchant de dormir et me rendant folle. Toutefois, vers 3 heures, je finis par sombrer dans un sommeil réparateur.

Des coups dans la porte me réveillent. Ils sont tellement forts et violents que je pense d'abord que c'est la télévision. Sauf que, quand j'ouvre péniblement les paupières, je découvre qu'il est 10 h 07 et que la télé est éteinte. Sans doute l'ai-je éteinte moi-même au milieu de la nuit.

Je m'assieds sur le lit. Merde, merde, merde ! Ma matinée n'était pas censée se dérouler comme cela. Normalement, j'aurais dû me lever vers 6 ou 7 heures, me doucher, m'apprêter, prendre un petit déjeuner copieux et gratuit. Fraîche et dispose, j'aurais été à même d'élaborer un plan génial pour mon avenir. Au lieu de quoi j'étais toujours au lit, agressée par des coups violents dans la porte. La femme de ménage, probablement. Normalement, j'ai jusqu'à midi pour partir, il me semble.

Je bascule mes jambes par-dessus le bord du lit et pose les pieds par terre, faisant retomber mon bas de pyjama remonté au-dessus de mon genou droit.

— Je suis toujours là, m'écrié-je. Je libérerai la chambre à midi.

— Sûrement pas ! répond une voix. Vous allez ouvrir cette porte immédiatement, mademoiselle !

Mon cœur bat à tout rompre. La personne derrière la porte a l'air de ne pas rigoler. Un peu comme les policiers dans les séries, lorsqu'un type recherché s'est retranché chez lui. Mais je ne suis pas une criminelle. Je ne suis pas recherchée. À moins que… Nous n'avons pas appelé la police après notre accident d'hier. Peut-être ont-ils retrouvé la trace de la voiture – ou la mienne ! Peut-être vais-je avoir de gros ennuis parce que j'ai fui une scène de crime !

Je m'approche de la porte sur la pointe des pieds et je jette un œil à travers le judas, m'attendant à découvrir un ou deux flics, menottes à la main, prêts à me conduire en prison. D'où je n'aurais d'autre choix que d'appeler mes parents, car je n'ai pas assez d'argent pour payer une caution.

Sauf qu'il n'y a pas de policiers derrière la porte, juste une grande femme aux cheveux châtain clair méchés soigneusement noués en un chignon bas. Elle porte un tee-shirt couleur crème, un jean foncé, un gilet noir et des ballerines dorées. Une flic en civil ? En tout cas, elle ne ressemble pas à un agent en mission.

— Puis-je vous aider en quelque chose, madame ? demandé-je poliment.

Il se passe quelque chose de louche, et si elle ne décline pas immédiatement son identité je pourrais bien appeler la police, qui se chargera de son cas.

— Oui, je crois que vous pouvez m'aider. Je cherche Jace Renault.

— Oh !

Je prends le temps de réfléchir, n'étant pas certaine de devoir ni de vouloir admettre que je le connais. Qu'il était avec moi encore hier soir. Et s'il s'était attiré des ennuis ? Bien sûr, il m'a abandonnée, aussi ne serais-je pas mécontente que les forces de l'ordre lui mettent la main dessus. Sauf qu'il s'agit peut-être de la voiture, auquel cas je risquerais d'avoir des problèmes moi aussi.

— À qui ai-je l'honneur ? insisté-je.

À travers le judas, je vois la femme faire un pas en arrière, comme si elle n'en croyait pas ses oreilles.

— Je vous retourne la question ! proteste-t-elle en se rapprochant de la porte et en donnant un grand coup dedans.

Aïe ! elle n'a pas l'air commode.

— Je vous ai posé la question la première, réponds-je, ne voulant pas qu'elle se rende compte que je suis morte de trouille.

— Je suis Piper Renault, la mère de Jace.

Ah ! Ceci explique cela, je suppose.

Mme Renault n'est pas du tout comme je l'avais imaginée. Je sais que je suis pleine de préjugés, mais je la voyais plutôt guindée, ennuyeuse, un peu raide. Elle est professeur en études féminines, aussi supposais-je – enfin, je veux dire, toutes les féministes ont un look vieillot en général, non ? Je croyais qu'elles étaient contre le maquillage, les soutiens-gorge et tout ce qui est féminin.

Mme Renault est vraiment jolie. Elle a un rouge à lèvres magnifique, et je suis presque tentée de lui demander comment il s'appelle, mais elle n'a pas l'air d'être d'humeur à parler maquillage.

Je déverrouille la porte pour la laisser entrer, et elle se met à gueuler dans tous les sens comme si la chambre lui appartenait.

— Jace ! crie-t-elle en ouvrant violemment la porte de la salle de bains. Sors de ta cachette ! La partie est terminée !

Beurk. Effectivement, la partie est terminée. Elle ouvre le placard, mais Jace n'est pas là, évidemment.

— Jace n'est pas là, dis-je. Euh… il est parti.

J'aimerais pouvoir lui dire où, lui fournir les informations qu'elle désire, car elle semble sur le point de saccager la chambre, et je n'ai pas envie d'avoir des ennuis à cause d'elle.

— Ha ! lâche-t-elle.

Elle se met soudain à quatre pattes pour regarder sous le lit.

— Je vous le jure, madame Renault. Jace n'est pas là.

— Alors où est-il ? exige-t-elle de savoir en tapant du pied, attendant que je lui réponde.

— Je ne sais pas. Je ne… Enfin, je suppose qu'il est en train de rentrer chez vous.

— En train de rentrer ! J'en doute ! (Elle jette un regard circulaire sur la chambre avant de river ses yeux sur moi.) Alors, qu'est-ce que c'est que ce bazar ? Vous avez décidé de fuguer ensemble ou quoi ? Vous voulez vous marier ?

— Nous marier ? répété-je, choquée qu'elle puisse ne serait-ce qu'imaginer une chose pareille. Mon Dieu, non ! Nous n'avons pas fugué pour nous marier.

— Alors pourquoi ? Expliquez-moi pourquoi Jace a fait une croix sur la remise des diplômes et a préféré vous accompagner !

— Jace… quoi ? La remise des diplômes ? (Je fronce les sourcils car je n'y comprends rien.) Pourquoi aurait-il fait une chose pareille ?

— Qu'est-ce que j'en sais ? s'exaspère-t-elle en levant les bras. Mais c'est ce soir ! À 19 heures ! Ce qui signifie que s'il n'est pas déjà en route il arrivera en retard.

Elle regarde sa montre, puis croise les bras sur la poitrine.

Je prends une profonde inspiration.

— Madame Renault, je suis désolée pour Jace et pour la remise des diplômes. Je vous jure que si je savais où il était, je vous le dirais. Mais je n'en sais rien. Il est parti tard hier soir. Il… euh… nous… enfin, nous nous sommes disputés.

Elle ouvre la bouche pour me crier après ou pour me dire qu'elle ne me croit pas ou pour exiger de moi toute la vérité. Mais au dernier moment son visage se recroqueville. Elle s'assied à côté de moi sur le lit en contemplant le sol. Après quelques secondes, sans rien dire, elle attrape le sachet de bretzels posé sur ma table de chevet, en prend quelques-uns et se met à manger.

Un silence maladroit s'installe pendant qu'elle mâchouille sans rien dire et que ma nervosité augmente. Elle me tend le sachet. Je n'ai pas vraiment envie de manger, mais je me dis que refuser serait impoli. Alors j'en prends un ou deux.

— J'ai sûrement été trop dure avec lui. Je l'ai poussé, j'en suis consciente.

— Non, rétorqué-je en secouant la tête. Je suis sûre que non.

— Mais si. Je sais qu'il se fiche de l'école. Il est intelligent, ce qui est super, mais il se moque des récompenses, des cérémonies et de tout ce qui va avec. Il n'a pas besoin d'impressionner les gens. Contrairement à sa mère, ajoute-t-elle en reprenant des bretzels.

J'ai envie de lui dire que ce n'est pas grave, mais je n'en fais rien. Parce que, en toute honnêteté, je n'en suis pas du tout certaine. Quand je vois ma mère – tout le mal qu'elle se donne pour faire bonne figure, pour que les gens pensent qu'elle a de l'argent… Il est clair que cela a été très néfaste pour sa relation avec mon père. Et ne parlons pas de sa relation avec sa fille. Et elle n'en est même pas consciente.

La famille de Jace a vraiment de l'argent, aussi est-il amusant de voir comment sa mère s'est focalisée sur un autre problème – elle voulait que tout le monde sache que Jace était intelligent, elle avait envie de parader avec lui, avec le petit prodige.

— Je suis sûre que vous avez fait votre possible, la rassuré-je.

Elle a au moins fait l'effort de se déplacer ; elle sait qu'elle a commis des erreurs.

La mère de Jace pousse un profond soupir et me rend le sachet de bretzels vide.

— Désolée, j'ai tout mangé. Je vous en rachèterai un.

— Ce n'est pas grave. Je n'en avais plus envie, réponds-je en posant le sachet sur le chevet. Vous avez roulé toute la nuit pour retrouver Jace ?

— Non, j'ai pris un avion très tôt ce matin. Dès que l'hôtel a débité le prix de la chambre, j'ai filé à l'aéroport. Je comptais rentrer avec lui cet après-midi et passer à la maison pour l'aider à se préparer pour la cérémonie de ce soir.

— Qui vous a donné le numéro de la chambre ?

— J'ai dit à la réceptionniste que Jace se servait de ma carte, qu'il s'agissait techniquement d'une carte volée et que, de ce fait, je pourrais réclamer le remboursement de la chambre. Je les ai un peu menacés…

— Vous êtes une bonne mère, commenté-je en hochant la tête.

— Ce n'est pas le sentiment que j'ai, soupire-t-elle en sortant son téléphone de son sac. Il ne répond pas à mes appels.

— Je pourrais l'appeler pour vous, mais il ne me répondrait sans doute pas non plus.

— Vous vous êtes disputés ?

— Oui.

Elle hoche la tête et prend un air pensif.

— Si vous ne vous êtes pas enfuis pour vous marier, pourquoi êtes-vous partis ensemble ?

— Il ne vous a rien dit ? Il n'y avait personne pour me ramener chez moi après le mariage. Enfin, la personne avec qui je devais voyager a… (Je cherche le mot adéquat – elle a annulé ? retardé ?) Enfin, elle m'a laissée tomber, et Jace a proposé de me raccompagner.

— C'est ce qu'il m'a dit, en effet, confirme-t-elle en fronçant les sourcils. Mais je croyais que vous viviez dans le Connecticut…

— Euh… oui, c'est vrai. Comment le savez-vous ?

— Comment pourrais-je ne pas le savoir ? rétorque-t-elle en agitant la main. Jace a parlé de vous tout l'hiver. Peyton ci, Peyton ça… Que s'est-il passé entre vous, au juste ? me demande-t-elle en me regardant du coin de l'œil.

Je déglutis. Dois-je m'ouvrir à elle ? C'est la mère de Jace, soit une quasi-étrangère. Et puis je me dis : *Merde ! qu'est-ce que ça peut faire ?* Cacher des choses aux gens ne m'a pas menée bien loin – dans l'impasse d'une chambre d'hôtel de Savannah. Le moment est peut-être venu de tourner la page.

— Je lui avais caché quelque chose. Quelque chose d'assez important. Quand il l'a découvert, ça l'a rendu furieux, et il a cessé de me parler.

— Ça ne m'étonne pas de Jace. Il nous ressemble beaucoup, malheureusement. Il est têtu comme moi et il préfère se renfermer et éviter les conflits comme son père. Surtout quand la personne compte beaucoup pour lui. Vous croyez vraiment qu'il est en route pour la maison ? me demande-t-elle avec un sourire hésitant.

— Oh ! oui.

— Pas parce qu'il est pressé d'aller à la remise des diplômes, j'imagine.

— Non, c'est clair…

— Oui, oui… (Elle se lève, ramasse son sac et se tourne vers moi.) Est-ce que… enfin, tout va bien pour vous ? Vous avez besoin que je vous dépose quelque part ?

Je songe un instant à lui demander de me conduire à l'aéroport, mais que ferais-je une fois là-bas ? Je n'ai pas de quoi me payer un billet d'avion, et elle appellerait mes parents dès qu'elle s'en rendrait compte. *Idem* si je lui demandais de me déposer à la gare routière. Elle ne manquerait pas de me poser toutes ces questions que les adultes adorent poser, comme où je vais, qui sera là pour m'attendre et j'en passe.

— Non, réponds-je. Mon amie va venir me chercher.

— Vous êtes sûre ? insiste-t-elle, prête à partir.

— Oui, j'en suis sûre.

— D'accord. (Elle soupire une dernière fois et se dirige vers la porte.) Merci, Peyton.

Et elle disparaît.

Je regarde le réveil à côté du lit. 10 h 30. Plus qu'une heure et demie avant de libérer la chambre. Quatre-vingt-dix minutes pour élaborer un plan. J'en suis capable.

Mais d'abord j'attrape le téléphone. J'hésite un instant, puis je compose ce numéro qui, bien qu'ayant été effacé un nombre incalculable de fois de mon portable, persiste à rester gravé dans mon cœur.

La sonnerie. Je retiens mon souffle, espérant contre toute logique qu'il va décrocher. Mais il ne décroche pas. Je suis mise en relation avec sa boîte vocale.

— Jace ? C'est Peyton. Je voulais juste te dire que ta mère vient de passer. Elle voulait savoir si tu comptais toujours aller à la remise des diplômes, mais elle... Je crois qu'elle n'était pas spécialement en colère contre toi. Elle voulait s'assurer que tout allait bien. J'ai fait de mon mieux pour la rassurer, même si je suis moi aussi dans le flou. Est-ce que tu vas bien ? Je l'espère, en tout cas. Tu devrais... Oui, tu devrais appeler ta mère.

Je raccroche.

Je reste comme ça quelques secondes, puis je prends une profonde inspiration et je décide de prendre une douche.

Jace

Le voyage

Dimanche 27 juin, 10 h 53
Richmond Hill, Géorgie

Je n'ai pas quitté Savannah. Enfin, ce n'est pas tout à fait vrai. J'ai quitté Savannah, mais je ne suis pas allé bien loin. J'ai conduit longtemps la nuit dernière, tournant en rond, ne sachant pas quoi faire. Retourner chercher Peyton ? Dire merde et rentrer chez moi ? Et puis j'ai fini par me poser dans un genre de snack où j'ai passé la majeure partie de la nuit.

Je change d'avis toutes les cinq secondes. Retourner à l'hôtel pour chercher Peyton. Rentrer chez moi et me rendre à la remise des diplômes. Envoyer chier tout le monde et rester là toute la journée, puis assumer les conséquences plus tard. Pourquoi suis-je tellement indécis ? Normalement, je sais toujours quoi faire et comment parvenir à mes fins.

Mon téléphone n'a pas cessé de sonner toute la nuit et toute la matinée. Lorsqu'un « bip » m'indique que j'ai reçu un message vocal, je ne fais presque pas attention. J'en suis à mon quinzième café, ou un truc comme ça. Je jette un coup d'œil distrait à l'écran et je découvre que l'appel provient de la région de Savannah.

Peyton. Peut-être qu'elle veut que j'aille la chercher, peut-être qu'elle va me dire qu'elle est désolée de m'avoir menti, qu'elle a besoin de moi, qu'elle regrette vraiment d'avoir fait un truc aussi horrible.

Je prends le téléphone pour écouter le message.

« Jace ? C'est Peyton. Je voulais juste te dire que ta mère vient de passer. Elle voulait savoir… »

Hein ? Ma mère vient de passer ? L'idée de ma mère passant du temps avec Peyton me donne de l'urticaire. Ma mère a fait tout ce chemin pour me retrouver ?

Je n'aurais jamais dû me servir de ma carte pour payer la chambre d'hôtel ! C'est sûrement ce qui lui a permis de retrouver notre trace. Elle doit être carrément furieuse.

Quoique, à en croire Peyton, ma mère n'avait pas spécialement l'air en colère. Elle s'inquiète pour moi, c'est tout. Je soupire et je me sens con. Un vrai boulet. J'aurais dû envoyer un SMS à ma mère pour la rassurer.

J'attrape mon téléphone et je pianote un SMS rapide : Maman, je vais bien. Je n'arriverai pas à temps pour la remise des diplômes. Je rentre bientôt. On parlera à ce moment-là.

La réponse m'arrive presque aussitôt : Merci de m'avoir prévenue, Jace. Je t'aime et je suis contente que tu ailles bien.

Je garde le téléphone en main en me demandant si je dois rappeler Peyton. Elle a essayé de me joindre, après tout. Elle ne m'a pas spécifiquement demandé de la rappeler, mais ne pas le faire serait impoli. N'est-ce pas ?

Prenant de vitesse mon cerveau indécis, j'appelle l'hôtel et je demande sa chambre. Quand on me la passe, cependant, personne ne répond. L'idée qu'elle soit partie seule me fout les boules. Je ne veux pas qu'elle erre seule dans Savannah, sans argent, sans destination précise en tête. Jamais je n'aurais dû l'abandonner.

Je regarde Hector, assis à mes pieds. Il a passé deux heures dans la voiture, jusqu'à ce que la serveuse le voie par la vitrine et me propose d'aller le chercher. Tant que les clients ne se plaindraient pas, cela ne poserait pas de problème. Hector est resté tranquille, immobile, la tête posée sur les pattes de devant. La serveuse lui a apporté une gamelle de biscuits à la saucisse avec de la sauce, qu'il a engloutie en à peu près deux secondes. Maintenant, il est comme dans le coma.

Je ne sais pas quoi faire. Y retourner ? Ne pas y retourner ?

J'ai besoin de conseils. Mais qui appeler ? Je compose le numéro d'Evan, mais il ne répond pas.

Je fais défiler mes contacts et je trouve le numéro de Courtney. Sans prendre le temps de me demander si c'est une bonne idée ou non, j'appuie sur « APPELER ».

— Allô ? répond-elle d'une voix ensommeillée. Jace ? Ça va ?

— Ouais, ça va.

— Mon Dieu ! Tu sais que ta mère a pété un câble ? Elle a découvert que tu étais en Géorgie et elle est en route pour te rejoindre. J'ai essayé de t'appeler, mais tu ne répondais pas.

— Ouais, je sais. Dis-moi, Jordan est avec toi ?

— Oui, il est juste à côté, pourquoi ?

— Tu peux me le passer ?

—Euh… je ne sais pas… J'espère que ce n'est pas une affaire de drogue ou…

—Non, la rassuré-je en secouant la tête. C'est juste… Je peux lui parler ?

—Bien sûr.

Je l'entends réveiller Jordan, puis des bruissements de couverture et enfin la voix de mon ami.

—*Yo…*

—Eh ! tu te rappelles quand tu m'as dit que je devais faire preuve d'honnêteté avec Peyton, quelles que soient les circonstances ?

—Ouais.

J'entends de nouveaux bruissements. Il est probablement en train de s'asseoir ou un truc comme ça. Puis il soupire.

—Tu ne l'as pas fait, n'est-ce pas ?

—Comment tu le sais ?

—J'en étais sûr. Tu n'étais pas prêt.

—Je crois que je le suis, maintenant.

—Comment peux-tu en être certain ?

—Parce que je ne peux pas m'empêcher de penser à elle.

—Ce n'est pas suffisant.

—Je ferais tout pour elle.

—Tout ?

—Oui.

—Y compris t'ouvrir et lui donner l'occasion de te dire d'aller te faire voir et de te piétiner le cœur ?

—Oui.

—D'accord, dit-il simplement. Dans ce cas, retourne auprès d'elle.

— Mais si…

— Si rien du tout, me coupe-t-il. Si tu l'aimes, si tu es sincère, il n'y a rien à ajouter.

— Rien ?

— Non, confirme-t-il, un brin désespéré, car j'ai apparemment du mal à comprendre. Tu dois la reconquérir. Assez parlé et tergiversé. Il est temps d'agir.

Je déglutis. La reconquérir. Je sais qu'il a raison. Au lieu de lui dire au revoir, je raccroche et je pose quelques billets sur la table. Puis j'attrape la laisse d'Hector, et nous sortons.

Assez parlé. Il est temps d'aller récupérer Peyton.

Peyton

Le voyage

Dimanche 27 juin, 11 h 07
Savannah, Géorgie

J'étais sous la douche quand j'ai cru entendre le téléphone sonner. J'ai sursauté, et les battements de mon cœur se sont accélérés – peut-être Jace essayait-il de me joindre ? J'avoue que si je lui ai laissé ce message c'est en partie parce que j'espérais qu'il allait me rappeler.

Je voulais qu'il me rappelle et me dise quelque chose comme : « Eh ! merci de m'avoir prévenu pour ma mère. Qu'est-ce qu'elle t'a dit, au juste ? » Et moi je répondrais un truc comme : « Elle s'inquiétait pour toi, Jace, mais je l'ai rassurée, je l'ai calmée, et à la fin j'ai même réussi à la faire évoluer en tant que personne ! » À quoi il rétorquerait : « Oh, mon Dieu ! Peyton, tu es vraiment géniale, tu es tellement mieux que cette débile de Kari ! Tu veux bien m'épouser ? »

Bon, d'accord, je n'ai rien fait de vraiment extraordinaire quand sa mère est venue, mais tout de même… Si j'avais voulu, j'aurais pu la mettre en rogne, j'aurais pu lui raconter que Jace et moi allions nous marier parce que je portais son enfant.

Ç'aurait été amusant. Si elle avait été dans un état d'esprit différent, elle aurait même pu trouver la blague excellente.

Je me sèche les cheveux avec une serviette, puis j'enfile un jean et un débardeur rouge, après quoi je brosse ma tignasse encore humide et je me fais une queue-de-cheval. Ensuite, je me rends dans le hall où je trouve un chariot sur lequel charger mes bagages.

Je suis censée quitter ma chambre avant midi, mais personne n'a jamais dit que je devais quitter l'établissement, non ? J'ai décidé de m'installer dans le hall avec mon ordinateur et de prier le dieu Google pour trouver une solution à mon problème.

Dans le pire des cas, j'appellerai Courtney ou Brooklyn pour leur demander de me faire un virement. Mais je n'aurais sans doute pas besoin d'en arriver là avant la Caroline du Nord. Il doit me rester assez pour me payer un ticket de car. Sur la côte Est, on peut se rendre de New York à Boston pour quelque chose comme 19 dollars. Dix-neuf dollars ! Et on dirait que la vie est moins chère dans le Sud.

Je retourne dans ma chambre avec le chariot, je le charge et je retourne dans le hall. Jace a eu raison de me reprocher de trimballer tout cela. Franchement, qu'est-ce que je m'imaginais ? Que j'allais mettre toutes ces fringues ? Voyager avec tous ces sacs, ce n'est franchement pas très pratique.

Bien sûr, les événements ont pris une tournure imprévisible – je pensais faire le trajet dans la voiture de Brooklyn et non pas avoir à trimballer mes bagages dans un car.

Mais quand même, je n'avais pas besoin de toutes ces conneries, me dis-je en me dirigeant vers le hall, poussant avec précaution le chariot devant moi. Je n'avais pas besoin de chaussures et de boucles d'oreilles assorties à toutes mes tenues ni de toutes ces couleurs de vernis à ongles ni de toutes ces robes d'été. J'aurais pu me contenter de quelques shorts et débardeurs, qui auraient tenu facilement dans un sac. Où croyais-je donc passer l'été ? Sur la Riviera ?

Plus j'y pense, plus je suis déstabilisée – je serais donc le type de fille à voyager partout avec ses vêtements de marque ridicules ? La moitié de ces habits ne me plaisent même pas ; je ne les mets que pour faire plaisir à ma mère. Et je ne suis même pas sûre qu'elle les trouve vraiment beaux ! Peut-être pense-t-elle simplement qu'elle devrait les aimer parce qu'ils sont chers.

Je pousse furieusement le chariot, détestant l'idée que ma mère et moi puissions avoir des traits de caractère en commun.

— Waouh ! fait Mia, la réceptionniste, en me voyant arriver avec mon chargement. Vous avez besoin d'un coup de main ?

Sans attendre ma réponse, elle me rejoint et m'aide à tirer mon chariot dans le salon.

— Merci.

— Vous partez ? me demande-t-elle. Si oui, vous pouvez sortir avec le chariot.

— Oui, je pars, confirmé-je en écartant une mèche de cheveux de mon visage. Mais je pensais m'installer un moment dans le salon pour travailler sur mon ordinateur avant de reprendre la route.

Avec un peu de chance, elle n'imagine pas que j'ai besoin de ce temps pour trouver un moyen de reprendre la route, justement.

— Pas de problème, dit-elle en haussant les épaules. Restez autant de temps que vous le voudrez. (Elle hésite un instant avant de se pencher vers moi.) Ça s'est bien passé, je veux dire, avec cette femme ?

— Cette femme ?

— Oui, la mère de votre ami ? Elle semblait un peu énervée. Je suis désolée de lui avoir donné le numéro de votre chambre, mais elle a menacé d'appeler la police.

— Non, il n'y a pas de souci, la rassuré-je en souriant. Vous avez bien fait.

— Super, dit-elle, soulagée. Vous voulez prendre un petit déjeuner ? C'est gratuit.

— Pourquoi pas, réponds-je avec nonchalance.

Elle désigne le buffet d'un geste du bras. C'est un buffet modeste, avec des bagels, des céréales et du café, mais bon, il y a à manger, et c'est gratuit.

— Je vais enregistrer votre départ, reprend-elle en souriant. N'hésitez pas à venir me voir si vous avez besoin d'aide pour vos bagages. Un de nos gars pourra vous donner un coup de main. (Elle retourne vers la réception, mais s'arrête à mi-chemin et se retourne.) Votre ami part aussi ?

— Mon ami ?

— Oui, le garçon vachement mignon avec qui vous êtes arrivée.

— Oh ! Oui, il part aussi.

Je me retiens de justesse de dire qu'il a filé au milieu de la nuit. Ce n'aurait pas été très bon pour mon image. Une vraie caricature. Mia me prendrait pour une *escort girl* ou un truc comme ça. Je ne suis même pas sûre qu'ils aient des filles de ce genre dans le Sud. On est très croyant et conservateur ici, non ?

Comme elle disparaît derrière le comptoir, je m'installe et ouvre mon ordinateur portable.

Au bout d'une vingtaine de minutes, mon moral est en berne. Oui, le car n'est pas cher, mais le prochain départ est prévu à 15 heures, ce qui me laisse quatre heures à tuer. Sans compter que je vais devoir me rendre à la gare avec tous mes bagages. Je pourrais appeler un taxi, bien sûr, mais quand j'arriverai en Caroline du Nord je serai à une bonne demi-heure de route de mon appartement… Et les taxis ne sont pas donnés. Il me faudra aussi trouver un endroit où passer la nuit, car j'arriverai à destination vers 21 heures et que mes clés ne seront disponibles que le lendemain entre 8 heures et 20 heures. L'endroit est tout trouvé, à vrai dire : la gare routière.

Je prends une profonde inspiration. J'étudie d'autres lignes, mais c'est la même histoire. D'accord, me dis-je, je dormirai à la gare. Ce ne sera pas si terrible. Les gens font cela tout le temps. Et puis, qui dit que je suis obligée de dormir ? Je peux très bien veiller et lire toute la nuit. Sauf que je n'ai même pas pensé à prendre de livre. Et je n'ai pas de téléphone, ce qui signifie qu'en cas d'urgence je serai dans le pétrin.

J'imagine qu'il y a des téléphones à la disposition des usagers, là-bas. Je pourrai toujours appeler Brooklyn et lui demander de me rappeler tout de suite. Et on restera à parler toute la nuit. De toute façon, je dois la contacter. Elle se fait sûrement un sang d'encre. Elle a sans doute déjà essayé de me contacter un milliard de fois.

Oui, je peux y arriver. C'est une question d'état d'esprit. Positiver, toujours positiver. Franchement, je ne vais pas faire une croix sur mes projets à cause de quelques embûches. J'ai déjà parcouru tellement de chemin. Il me suffit de trouver la façon la plus sûre et la moins onéreuse de poursuivre ma route.

Mettre un pied devant l'autre, voilà ce qu'il faut faire.

Voilà.

Première étape.

Me rendre à la gare routière.

Je pourrais prendre un taxi, mais ce ne serait pas gratuit.

Soudain, j'ai une idée géniale. Je n'ai qu'à aller à la gare routière en bus. Il y a forcément un arrêt dans le coin.

Mes doigts volettent sur mon clavier tandis que je cherche le plan des lignes de bus de Savannah sur Google. L'arrêt le plus proche se trouve à sept cents mètres. Et le prochain bus conduisant à la gare routière Greyhound passe dans vingt-cinq minutes. Pas mal. Il me suffit de marcher jusqu'à cet arrêt, de monter dans le bus et d'attendre à la gare le prochain car pour la Caroline du Nord. Bien sûr, j'ai tous mes sacs, et il fait près de trente degrés dehors.

Peu importe. Ce n'est pas si grave. Un peu d'exercice me fera du bien !

Enthousiasmée par mon nouveau plan, je vais me chercher un bagel, que je tartine de beurre de cacahouète. Pendant que je mange, j'attrape deux briquettes de jus d'orange, que je fourre dans mon sac. Je vais avoir besoin de m'hydrater.

— Au revoir ! me lance Mia en me voyant traverser le hall avec mon chariot. (Elle sourit, puis se rembrunit en avisant ma montagne de bagages.) Vous avez besoin d'aide ?

— Non, merci ! réponds-je en continuant à pousser.

Je n'ai pas envie qu'elle me pose des questions. Je ne veux pas qu'elle sache que je vais pousser mes sacs sur sept cents mètres par cette chaleur. Elle me croirait folle.

— D'accord. Merci d'avoir choisi notre établissement ! Et bonne chance pour la suite !

— Merci à vous.

Me souhaiterait-elle bonne chance si elle savait que je m'apprête à voler ce chariot pour pousser tous mes sacs jusqu'à l'arrêt de bus ? Sans doute que non, mais je fais semblant de croire que si. De la chance, j'en aurai vraiment besoin.

Jace

Le voyage

Dimanche 27 juin, 11 h 37
Savannah, Géorgie

Je fais mon possible pour ne pas rouler trop vite. Vraiment. La dernière chose dont j'ai envie, c'est d'avoir une amende pour excès de vitesse ou un accident. Mais je suis tellement pressé de rejoindre Peyton que je ne peux pas m'en empêcher. Je roule une dizaine de kilomètres à l'heure au-dessus de la limite en me disant que cela ne me fera pas arriver tellement plus vite ; surtout si la police m'arrête.

Quand j'arrive enfin dans le parking du *Residence Inn*, je suis à deux doigts de sortir de ma propre peau. On est censé quitter sa chambre avant midi mais, comme je suis en avance, je parie que Peyton est encore là.

Quoique… Je me mets soudain à paniquer. Je traverse le parking et la rue en courant, je saute sur le trottoir, je passe les portes automatiques et je fonce dans le couloir vers la chambre de Peyton. Je trouve sa porte ouverte et deux femmes de chambre en train de défaire le lit.

— Vous désirez quelque chose ? me demande l'une d'elles.

— Euh… non.

Je fais demi-tour en regardant partout. *Réfléchis*, me dis-je. *Où a-t-elle pu partir ? À l'aéroport ? À la gare routière ?*

— Eh ! lance la fille derrière le comptoir – je crois qu'elle s'appelle Mia. Vous êtes de retour ?

— Oui. Je suis de retour. Je… cherche mon amie.

— La jeune femme qui vous accompagnait ? Elle est partie il y a environ une demi-heure.

— Partie ? (Mon cœur se recroqueville.) Elle n'a… Je veux dire, elle ne vous a pas dit où elle allait ?

— Non, répond Mia en secouant la tête. Mais elle a volé un de nos chariots. Ce n'est pas grave, enfin, j'imagine qu'elle avait ses raisons. Sachez cependant que si elle ne le ramène pas votre carte sera débitée d'environ 300 dollars.

— Merci, dis-je tandis que mon esprit tourne à plein régime.

Si Peyton a pris un chariot, c'est qu'elle se rend quelque part à pied. Mais où ?

— À quelle distance se trouve la gare routière ? demandé-je à Mia.

— À sept ou huit kilomètres…

Peyton est capable de marcher huit kilomètres si elle est désespérée.

— … mais il y a un arrêt de bus à sept cents mètres d'ici.

— Vous pouvez m'expliquer comment m'y rendre ?

Elle sort une feuille de papier de sous le comptoir et me dessine un plan, m'indiquant la direction de l'arrêt de bus et de la gare routière.

— Merci, je vous dois une fière chandelle.

— De rien. Bonne chance.

Je vais en avoir besoin.

En un clin d'œil, je suis de retour dans la voiture. Hector est assis sur le siège passager désormais, les oreilles dressées, comme s'il savait qu'il se passe quelque chose.

— On va la retrouver, mon vieux, le rassuré-je en bouclant ma ceinture. Ne t'en fais pas.

Je m'insère dans le trafic et je prends la direction de l'arrêt de bus – relativement facile à trouver. Une bonne partie du chemin est en montée. J'imagine Peyton poussant son chariot chargé de bagages avec la chaleur qu'il fait.

Je vois l'arrêt de bus au bout de la rue, mais quand je l'atteins Peyton n'est pas là.

Je gare la voiture et je sors en scrutant la rue à sa recherche. Rien. J'entre dans deux cafés pour voir si elle y est attablée. Toujours rien.

Je retourne dans la voiture et j'appuie l'arrière de mon crâne contre l'appuie-tête.

Comme il gémit un peu à côté de moi, je gratte la tête d'Hector.

— Qu'est-ce que tu en penses ? Tu saurais, toi, où se trouve Peyton ?

À la mention de son nom, il agite la queue.

Je pousse un soupir.

Je ne sais pas quoi faire. Appeler Courtney, peut-être. Ou les parents de Peyton. Ou bien me rendre à l'aéroport. Ou à la gare routière.

J'enclenche la première et je prends la direction de la gare routière. Mais je n'ai pas besoin d'aller bien loin.

Car à quelques pâtés de maisons de là je trouve Peyton.

Elle est assise sur le trottoir et elle pleure.

Peyton

Le voyage

Dimanche 27 juin, 11 h 49
Savannah, Géorgie

J'ai raté le bus. J'ai marché jusque-là en poussant ce chariot débile – chariot que j'ai par ailleurs volé – et quand j'ai tourné au coin j'ai vu le bus qui partait sans moi.

Il était trop loin pour que je puisse le rattraper. Il soulevait de la poussière, faisait grincer ses roues et libérait des gaz d'échappement noirs dans l'atmosphère de ce mois de juin surchauffé. Alors j'ai cessé de pousser, et j'ai posé ma tête sur le métal froid.

Après avoir rangé le chariot contre un mur, je suis entrée dans un café pour acheter de l'eau minérale en bouteille. J'aurais bien aimé m'installer à l'intérieur pour me reposer et profiter un peu de la climatisation, mais je craignais qu'on me pique mes bagages. J'avais déjà vu quelques passants étudier le chargement de mon chariot, comme s'ils hésitaient à se barrer avec. Et cette saleté était trop lourde pour que je la pousse à l'intérieur.

Je suis donc ressortie pour surveiller mes affaires. Personne ne semblait savoir quand allait passer le prochain bus. En revanche, on m'a indiqué la direction de la gare routière.

Alors j'ai décidé de marcher.

J'ai dépassé trois pâtés de maisons avant de décider que le moment était venu de m'asseoir par terre pour pleurer un bon coup.

Voilà donc où j'en suis. Sur le trottoir. À pleurer un bon coup. Je pensais rester là une minute ou deux, mais cela fait presque un quart d'heure que je suis dans cet état.

J'entends une voiture approcher et je relève la tête en m'attendant à découvrir un policier ou une contractuelle, enfin, quelqu'un qui m'ordonnera de débarrasser le plancher.

Mais ce n'est pas un policier.

Ni une contractuelle.

C'est Jace.

Il sort de sa voiture et se dirige vers moi. Ses cheveux sont ébouriffés, il porte le même tee-shirt et le même bas de survêtement qu'hier soir, et sa barbe commence à repousser. Comme d'habitude, il est magnifique.

— Qu'est-ce que… ?

— Chut, me dit-il en secouant la tête. Ne dis rien.

Il s'assoit sur le trottoir à côté de moi.

— Ne rien dire… ? répété-je comme si j'ai du mal à comprendre, alors que c'est très clair.

— Oui. Enfin, non, tu peux parler, mais…

Il secoue de nouveau la tête, comme pour s'éclaircir les idées, avant de s'abîmer dans la contemplation de la chaussée. Il est si proche de moi que nos genoux se touchent.

— Il faut que je te dise des trucs, reprend-il en relevant la tête et en plongeant son regard dans le mien. J'aimerais que tu ne m'interrompes pas.

Les battements de mon cœur s'accélèrent.

— D'accord. Donc toi tu parles et moi je ferme ma…

— Peyton, me coupe-t-il en posant un doigt sur mes lèvres, s'il te plaît.

Il me regarde d'un air suppliant, comme s'il a vraiment, vraiment besoin de me parler. Je réfléchis une seconde et, même si je suis en colère, je hoche la tête.

— Jamais je n'aurais dû cesser de te parler comme je l'ai fait, explique-t-il. C'était stupide. J'ai été stupide. Je venais d'apprendre ce que tu m'avais caché à propos de tes parents, et j'ai pété un câble. (Il soupire.) C'était de la fierté mal placée. J'ai laissé parler ma fierté et je n'ai cessé de le regretter.

— Pourquoi ?

— Pourquoi quoi ?

— Pourquoi tu as pété un câble ?

Il hésite un instant, et je retiens mon souffle en priant pour qu'il réponde ce que j'ai envie d'entendre.

— Parce que j'étais en train de tomber amoureux de toi.

Un courant électrique me parcourt de la tête aux pieds tandis que mon cœur s'emballe.

— Si tu étais en train de tomber amoureux de moi, pourquoi as-tu cessé de me parler ?

— Je te l'ai dit, ma fierté débile… Je… J'avais peur.

Il me regarde toujours dans les yeux. J'ignore ce qui passe entre nous, mais j'ai le plus grand mal à soutenir son regard.

— Je craignais que ce soit vrai, poursuit-il. Je me cherchais des excuses. Dès que l'occasion s'est présentée de prendre mes jambes à mon cou, je me suis défilé.

— Mais pourquoi ? Pourquoi ne m'en as-tu pas parlé ?

— Pourquoi tu ne m'as rien dit… ?

Je réfléchis. Vraiment.

— Parce que verbaliser ces choses les aurait rendues encore plus réelles. Après, j'aurais été forcée de penser à tout un tas d'autres conneries désagréables, comme au problème de ma mère avec l'argent, au fait que mes parents habitent dans la même maison… et à la manière dont tout ça m'affecte.

Il acquiesce de la tête et détache enfin son regard du mien. Puis il baisse les yeux. Mes larmes montent quand je repense à sa trahison, comme je me rappelle à quel point je l'aimais – je l'aime… J'ai envie qu'il me dise qu'on peut tout oublier, qu'on peut aller de l'avant, qu'on peut tout simplement être ensemble. Mais je sais que ce n'est pas si facile.

— On ne peut pas se faire ça, reprend-il enfin. On ne peut pas continuer à avoir des secrets l'un pour l'autre.

— Je sais. Je crois… Enfin, je l'ai toujours su. C'est pour ça que je t'ai parlé de ma mère et de ma carte de crédit.

Il hoche la tête et fait rouler sa chaussure sur un caillou.

— Alors, qu'est-ce qu'on fait ?

— Je ne sais pas, réponds-je en secouant la tête. C'est trop… Chaque fois qu'on est ensemble, tout devient si compliqué.

Il prend une profonde inspiration.

— La question est de savoir si tu peux t'accommoder de la complication ?

— On habite si loin l'un de l'autre…, dis-je.

Une bouffée d'espoir monte dans ma poitrine, mais ma première réaction est de l'étouffer. Je suis tentée de lui dire que cela ne pourra pas marcher, que nous ne sommes pas faits l'un pour l'autre, que nous avons commis trop d'erreurs irrécupérables.

Je tourne la tête et je plisse les yeux à cause du soleil. Je me rappelle tout à coup que je ne lui ai pas tout dit, que je lui ai caché quelque chose.

— En vrai, je ne rentrais pas chez moi. En vrai, je comptais m'arranger pour que tu m'emmènes en Caroline du Nord.

Il écarquille les yeux, stupéfait, puis il hoche la tête.

— C'est si terrible à la maison ?

J'acquiesce.

— Peut-être que… peut-être que tu pourrais passer l'été en Floride ?

— Ouais, comme si mes parents allaient être d'accord.

— Comment t'en empêcheraient-ils ?

— Je vivrais où ? Je n'ai pas d'argent, pas de travail…

— Eh bien, tu pourrais habiter chez moi, dit-il lentement. Ou chez Courtney. Tu sais que son père sera absent tout l'été ; il part en lune de miel.

Il prend un air pensif, fourre la main dans sa poche et en sort son téléphone.

— Tu appelles qui ?

— Ma mère.

— Ta mère ? Mais elle…

Il pose un doigt sur ses lèvres et me fait signe de me taire.

— Maman ? C'est moi.

Sa mère se met aussitôt à lui crier après avant de se calmer et de continuer d'une voix normale.

— Oui, je sais, dit Jace. On en reparlera quand je serai rentré. Maman, Peyton peut venir à la remise des diplômes avec moi ? Si on arrive à temps… Et elle pourra rester quelques jours à la maison ? (Il lève les yeux au ciel.) Dans des chambres séparées, bien sûr, maman !

Une seconde plus tard, il a raccroché.

— Voilà, c'est arrangé. On prend l'avion pour la Floride ce soir. Je me soucierai de la voiture plus tard. On ira ensemble à la remise des diplômes.

— J'aimerais bien, réponds-je en secouant la tête. J'aimerais vraiment, mais…

— Mais quoi ?

— Toutes ces choses que tu as dites sur le fait que je fuyais mes responsabilités…

Il penche la tête sur le côté pour réfléchir.

— Quand on sera en Floride, on appellera ton père. On lui racontera tout et on trouvera un plan.

Une boule d'inquiétude se forme douloureusement dans mon ventre. Jace serre ma main, et je me sens tout de suite mieux. Je hoche lentement la tête.

— Et Kari ?

— Kari et moi ne sommes plus ensemble, explique-t-il en secouant la tête.

— Quand ? m'enquiers-je en plissant les yeux.

— Hier soir. Quand tu es partie. Je l'ai appelée et j'ai mis un terme à notre relation, lance-t-il dans un haussement d'épaules. Ç'a toujours été toi, Peyton. Toujours.

Comme mes yeux s'emplissent de larmes, je baisse la tête. On reste assis comme cela dans l'été de Savannah pendant un long moment, lui me tenant par la main, moi réfléchissant à ce que tout cela signifie.

— Donc je rentre en Floride avec toi, reprends-je lentement, je reste quelques jours... Et après ?

— Après on verra. Tu pourras parler à Courtney, à tes parents. Tout va s'arranger, me promet-il en serrant de nouveau ma main.

Je ne sais pas s'il parle de lui et moi ou de la situation globale. Je lève les yeux vers les siens, et il essuie les larmes qui roulent sur mes joues.

— Peyton, tout va bien se passer. Je vais m'occuper de tout, d'accord ? Je ne te laisserais plus jamais partir.

Pour la première fois depuis très longtemps, je le crois.

Je crois tout.

Que tout va s'arranger.

Qu'il va s'occuper de moi.

Qu'on va rester ensemble.

Alors il m'embrasse.

Et c'est la meilleure sensation qui soit.

Achevé d'imprimer en juin 2016
N° d'impression 1603.0351
Dépôt légal, juillet 2016
Imprimé en France
36231182-1